Adalbert Stifter

Die großen Erzählungen

Adalbert Stifter

Die großen Erzählungen

Langen Müller

Besuchen Sie uns im Internet unter:
www.langen-mueller-verlag.de

Umschlaggestaltung: Wolfgang Heinzel
Umschlagbild: artothek, Weilheim
Herstellung und Satz: VerlagsService Dr. Helmut Neuberger
& Karl Schaumann GmbH, Heimstetten
Gesetzt aus der 10,35/13,75 Punkt GaramondBQ
auf Apple Macintosh in Quark XPress
Druck und Binden: GGP Media GmbH, Pößneck
Printed in Germany
ISBN 3-7844-3002-3

Inhalt

Bergkristall

Unsere Kirche feiert verschiedene Feste, welche zum Herzen dringen. Man kann sich kaum etwas Lieblicheres denken als Pfingsten und kaum etwas Ernsteres und Heiligeres als Ostern. Das Traurige und Schwermütige der Karwoche und darauf das Feierliche des Sonntags begleiten uns durch das Leben. Eines der schönsten Feste feiert die Kirche fast mitten im Winter, wo beinahe die längsten Nächte und kürzesten Tage sind, wo die Sonne am schiefsten gegen unsere Gefilde steht und Schnee alle Fluren deckt, das Fest der Weihnacht. Wie in vielen Ländern der Tag vor dem Geburtsfeste des Herrn der Christabend heißt, so heißt er bei uns der Heilige Abend, der darauffolgende Tag der Heilige Tag und die dazwischenliegende Nacht die Weihnacht. Die katholische Kirche begeht den Christtag als den Tag der Geburt des Heilandes mit ihrer allergrößten kirchlichen Feier, in den meisten Gegenden wird schon die Mitternachtsstunde als die Geburtsstunde des Herrn mit prangender Nachtfeier geheiligt, zu der die Glocken durch die stille, finstere, winterliche Mitternachtluft laden, zu der die Bewohner mit Lichtern oder auf dunkeln, wohlbekannten Pfaden aus schneeigen Bergen an bereiften Wäldern vorbei und durch knarrende Obstgärten zu der Kirche eilen, aus der die feierlichen Töne kommen und die aus der Mitte des in beeiste Bäume gehüllten Dorfes mit den langen beleuchteten Fenstern emporragt.

Mit dem Kirchenfeste ist auch ein häusliches verbunden. Es hat sich fast in allen christlichen Ländern verbreitet, daß man den Kindern die Ankunft des Christkindleins – auch eines Kindes, des wunderbarsten, das je auf der Welt war – als ein heiteres, glänzendes, feierliches Ding zeigt, das durch das ganze Leben fortwirkt und manchmal noch spät im Alter bei trüben, schwermütigen oder rührenden Erinnerungen gleichsam als Rückblick in die einstige Zeit mit den bunten schimmernden Fittichen durch den öden, traurigen und ausgeleerten Nachthimmel fliegt. Man pflegt den Kindern die Geschenke zu geben, die das heilige Christkindlein gebracht hat, um ihnen Freude zu machen. Das tut man gewöhnlich am Heiligen Abende, wenn die tiefe Dämmerung eingetreten ist. Man zündet Lichter und meistens sehr viele an, die oft mit den kleinen Kerzlein auf den schönen grünen Ästen eines Tannen- oder Fichtenbäumchens schweben, das mitten in der Stube steht. Die Kinder dürfen nicht eher kommen, als bis das Zeichen gegeben wird, daß der Heilige Christ zugegen gewesen ist und die Geschenke, die er mitgebracht, hinterlassen hat. Dann geht die Tür auf, die Kleinen dürfen hinein, und bei dem herrlichen, schimmernden Lichterglanze sehen sie Dinge auf dem Baume oder auf dem Tische herumgebreitet, die alle Vorstellungen ihrer Einbildungskraft weit übertreffen, die sie sich nicht anzurühren getrauen und die sie endlich, wenn sie sie bekommen haben, den ganzen Abend in ihren Ärmchen herumtragen und mit sich in das Bett nehmen. Wenn sie dann zuweilen in ihre Träume hinein die Glockentöne der Mitternacht hören, durch welche die Großen in die Kirche zur Andacht gerufen werden, dann mag es ihnen sein, als zögen jetzt die Englein durch den Himmel oder als kehre der Heilige Christ nach Hause, welcher nunmehr bei allen Kindern gewesen ist und jedem von ihnen ein herrliches Geschenk hinterbracht hat. Wenn dann der folgende Tag, der Christtag, kömmt, so ist er ihnen so feierlich, wenn sie frühmorgens, mit ihren schönsten Kleidern angetan, in der warmen Stube stehen, wenn der Vater und die Mutter sich zum Kirchgange schmücken, wenn zu Mittage ein feierliches Mahl ist, ein besseres als in jedem Tage des ganzen Jahres, und wenn nachmittags oder gegen Abend hin Freunde und Bekannte kommen, auf den Stühlen und Bänken herumsitzen, miteinander reden und behaglich durch die Fenster in die Wintergegend hinausschauen können, wo entweder die langsamen Flocken niederfallen oder ein trübender Nebel um die Berge steht oder die blutrote kalte Sonne hinabsinkt. An verschiedenen Stellen der Stube, entweder auf einem Stühlchen oder auf der Bank oder auf dem Fensterbrettchen, liegen die zaubrischen, nun aber schon bekannteren und vertrauteren Geschenke von gestern abend herum.

Hierauf vergeht der lange Winter, es kömmt der Frühling und der unendlich dauernde Sommer – und wenn die Mutter wieder vom Heiligen Christ erzählt, daß nun bald sein Festtag sein wird und daß er auch diesmal herabkommen werde, ist es den Kindern, als sei seit dem letzten Erscheinen eine ewige Zeit vergangen und als liege die damalige Freude in einer weiten nebelgrauen Ferne.

Weil dieses Fest so lange nachhält, weil sein Abglanz so hoch in das Alter hinaufreicht, so stehen wir so gerne dabei, wenn Kinder dasselbe begehen und sich darüber freuen. –

In den hohen Gebirgen unsers Vaterlandes steht ein Dörfchen mit einem kleinen, aber sehr spitzigen Kirchturme, der mit seiner roten Farbe, mit welcher die Schindeln bemalt sind, aus dem Grün vieler Obstbäume hervorragt und wegen derselben roten Farbe in dem duftigen und blauen Dämmern der Berge weithin ersichtlich ist. Das Dörfchen liegt gerade mitten in einem ziemlich weiten Tale, das fast wie ein länglicher Kreis gestaltet ist. Es enthält außer der Kirche eine Schule, ein Gemeindehaus und noch mehrere stattliche Häuser, die einen Platz gestalten, auf welchem vier Linden stehen, die ein steinernes Kreuz in ihrer Mitte haben. Diese Häuser sind nicht bloße Landwirtschaftshäuser, sondern sie bergen auch noch diejenigen Handwerke in ihrem Schoße, die dem menschlichen Geschlechte unentbehrlich sind und die bestimmt sind, den Gebirgsbewohnern ihren einzigen Bedarf an Kunsterzeugnissen zu decken. Im Tale und an den Bergen herum sind noch sehr viele zerstreute Hütten, wie das in Gebirgsgegenden sehr oft der Fall ist, welche alle nicht nur zur Kirche und Schule gehören, sondern auch jenen Handwerken, von denen gesprochen wurde, durch Abnahme der Erzeugnisse ihren Zoll entrichten. Es gehören sogar noch weitere Hütten zu dem Dörfchen, die man von dem Tale aus gar nicht sehen kann, die noch tiefer in den Gebirgen stecken, deren Bewohner selten zu ihren Gemeindemitbrüdern herauskommen und die im Winter oft ihre Toten aufbewahren müssen, um sie nach dem Wegschmelzen des Schnees zum Begräbnisse bringen zu können. Der größte Herr, den die Dörfler im Laufe des Jahres zu sehen bekommen, ist der Pfarrer. Sie verehren ihn sehr, und es geschieht gewöhnlich, daß derselbe durch längeren Aufenthalt im Dörfchen ein der Einsamkeit gewöhnter Mann wird, daß er nicht ungerne bleibt und einfach fortlebt. Wenigstens hat man seit Menschengedenken nicht erlebt, daß der Pfarrer des Dörfchens ein auswärtssüchtiger oder seines Standes unwürdiger Mann gewesen wäre.

Es gehen keine Straßen durch das Tal, sie haben ihre zweigleisigen Wege, auf denen sie ihre Felderzeugnisse mit einspännigen Wäglein nach Hause bringen, es kommen daher wenig Menschen in das Tal, unter diesen manchmal ein einsamer Fußreisender, der ein Liebhaber der Natur ist, eine Weile in der bemalten Oberstube des Wirtes wohnt und die Berge betrachtet, oder gar ein Maler, der den kleinen spitzen Kirchturm und die schönen Gipfel der Felsen in seine Mappe zeichnet. Daher bilden die Bewohner eine eigene Welt, sie kennen einander alle mit Namen und mit den einzelnen Geschichten von Großvater und Urgroßvater her, trauern alle, wenn einer stirbt, wissen, wie er heißt, wenn einer geboren wird, haben eine Sprache, die von der der Ebene draußen abweicht, haben ihre Streitigkeiten, die sie schlichten, ste-

hen einander bei und laufen zusammen, wenn sich etwas Außerordentliches begibt.
Sie sind sehr stetig, und es bleibt immer beim alten. Wenn ein Stein aus einer Mauer fällt, wird derselbe wieder hineingesetzt, die neuen Häuser werden wie die alten gebaut, die schadhaften Dächer werden mit gleichen Schindeln ausgebessert, und wenn in einem Hause scheckige Kühe sind, so werden immer solche Kälber aufgezogen, und die Farbe bleibt bei dem Hause.
Gegen Mittag sieht man von dem Dorfe einen Schneeberg, der mit seinen glänzenden Hörnern fast oberhalb der Hausdächer zu sein scheint, aber in der Tat doch nicht so nahe ist. Er sieht das ganze Jahr, Sommer und Winter, mit seinen vorstehenden Felsen und mit seinen weißen Flächen in das Tal herab. Als das Auffallendste, was sie in ihrer Umgebung haben, ist der Berg der Gegenstand der Betrachtung der Bewohner, und er ist der Mittelpunkt vieler Geschichten geworden. Es lebt kein Mann und Greis in dem Dorfe, der nicht von den Zacken und Spitzen des Berges, von seinen Eisspalten und Höhlen, von seinen Wässern und Geröllströmen etwas zu erzählen wüßte, was er entweder selbst erfahren oder von andern erzählen gehört hat. Dieser Berg ist auch der Stolz des Dorfes, als hätten sie ihn selber gemacht, und es ist nicht so ganz entschieden, wenn man auch die Biederkeit und Wahrheitsliebe der Talbewohner hoch anschlägt, ob sie nicht zuweilen zur Ehre und zum Ruhme des Berges lügen. Der Berg gibt den Bewohnern außer dem, daß er ihre Merkwürdigkeit ist, auch wirklichen Nutzen; denn wenn eine Gesellschaft von Gebirgsrei-

senden hereinkömmt, um von dem Tale aus den Berg zu besteigen, so dienen die Bewohner des Dorfes als Führer, und einmal Führer gewesen zu sein, dieses und jenes erlebt zu haben, diese und jene Stelle zu kennen, ist eine Auszeichnung, die jeder gerne von sich darlegt. Sie reden oft davon, wenn sie in der Wirtsstube beieinandersitzen, und erzählen ihre Wagnisse und ihre wunderbaren Erfahrungen und versäumen aber auch nie zu sagen, was dieser oder jener Reisende gesprochen habe und was sie von ihm als Lohn für ihre Bemühungen empfangen hätten. Dann sendet der Berg von seinen Schneeflächen die Wasser ab, welche einen See in seinen Hochwäldern speisen und den Bach erzeugen, der lustig durch das Tal strömt, die Brettersäge, die Mahlmühle und andere kleine Werke treibt, das Dorf reinigt und das Vieh tränkt. Von den Wäldern des Berges kömmt das Holz, und sie halten die Lawinen auf. Durch die innern Gänge und Lockerheiten der Höhen sinken die Wasser durch, die dann in Adern durch das Tal gehen und in Brünnlein und Quellen hervorkommen, daraus die Menschen trinken und ihr herrliches, oft belobtes Wasser dem Fremden reichen. Allein an letzteren Nutzen denken sie nicht und meinen, das sei immer so gewesen.
Wenn man auf die Jahresgeschichte des Berges sieht, so sind im Winter die zwei Zacken seines Gipfels, die sie Hörner heißen, schneeweiß und stehen, wenn sie an hellen Tagen sichtbar sind, blendend in der finstern Bläue der Luft; alle Bergfelder, die um diese Gipfel herumlagern, sind dann weiß; alle Abhänge sind so; selbst die steilrechten Wände, die die Bewohner Mauern heißen,

sind mit einem angeflogenen weißen Reife bedeckt und mit zartem Eise wie mit einem Firnisse belegt, so daß die ganze Masse wie ein Zauberpalast aus dem bereiften Grau der Wälderlast emporragt, welche schwer um ihre Füße herum ausgebreitet ist. Im Sommer, wo Sonne und warmer Wind den Schnee von den Steilseiten wegnimmt, ragen die Hörner nach dem Ausdrucke der Bewohner schwarz in den Himmel und haben nur schöne weiße Aderchen und Sprenkeln auf ihrem Rücken, in der Tat aber sind sie zart fernblau, und was sie Aderchen und Sprenkeln heißen, das ist nicht weiß, sondern hat das schöne Milchblau des fernen Schnees gegen das dunklere der Felsen. Die Bergfelder um die Hörner aber verlieren, wenn es recht heiß ist, an ihren höheren Teilen wohl den Firn nicht, der gerade dann recht weiß auf das Grün der Talbäume herabsieht, aber es weicht von ihren unteren Teilen der Winterschnee, der nur einen Flaum machte, und es wird das unbestimmte Schillern von Bläulich und Grünlich sichtbar, das das Geschiebe von Eis ist, das dann bloßliegt und auf die Bewohner unten hinabgrüßt. Am Rande dieses Schillerns, wo es von ferne wie ein Saum von Edelsteinsplittern aussieht, ist es in der Nähe ein Gemenge wilder, riesenhafter Blöcke, Platten und Trümmer, die sich drängen und verwirrt ineinandergeschoben sind. Wenn ein Sommer gar heiß und lang ist, werden die Eisfelder weit hinauf entblößt, und dann schaut eine viel größere Fläche von Grün und Blau in das Tal, manche Kuppen und Räume werden entkleidet, die man sonst nur weiß erblickt hatte, der schmutzige Saum des Eises wird sichtbar, wo es Felsen, Erde und Schlamm schiebt, und viel reichlichere Wasser als sonst fließen in das Tal. Dies geht fort, bis es nach und nach wieder Herbst wird, das Wasser sich verringert, zu einer Zeit einmal ein grauer Landregen die ganze Ebene des Tales bedeckt, worauf, wenn sich die Nebel von den Höhen wieder lösen, der Berg seine weiche Hülle abermals umgetan hat und alle Felsen, Kegel und Zacken in weißem Kleide dastehen. So spinnt es sich ein Jahr um das andere mit geringen Abwechslungen ab und wird sich fortspinnen, solange die Natur so bleibt und auf den Bergen Schnee und in den Tälern Menschen sind. Die Bewohner des Tales heißen die geringen Veränderungen große, bemerken sie wohl und berechnen an ihnen den Fortschritt des Jahres. Sie bezeichnen an den Entblößungen die Hitze und die Ausnahmen der Sommer.

Was nun noch die Besteigung des Berges betrifft, so geschieht dieselbe von dem Tale aus. Man geht nach der Mittagsrichtung zu auf einem guten, schönen Wege, der über einen sogenannten Hals in ein anderes Tal führt. Hals heißen sie einen mäßig hohen Bergrücken, der zwei größere und bedeutendere Gebirge miteinander verbindet und über den man zwischen den Gebirgen von einem Tale in ein anderes gelangen kann. Auf dem Halse, der den Schneeberg mit einem gegenüberliegenden großen Gebirgszuge verbindet, ist lauter Tannenwald. Etwa auf der größten Erhöhung desselben, wo nach und nach sich der Weg in das jenseitige Tal hinabzusenken beginnt, steht eine sogenannte Unglückssäule. Es ist einmal ein Bäcker, welcher Brot in seinem Korbe über den Hals trug, an jener Stelle tot gefunden worden. Man hat den toten

Bäcker mit dem Korbe und mit den umringenden Tannenbäumen auf ein Bild gemalt, darunter eine Erklärung und eine Bitte um ein Gebet geschrieben, das Bild auf eine rot angestrichene hölzerne Säule getan und die Säule an der Stelle des Unglücks aufgerichtet. Bei dieser Säule biegt man von dem Wege ab und geht auf der Länge des Halses fort, statt über seine Breite in das jenseitige Tal hinüberzuwandern. Die Tannen bilden dort einen Durchlaß, als ob eine Straße zwischen ihnen hinginge. Es führt auch manchmal ein Weg in dieser Richtung hin, der dazu dient, das Holz von den höheren Gegenden zu der Unglücksäule herabzubringen, der aber dann wieder mit Gras verwächst. Wenn man auf diesem Wege fortgeht, der sachte bergan führt, so gelangt man endlich auf eine freie, von Bäumen entblößte Stelle. Dieselbe ist dürrer Heideboden, hat nicht einmal einen Strauch, sondern ist mit schwachem Heidekraute, mit trockenen Moosen und mit Dürrbodenpflanzen bewachsen. Die Stelle wird immer steiler, und man geht lange hinan; man geht aber immer in einer Rinne, gleichsam wie in einem ausgerundeten Graben hinan, was den Nutzen hat, daß man auf der großen, baumlosen und überall gleichen Stelle nicht leicht irren kann. Nach einer Zeit erscheinen Felsen, die wie Kirchen gerade aus dem Grasboden aufsteigen und zwischen deren Mauern man längere Zeit hinangehen kann. Dann erscheinen wieder kahle, fast pflanzenlose Rücken, die bereits in die Lufträume der höhern Gegenden ragen und gerade zu dem Eise führen. Zu beiden Seiten dieses Weges sind steile Wände, und durch diesen Damm hängt der Schneeberg mit dem Halse zusammen.

Um das Eis zu überwinden, geht man eine geraume Zeit an der Grenze desselben, wo es von den Felsen umstanden ist, dahin, bis man zu dem ältern Firn gelangt, der die Eisspalten überbaut und in den meisten Zeiten des Jahres den Wanderer trägt. An der höchsten Stelle des Firns erheben sich die zwei Hörner aus dem Schnee, wovon eines das höhere, mithin die Spitze des Berges ist. Diese Kuppen sind sehr schwer zu erklimmen; da sie mit einem oft breiteren, oft engeren Schneegraben - dem Firnschrunde - umgeben sind, der übersprungen werden muß, und da ihre steilrechten Wände nur kleine Absätze haben, in welche der Fuß eingesetzt werden muß, so begnügen sich die meisten Besteiger des Berges damit, bis zu dem Firnschrunde gelangt zu sein und dort die Rundsicht, soweit sie nicht durch das Horn verdeckt ist, zu genießen. Die den Gipfel besteigen wollen, müssen dies mit Hilfe von Steigeisen, Stricken und Klammern tun.
Außer diesem Berge stehen an derselben Mittagseite noch andere, aber keiner ist so hoch, wenn sie sich auch früh im Herbste mit Schnee bedecken und ihn bis tief in den Frühling hinein behalten. Der Sommer aber nimmt denselben immer weg, und die Felsen glänzen freundlich im Sonnenscheine, und die tiefer gelegenen Wälder zeigen ihr sanftes Grün, von breiten, blauen Schatten durchschnitten, die so schön sind, daß man sich in seinem Leben nicht satt daran sehen kann.
An den andern Seiten des Tales, nämlich von Mitternacht, Morgen und Abend her, sind die Berge langgestreckt und niederer, manche Felder und Wiesen steigen ziemlich hoch hinauf, und oberhalb ihrer sieht man ver-

schiedene Waldblößen, Alpenhütten und dergleichen, bis sie an ihrem Rande mit feingezacktem Walde am Himmel hingehen, welche Auszackung eben ihre geringe Höhe anzeigt, während die mittäglichen Berge, obwohl sie noch großartigere Wälder hegen, doch mit einem ganz glatten Rande an dem glänzenden Himmel hinstreichen.

Wenn man so ziemlich mitten in dem Tale steht, so hat man die Empfindung, als ginge nirgends ein Weg in dieses Becken herein und keiner daraus hinaus; allein diejenigen, welche öfter im Gebirge gewesen sind, kennen diese Täuschung gar wohl: In der Tat führen nicht nur verschiedene Wege und darunter sogar manche durch die Verschiebungen der Berge fast auf ebenem Boden in die nördlichen Flächen hinaus, sondern gegen Mittag, wo das Tal durch steilrechte Mauern fast geschlossen scheint, geht sogar ein Weg über den obbenannten Hals.

Das Dörflein heißt Gschaid, und der Schneeberg, der auf seine Häuser herabschaut, heißt Gars.

Jenseits des Halses liegt ein viel schöneres und blühenderes Tal, als das von Gschaid ist, und es führt von der Unglücksäule der gebahnte Weg hinab. Es hat an seinem Eingange einen stattlichen Marktflecken, Millsdorf, der sehr groß ist, verschiedene Werke hat und in manchen Häusern städtische Gewerbe und Nahrung treibt. Die Bewohner sind viel wohlhabender als die in Gschaid, und obwohl nur drei Wegstunden zwischen den beiden Tälern liegen, was für die an große Entfernungen gewöhnten und Mühseligkeiten liebenden Gebirgsbewohner eine unbedeutende Kleinigkeit ist, so sind doch Sitten und Gewohnheiten in den beiden Tälern so verschieden, selbst der äußere Anblick derselben ist so ungleich, als ob eine große Anzahl Meilen zwischen ihnen läge. Das ist in Gebirgen sehr oft der Fall und hängt nicht nur von der verschiedenen Lage der Täler gegen die Sonne ab, die sie oft mehr oder weniger begünstigt, sondern auch von dem Geiste der Bewohner, der durch gewisse Beschäftigungen nach dieser oder jener Richtung gezogen wird. Darin stimmen aber alle überein, daß sie an Herkömmlichkeiten und Väterweise hängen, großen Verkehr leicht entbehren, ihr Tal außerordentlich lieben und ohne demselben kaum leben können.

Es vergehen oft Monate, oft fast ein Jahr, ehe ein Bewohner von Gschaid in das jenseitige Tal hinüberkömmt und den großen Marktflecken Millsdorf besucht. Die Millsdorfer halten es ebenso, obwohl sie ihrerseits doch Verkehr mit dem Lande draußen pflegen und daher nicht so abgeschieden sind wie die Gschaider. Es geht sogar ein Weg, der eine Straße heißen könnte, längs ihres Tales, und mancher Reisende und mancher Wanderer geht hindurch, ohne nur im geringsten zu ahnen, daß mitternachtwärts seines Weges jenseits des hohen herabblickenden Schneebergs noch ein Tal sei, in dem viele Häuser zerstreut sind und in dem das Dörflein mit dem spitzigen Kirchturme steht.

Unter den Gewerben des Dorfes, welche bestimmt sind, den Bedarf des Tales zu decken, ist auch das eines Schusters, das nirgends entbehrt werden kann, wo die Menschen nicht in ihrem Urzustande sind. Die Gschaider aber sind so weit über diesem Stande, daß sie recht gute und tüchtige Gebirgsfußbekleidung brauchen. Der Schuster ist mit einer kleinen Ausnahme der einzige im Tale. Sein Haus steht auf dem Platze in Gschaid, wo überhaupt die besseren stehen, und schaut mit seinen grauen Mauern, weißen Fenstersimsen und grün angestrichenen Fensterläden auf die vier Linden hinaus. Es hat im Erdgeschosse die Arbeitsstube, die Gesellenstube, eine größere und kleinere Wohnstube, ein Verkaufstübchen nebst Küche und Speisekammer und allen zugehörigen Gelassen; im ersten Stockwerke oder eigentlich im Raume des Giebels hat es die Oberstube oder eigentliche Prunkstube. Zwei Prachtbetten, schöne geglättete Kästen mit Kleidern stehen da, dann ein Gläserkästchen mit Geschirren, ein Tisch mit eingelegter Arbeit, gepolsterte Sessel, ein Mauerkästchen mit den Ersparnissen, dann hängen an den Wänden Heiligenbilder, zwei schöne Sackuhren, gewonnene Preise im Schießen, und endlich sind auch Scheibengewehre und Jagdbüchsen nebst ihrem Zugehöre in einem eigenen, mit Glastafeln versehenen Kasten aufgehängt. An das Schusterhaus ist ein kleineres Häuschen, nur durch den Einfahrtsschwibbogen getrennt, angebaut, welches genau dieselbe Bauart hat und zum Schusterhause wie ein Teil zum Ganzen gehört. Es hat nur eine Stube mit den dazugehörigen Wohnteilen. Es hat die Bestimmung, dem Hausbesitzer, sobald er das Anwesen seinem Sohne oder Nachfolger übergeben hat, als sogenanntes Ausnahmstübchen zu dienen, in welchem er mit seinem Weibe so lange haust, bis beide gestorben sind, die Stube wieder leer steht und auf einen neuen Bewohner wartet. Das Schusterhaus hat nach rückwärts Stall und Scheune; denn jeder Talbewohner ist, selbst wenn er ein Gewerbe treibt, auch Landbebauer und zieht hieraus seine gute und nachhaltige Nahrung. Hinter diesen Gebäuden ist endlich der Garten, der fast bei keinem besseren Hause in Gschaid fehlt und von dem sie ihre Gemüse, ihr Obst und für festliche Gelegenheiten ihre Blumen ziehen. Wie oft im Gebirge, so ist auch in Gschaid die Bienenzucht in diesen Gärten sehr verbreitet.

Die kleine Ausnahme, deren oben Erwähnung geschah, und die Nebenbuhlerschaft der Alleinherrlichkeit des Schusters ist ein anderer Schuster, der alte Tobias, der aber eigentlich kein Nebenbuhler ist, weil er nur mehr flickt, hierin viel zu tun hat und es sich nicht im entferntesten beikommen läßt, mit dem vornehmen Platzschuster in einen Wettstreit einzugehen, insbesondere da der Platzschuster ihn häufig mit Lederflecken, Sohlenabschnitten und dergleichen Dingen unentgeltlich versieht. Der alte Tobias sitzt im Sommer am Ende des Dörfchens unter Holunderbüschen und arbeitet. Er ist umringt von Schuhen und Bundschuhen, die aber sämtlich alt, grau, kotig und zerrissen sind. Stiefel mit langen Röhren sind nicht da, weil sie im Dorfe und in der Gegend nicht getragen werden; nur zwei Personen haben solche, der Pfarrer und der Schullehrer, welche aber beides, flicken und neue Ware machen, nur bei dem Platzschuster lassen. Im Winter sitzt der alte Tobias in seinem Stübchen hinter den Holunderstauden und hat warm geheizt, weil das Holz in Gschaid nicht teuer ist.

Der Platzschuster ist, ehe er das Haus angetreten hat, ein

Gemsewildschütze gewesen und hat überhaupt in seiner Jugend, wie die Gschaider sagen, nicht gut getan. Er war in der Schule immer einer der besten Schüler gewesen, hatte dann von seinem Vater das Handwerk gelernt, ist auf Wanderung gegangen und ist endlich wieder zurückgekehrt. Statt, wie es sich für einen Gewerbsmann ziemt und wie sein Vater es zeitlebens getan, einen schwarzen Hut zu tragen, tat er einen grünen auf, steckte noch alle bestehenden Federn darauf und stolzierte mit ihm und mit dem kürzesten Lodenrocke, den es im Tale gab, herum, während sein Vater immer einen Rock von dunkler, womöglich schwarzer Farbe hatte, der auch, weil er einem Gewerbsmanne angehörte, immer sehr weit herabgeschnitten sein mußte. Der junge Schuster war auf allen Tanzplätzen und Kegelbahnen zu sehen. Wenn ihm jemand eine gute Lehre gab, so pfiff er ein Liedlein. Er ging mit seinem Scheibengewehre zu allen Schießen der Nachbarschaft und brachte manchmal einen Preis nach Hause, was er für einen großen Sieg hielt. Der Preis bestand meistens aus Münzen, die künstlich gefaßt waren und zu deren Gewinnung der Schuster mehr gleiche Münzen ausgeben mußte, als der Preis enthielt, besonders da er wenig haushälterisch mit dem Gelde war. Er ging auf alle Jagden, die in der Gegend abgehalten wurden, und hatte sich den Namen eines guten Schützen erworben. Er ging aber auch manchmal allein mit seiner Doppelbüchse und mit Steigeisen fort, und einmal sagte man, daß er eine schwere Wunde im Kopfe erhalten habe.

In Millsdorf war ein Färber, welcher gleich am Anfange

des Marktfleckens, wenn man auf dem Wege von Gschaid hinüberkam, ein sehr ansehnliches Gewerbe hatte, mit vielen Leuten und sogar, was im Tale etwas Unerhörtes war, mit Maschinen arbeitete. Außerdem besaß er noch eine ausgebreitete Feldwirtschaft. Zu der Tochter dieses reichen Färbers ging der Schuster über das Gebirge, um sie zu gewinnen. Sie war wegen ihrer Schönheit weit und breit berühmt, aber auch wegen ihrer Eingezogenheit, Sittsamkeit und Häuslichkeit belobt. Dennoch, hieß es, soll der Schuster ihre Aufmerksamkeit erregt haben. Der Färber ließ ihn nicht in sein Haus kommen; und hatte die schöne Tochter schon früher keine öffentlichen Plätze und Lustbarkeiten besucht und war selten außer dem Hause ihrer Eltern zu sehen gewesen, so ging sie jetzt schon gar nirgends mehr hin als in die Kirche oder in ihrem Garten oder in den Räumen des Hauses herum.

Einige Zeit nach dem Tode seiner Eltern, durch welchen ihm das Haus derselben zugefallen war, das er nun allein bewohnte, änderte sich der Schuster gänzlich. So wie er früher getollt hatte, so saß er jetzt in seiner Stube und hämmerte Tag und Nacht an seinen Sohlen. Er setzte prahlend einen Preis darauf, wenn es jemand gäbe, der bessere Schuhe und Fußbekleidungen machen könne. Er nahm keine andern Arbeiter als die besten und drillte sie noch sehr herum, wenn sie in seiner Werkstätte arbeiteten, daß sie ihm folgten und die Sache so einrichteten, wie er befahl. Wirklich brachte er es jetzt auch dahin, daß nicht nur das ganze Dorf Gschaid, das zum größten Teile die Schusterarbeit aus benachbarten Tälern bezogen hatte, bei ihm arbeiten ließ, daß das ganze Tal bei ihm arbeiten ließ und daß endlich sogar einzelne von Millsdorf und andern Tälern hereinkamen und sich ihre Fußbekleidungen von dem Schuster in Gschaid machen ließen. Sogar in die Ebene hinaus verbreitete sich sein Ruhm, daß manche, die in die Gebirge gehen wollten, sich die Schuhe dazu von ihm machen ließen.

Er richtete das Haus sehr schön zusammen, und in dem Warengewölbe glänzten auf den Brettern die Schuhe, Bundstiefel und Stiefel; und wenn am Sonntage die ganze Bevölkerung des Tales hereinkam und man bei den vier Linden des Platzes stand, ging man gerne zu dem Schusterhause hin und sah durch die Gläser in die Warenstube, wo die Käufer und Besteller waren.

Nach seiner Vorliebe zu den Bergen machte er auch jetzt die Gebirgsbundschuhe am besten. Er pflegte in der Wirtsstube zu sagen: Es gäbe keinen, der ihm einen fremden Gebirgsbundschuh zeigen könne, der sich mit einem seinigen vergleichen lasse. »Sie wissen es nicht«, pflegte er beizufügen, »sie haben es in ihrem Leben nicht erfahren, wie ein solcher Schuh sein muß, daß der gestirnte Himmel der Nägel recht auf der Sohle sitze und das gebührende Eisen enthalte, daß der Schuh außen hart sei, damit kein Geröllstein, wie scharf er auch sei, empfunden werde, und daß er sich von innen doch weich und zärtlich wie ein Handschuh an die Füße lege.«

Der Schuster hatte sich ein sehr großes Buch machen lassen, in welches er alle verfertigte Ware eintrug, die Namen derer beifügte, die den Stoff geliefert und die Ware gekauft hatten, und eine kurze Bemerkung über die Güte

des Erzeugnisses beischrieb. Die gleichartigen Fußbekleidungen hatten ihre fortlaufenden Zahlen, und das Buch lag in der großen Lade seines Gewölbes.
Wenn die schöne Färberstochter von Millsdorf auch nicht aus der Eltern Hause kam, wenn sie auch weder Freunde noch Verwandte besuchte, so konnte es der Schuster von Gschaid doch so machen, daß sie ihn von ferne sah, wenn sie in die Kirche ging, wenn sie in dem Garten war und wenn sie aus den Fenstern ihres Zimmers auf die Matten blickte. Wegen dieses unausgesetzten Sehens hatte es die Färberin durch langes, inständiges und ausdauerndes Flehen für ihre Tochter dahin gebracht, daß der halsstarrige Färber nachgab und daß der Schuster, weil er denn nun doch besser geworden, die schöne, reiche Millsdorferin als Eheweib nach Gschaid führte. Aber der Färber war desungeachtet auch ein Mann, der seinen Kopf hatte. Ein rechter Mensch, sagte er, müsse sein Gewerbe treiben, daß es blühe und vorwärtskomme, er müsse daher sein Weib, seine Kinder, sich und sein Gesinde ernähren, Hof und Haus im Stande des Glanzes halten und sich noch ein Erkleckliches erübrigen, welches letztere doch allein imstande sei, ihm Ansehen und Ehre in der Welt zu geben; darum erhalte seine Tochter nichts als eine vortreffliche Ausstattung, das andere ist Sache des Ehemannes, daß er es mache und für alle Zukunft es besorge. Die Färberei in Millsdorf und die Landwirtschaft auf dem Färberhause sei für sich ein ansehnliches und ehrenwertes Gewerbe, das seiner Ehre willen bestehen und wozu alles, was da sei, als Grundstock dienen müsse, daher er nichts weggebe. Wenn einmal er und

sein Eheweib, die Färberin, tot seien, dann gehöre Färberei und Landwirtschaft in Millsdorf ihrer einzigen Tochter, nämlich der Schusterin in Gschaid, und Schuster und Schusterin könnten dann damit tun, was sie wollten; aber alles dieses nur, wenn die Erben es wert wären, das Erbe zu empfangen; wären sie es nicht wert, so ginge das Erbe auf die Kinder derselben, und wenn keine vorhanden wären, mit der Ausnahme des lediglichen Pflichtteiles, auf andere Verwandte über. Der Schuster verlangte auch nichts, er zeigte im Stolze, daß es ihm nur um die schöne Färberstochter in Millsdorf zu tun gewesen und daß er sie schon ernähren und erhalten könne, wie sie zu Hause ernährt und erhalten worden ist. Er kleidete sie als sein Eheweib nicht nur schöner als alle Gschaiderinnen und alle Bewohnerinnen des Tales, sondern auch schöner, als sie sich je zu Hause getragen hatte, und Speise, Trank und übrige Behandlung mußte besser und rücksichtsvoller sein, als sie das gleiche im väterlichen Hause genossen hatte. Und um dem Schwiegervater zu trotzen, kaufte er mit erübrigten Summen nach und nach immer mehr Grundstücke so ein, daß er einen tüchtigen Besitz beisammen hatte.

Weil die Bewohner von Gschaid so selten aus ihrem Tale kommen und nicht einmal oft nach Millsdorf hinübergehen, von dem sie durch Bergrücken und durch Sitten geschieden sind, weil ferner ihnen gar kein Fall vorkömmt, daß ein Mann sein Tal verläßt und sich in dem benachbarten ansiedelt (Ansiedlungen in großen Entfernungen kommen öfter vor), weil endlich auch kein Weib oder Mädchen gerne von einem Tale in ein anderes auswandert, außer in dem ziemlich seltenen Falle, wenn sie der Liebe folgt und als Eheweib und zu dem Ehemann in ein anderes Tal kömmt: so geschah es, daß die schöne Färberstochter von Millsdorf, da sie Schusterin in Gschaid geworden war, doch immer von allen Gschaidern als Fremde angesehen wurde, und wenn man ihr auch nichts Übels antat, ja wenn man sie ihres schönen Wesens und ihrer Sitten wegen sogar liebte, doch immer etwas vorhanden war, das wie Scheu oder, wenn man will, wie Rücksicht aussah und nicht zu dem Innigen und Gleichartigen kommen ließ, wie Gschaiderinnen gegen Gschaiderinnen, Gschaider gegen Gschaider hatten. Es war so, ließ sich nicht abstellen und wurde durch die bessere Tracht und durch das erleichterte häusliche Leben der Schusterin noch vermehrt.

Sie hatte ihrem Manne nach dem ersten Jahre einen Sohn und in einigen Jahren darauf ein Töchterlein geboren. Sie glaubte aber, daß er die Kinder nicht so liebe, wie sie sich vorstellte, daß es sein solle, und wie sie sich bewußt war, daß sie dieselben liebe; denn sein Angesicht war meistens ernsthaft und mit seinen Arbeiten beschäftigt. Er spielte und tändelte selten mit den Kindern und sprach stets ruhig mit ihnen, gleichsam so, wie man mit Erwachsenen spricht. Was Nahrung und Kleidung und andere äußere Dinge anbelangte, hielt er die Kinder untadelig.

In der ersten Zeit der Ehe kam die Färberin öfter nach Gschaid, und die jungen Eheleute besuchten auch Millsdorf zuweilen bei Kirchweihen oder anderen festlichen Gelegenheiten. Als aber die Kinder auf der Welt waren, war die Sache anders geworden. Wenn schon Mütter ihre

Kinder lieben und sich nach ihnen sehnen, so ist dieses von Großmüttern öfter in noch höherem Grade der Fall: sie verlangen zuweilen mit wahrlich krankhafter Sehnsucht nach ihren Enkeln. Die Färberin kam sehr oft nach Gschaid herüber, um die Kinder zu sehen, ihnen Geschenke zu bringen, eine Weile dazubleiben und dann mit guten Ermahnungen zu scheiden. Da aber das Alter und die Gesundheitsumstände der Färberin die öfteren Fahrten nicht mehr so möglich machten und der Färber aus dieser Ursache Einsprache tat, wurde auf etwas anderes gesonnen, die Sache wurde umgekehrt, und die Kinder kamen jetzt zur Großmutter. Die Mutter brachte sie selber öfter in einem Wagen, öfter aber wurden sie, da sie noch im zarten Alter waren, eingemummt einer Magd mitgegeben, die sie in einem Fuhrwerke über den Hals brachte. Als sie aber größer waren, gingen sie zu Fuße entweder mit der Mutter oder mit einer Magd nach Millsdorf, ja, da der Knabe geschickt, stark und klug geworden war, ließ man ihn allein den bekannten Weg über den Hals gehen, und wenn es sehr schön war und er bat, erlaubte man auch, daß ihn die kleine Schwester begleite. Dies ist bei den Gschaidern gebräuchlich, weil sie an starkes Fußgehen gewöhnt sind, und die Eltern überhaupt, namentlich aber ein Mann wie der Schuster, es gerne sehen und eine Freude daran haben, wenn ihre Kinder tüchtig werden.

So geschah es, daß die zwei Kinder den Weg über den Hals öfter zurücklegten als die übrigen Dörfler zusammengenommen, und da schon ihre Mutter in Gschaid immer gewissermaßen wie eine Fremde behandelt wurde,

so wurden durch diesen Umstand auch die Kinder fremd, sie waren kaum Gschaider und gehörten halb nach Millsdorf hinüber.
Der Knabe Konrad hatte schon das ernste Wesen seines Vaters, und das Mädchen Susanna, nach ihrer Mutter so genannt, oder, wie man es zur Abkürzung nannte, Sanna, hatte viel Glauben zu seinen Kenntnissen, seiner Einsicht und seiner Macht und gab sich unbedingt unter seine Leitung, geradeso wie die Mutter sich unbedingt unter die Leitung des Vaters gab, dem sie alle Einsicht und Geschicklichkeit zutraute.
An schönen Tagen konnte man morgens die Kinder durch das Tal gegen Mittag wandern sehen, über die Wiese gehen und dort anlangen, wo der Wald des Halses gegen sie herschaut. Sie näherten sich dem Walde, gingen auf seinem Wege allgemach über die Erhöhung hinan und kamen, ehe der Mittag eingetreten war, auf den offenen Wiesen auf der anderen Seite gegen Millsdorf hinunter. Konrad zeigte Sanna die Wiesen, die dem Großvater gehörten, dann gingen sie durch seine Felder, auf denen er ihr Getreidearten erklärte, dann sahen sie auf Stangen unter dem Vorsprunge des Daches die langen Tücher zum Trocknen herabhängen, die sich im Winde schlängelten oder närrische Gesichter machten, dann hörten sie seine Walkmühle und seinen Lohstampf, die er an seinem Bache für Tuchmacher und Gerber angelegt hatte, dann bogen sie noch um eine Ecke der Felder und gingen im kurzen durch die Hintertür in den Garten der Färberei, wo sie von der Großmutter empfangen wurden. Diese ahnte immer, wenn die Kinder kamen, sah zu den

Fenstern aus und erkannte sie von weitem, wenn Sannas rotes Tuch recht in der Sonne leuchtete.
Sie führte die Kinder dann durch die Waschstube und Presse in das Zimmer, ließ sie niedersetzen, ließ nicht zu, daß sie Halstücher oder Jäckchen lüfteten, damit sie sich nicht verkühlten, und behielt sie beim Essen da. Nach dem Essen durften sie sich lüften, spielen, durften in den Räumen des großväterlichen Hauses herumgehen oder sonst tun, was sie wollten, wenn es nur nicht unschicklich oder verboten war. Der Färber, welcher immer bei dem Essen war, fragte sie um ihre Schulgegenstände aus und schärfte ihnen besonders ein, was sie lernen sollten. Nachmittags wurden sie von der Großmutter schon, ehe die Zeit kam, zum Aufbruche getrieben, daß sie ja nicht zu spät kämen. Obgleich der Färber keine Mitgift gegeben hatte und vor seinem Tode von seinem Vermögen nichts wegzugeben gelobt hatte, glaubte sich die Färberin an diese Dinge doch nicht so strenge gebunden, und sie gab den Kindern nicht allein während ihrer Anwesenheit allerlei, worunter nicht selten ein Münzstück und zuweilen gar von ansehnlichem Werte war, sondern sie band ihnen auch immer zwei Bündelchen zusammen, in denen sich Dinge befanden, von denen sie glaubte, daß sie notwendig wären oder daß sie den Kindern Freude machen könnten. Und wenn oft die nämlichen Dinge im Schusterhause in Gschaid ohnedem in aller Trefflichkeit vorhanden waren, so gab sie die Großmutter in der Freude des Gebens doch, und die Kinder trugen sie als etwas Besonderes nach Hause. So geschah es nun, daß die Kinder am Heiligen Abende schon unwissend die Ge-

schenke in Schachteln gut versiegelt und verwahrt nach Hause trugen, die ihnen in der Nacht einbeschert werden sollten.

Weil die Großmutter die Kinder immer schon vor der Zeit zum Fortgehen drängte, damit sie nicht zu spät nach Hause kämen, so erzielte sie hiedurch, daß die Kinder gerade auf dem Wege an dieser, bald an jener Stelle sich aufhielten. Sie saßen gerne an dem Haselnußgehege, das auf dem Halse ist, und schlugen mit den Steinen Nüsse auf oder spielten, wenn keine Nüsse waren, mit Blättern oder mit Hölzlein oder mit den weichen, braunen Zäpfchen, die im ersten Frühjahre von den Zweigen der Nadelbäume herabfielen. Manchmal erzählte Konrad dem Schwesterchen Geschichten, oder wenn sie zu der roten Unglücksäule kamen, führte er sie ein Stück auf dem Seitenwege links gegen die Höhen hinan und sagte ihr, daß man da auf den Schneeberg gelange, daß dort Felsen und Steine seien, daß die Gemsen herumspringen und große Vögel fliegen. Er führte sie oft über den Wald hinaus, sie betrachteten dann den dürren Rasen und die kleinen Sträucher der Heidekräuter; aber er führte sie wieder zurück und brachte sie immer vor der Abenddämmerung nach Hause, was ihm stets Lob eintrug.

Einmal war am Heiligen Abende, da die erste Morgendämmerung in dem Tale von Gschaid in Helle übergegangen war, ein dünner, trockener Schleier über den ganzen Himmel gebreitet, so daß man die ohnedem schiefe und ferne Sonne im Südosten nur als einen undeutlichen roten Fleck sah, überdies war an diesem Tage eine milde, beinahe laulichte Luft unbeweglich im

ganzen Tale und auch an dem Himmel, wie die unveränderte und ruhige Gestalt der Wolken zeigte. Da sagte die Schustersfrau zu ihren Kindern: »Weil ein so angenehmer Tag ist, weil es so lange nicht geregnet hat und die Wege fest sind und weil es auch der Vater gestern unter der Bedingung erlaubt hat, wenn der heutige Tag dazu geeignet ist, so dürft ihr zur Großmutter nach Millsdorf gehen; aber ihr müßt den Vater noch vorher fragen.«
Die Kinder, welche noch in ihren Nachtkleidchen dastanden, liefen in die Nebenstube, in welcher der Vater mit einem Kunden sprach, und baten um die Wiederholung der gestrigen Erlaubnis, weil ein so schöner Tag sei. Sie wurde ihnen erteilt, und sie liefen wieder zur Mutter zurück.
Die Schustersfrau zog nun ihre Kinder vorsorglich an, oder eigentlich, sie zog das Mädchen mit dichten, gut verwahrenden Kleidern an; denn der Knabe begann sich selber anzukleiden und stand viel früher fertig da, als die Mutter mit dem Mädchen hatte ins reine kommen können. Als sie dieses Geschäft vollendet hatte, sagte sie: »Konrad, gib wohl acht: Weil ich dir das Mädchen mitgehen lasse, so müsset ihr beizeiten fortgehen, ihr müsset an keinem Platze stehenbleiben, und wenn ihr bei der Großmutter gegessen habt, so müsset ihr gleich wieder umkehren und nach Hause trachten; denn die Tage sind jetzt sehr kurz, und die Sonne geht gar bald unter.«
»Ich weiß es schon, Mutter«, sagte Konrad.
»Und siehe gut auf Sanna, daß sie nicht fällt oder sich erhitzt.«
»Ja, Mutter.«

»So, Gott behüte euch, und geht noch zum Vater und sagt, daß ihr jetzt fortgehet.«

Der Knabe nahm eine von seinem Vater kunstvoll aus Kalbfellen genähte Tasche an einem Riemen um die Schulter, und die Kinder gingen in die Nebenstube, um dem Vater Lebewohl zu sagen. Aus dieser kamen sie bald heraus und hüpften, von der Mutter mit einem Kreuze besegnet, fröhlich auf die Gasse.

Sie gingen schleunig längs des Dorfplatzes hinab und dann durch die Häusergasse und endlich zwischen den Planken der Obstgärten in das Freie hinaus. Die Sonne stand schon über dem mit milchigen Wolkenstreifen durchwobenen Wald der morgendlichen Anhöhen, und ihr trübes, rötliches Bild schritt durch die laublosen Zweige der Holzäpfelbäume mit den Kindern fort.

In dem ganzen Tale war kein Schnee, die größeren Berge, von denen er schon viele Wochen herabgeglänzt hatte, wurden damit bedeckt, die kleineren standen in dem Mantel ihrer Tannenwälder und im Fahlrot ihrer entblößten Zweige unbeschneit und ruhig da. Der Boden war noch nicht gefroren, und er wäre vermöge der vorhergegangenen langen regenlosen Zeit ganz trocken gewesen, wenn ihn nicht die Jahreszeit mit einer zarten Feuchtigkeit überzogen hätte, die ihn aber nicht schlüpfrig, sondern eher fest und widerprallend machte, daß sie leicht und gering darauf fortgingen. Das wenige Gras, welches noch auf den Wiesen und vorzüglich an den Wassergräben derselben war, stand in herbstlichem Ansehen. Es lag kein Reif und bei näherm Anblicke nicht einmal ein Tau, was nach der Meinung der Landleute baldigen Regen bedeutet.

Gegen die Grenzen der Wiesen zu war ein Gebirgsbach, über welchen ein hoher Steg führte. Die Kinder gingen auf den Steg und schauten hinab. Im Bache war schier kein Wasser, ein dünner Faden von sehr stark blauer Farbe ging durch die trockenen Kiesel des Gerölles, die wegen Regenlosigkeit ganz weiß geworden waren, und sowohl die Wenigkeit als auch die Farbe des Wassers zeigten an, daß in den größeren Höhen schon Kälte herrschen müsse, die den Boden verschließe, daß er mit seiner Erde das Wasser nicht trübe, und die das Eis erhärte, daß es in seinem Innern nur wenige klare Tropfen abgeben könne.

Von dem Stege liefen die Kinder durch die Gründe fort und näherten sich immer mehr den Waldungen.

Sie trafen endlich die Grenze des Holzes und gingen in demselben weiter.

Als sie in den höheren Wäldern des Halses hinaufgekommen waren, zeigten sich die langen Furchen des Fahrweges nicht mehr weich, wie es unten im Tale der Fall gewesen war, sondern sie waren fest, und zwar nicht aus Trockenheit, sondern, wie die Kinder sich bald überzeugten, weil sie gefroren waren. An manchen Stellen waren sie so überfroren, daß sie die Körper der Kinder trugen. Nach der Natur der Kinder gingen sie nun nicht mehr auf dem glatten Pfade neben dem Fahrwege, sondern in den Gleisen, und versuchten, ob dieser oder jener Furchenaufwurf sie schon trage. Als sie nach Verlauf einer Stunde auf der Höhe des Halses angekommen waren, war der Boden bereits so hart, daß er klang und Schollen wie Steine hatte.

An der roten Unglücksäule des Bäckers bemerkte Sanna zuerst, daß sie heute gar nicht dastehe. Sie gingen zu dem Platze hinzu und sahen, daß der runde, rot angestrichene Balken, der das Bild trug, in dem dürren Grase liege, das wie dünnes Stroh an der Stelle stand und den Anblick der liegenden Säule verdeckte. Sie sahen zwar nicht ein, warum die Säule liege, ob sie umgeworfen worden oder ob sie von selber umgefallen sei, das sahen sie, daß sie an dieser Stelle, wo sie in die Erde ragte, sehr morsch war und daß sie daher sehr leicht habe umfallen können; aber da sie einmal lag, so machte es ihnen Freude, daß sie das Bild und die Schrift so nahe betrachten konnten, wie es sonst nie der Fall gewesen war. Als sie alles – den Korb mit den Semmeln, die bleichen Hände des Bäckers, seine geschlossenen Augen, seinen grauen Rock und die umstehenden Tannen – betrachtet hatten, als sie die Schrift gelesen und laut gesagt hatten, gingen sie wieder weiter.

Abermal nach einer Stunde wichen die dunkeln Wälder zu beiden Seiten zurück, dünn stehende Bäume, teils einzelne Eichen, teils Birken und Gebüschgruppen empfingen sie, geleiteten sie weiter, und nach kurzem liefen sie auf den Wiesen in das Millsdorfer Tal hinab.

Obwohl dieses Tal bedeutend tiefer liegt als das von Gschaid und auch um so viel wärmer war, daß man die Ernte immer um vierzehn Tage früher beginnen konnte als in Gschaid, so war doch auch hier der Boden gefroren, und als die Kinder bis zu den Loh- und Walkwerken des Großvaters gekommen waren, lagen auf dem Wege, auf den die Räder oft Tropfen herausspritzten, schöne

Eistäfelchen. Den Kindern ist das gewöhnlich ein sehr großes Vergnügen.

Die Großmutter hatte sie kommen gesehen, war ihnen entgegengegangen, nahm Sanna bei den erfrornen Händchen und führte sie in die Stube.

Sie nahm ihnen die wärmeren Kleider ab, sie ließ in dem Ofen nachlegen und fragte sie, wie es ihnen im Herübergehen gegangen sei.

Als sie hierauf die Antwort erhalten hatte, sagte sie: »Das ist schon recht, das ist gut, es freut mich gar sehr, daß ihr wieder gekommen seid; aber heute müßt ihr bald fort, der Tag ist kurz, und es wird auch kälter, am Morgen war es in Millsdorf nicht gefroren.«

»In Gschaid auch nicht«, sagte der Knabe.

»Siehst du, darum müßt ihr euch sputen, daß euch gegen Abend nicht zu kalt wird«, antwortete die Großmutter. Hierauf fragte sie, was die Mutter mache, was der Vater mache und ob nichts Besonderes in Gschaid geschehen sei. Nach diesen Fragen bekümmerte sie sich um das Essen, sorgte, daß es früher bereitet wurde als gewöhnlich, und richtete selber den Kindern kleine Leckerbissen zusammen, von denen sie wußte, daß sie eine Freude damit erregen würde. Dann wurde der Färber gerufen, die Kinder bekamen an dem Tische aufgedeckt wie große Personen und aßen nun mit Großvater und Großmutter, und die letzte legte ihnen hiebei besonders Gutes vor. Nach dem Essen streichelte sie Sannas unterdessen sehr rot gewordene Wangen.

Hierauf ging sie geschäftig hin und her und steckte das Kalbfellränzchen des Knaben voll und steckte ihm noch allerlei in die Taschen. Auch in die Täschchen von Sanna tat sie allerlei Dinge. Sie gab jedem ein Stück Brot, es auf dem Wege zu verzehren, und in dem Ränzchen, sagte sie, seien noch zwei Weißbrote, wenn etwa der Hunger zu groß würde.

»Für die Mutter habe ich einen gut gebrannten Kaffee mitgegeben«, sagte sie, »und in dem Fläschchen, das zugestopft und gut verbunden ist, befindet sich auch ein schwarzer Kaffeeaufguß, ein besserer, als die Mutter bei euch gewöhnlich macht, sie soll ihn nur kosten, wie er ist, er ist eine wahre Arznei, so kräftig, daß nur ein Schlückchen den Magen so wärmt, daß es den Körper in den kältesten Wintertagen nicht frieren kann. Die anderen Sachen, die in der Schachtel und in den Papieren im Ränzchen sind, bringt unversehrt nach Hause.«

Da sie noch ein Weilchen mit den Kindern geredet hatte, sagte sie, daß sie gehen sollten.

»Habe acht, Sanna«, sagte sie, »daß du nicht frierst, erhitze dich nicht; und daß ihr nicht über die Wiesen hinauf und unter den Bäumen lauft. Etwa kömmt gegen Abend ein Wind, da müßt ihr langsamer gehen. Grüßet Vater und Mutter und sagt, sie sollen recht glückliche Feiertage haben.«

Die Großmutter küßte beide Kinder auf die Wangen und schob sie durch die Tür hinaus. Nichtsdestoweniger ging sie aber auch selber mit, geleitete sie durch den Garten, ließ sie durch das Hinterpförtchen hinaus, schloß wieder und ging in das Haus zurück.

Die Kinder gingen an den Eistäfelchen neben den Werken des Großvaters vorbei, sie gingen durch die Mills-

dorfer Felder und wendeten sich gegen die Wiesen hinan. Als sie auf den Anhöhen gingen, wo, wie gesagt wurde, zerstreute Bäume und Gebüschgruppen standen, fielen äußerst langsam einzelne Schneeflocken.
»Siehst du, Sanna«, sagte der Knabe, »habe ich es gleich gedacht, daß wir Schnee bekommen; weißt du, da wir von Hause weggingen, sahen wir noch die Sonne, die so blutrot war wie eine Lampe bei dem Heiligen Grabe, und jetzt ist nichts mehr von ihr zu erblicken, und nur der graue Nebel ist über den Baumwipfeln oben. Das bedeutet allemal Schnee.«
Die Kinder gingen freudiger fort, und Sanna war recht froh, wenn sie mit dem dunkeln Ärmel ihres Röckchens eine der fallenden Flocken auffangen konnte und wenn dieselbe recht lange nicht auf dem Ärmel zerfloß. Als sie endlich an dem äußersten Rand der Millsdorfer Höhen angekommen waren, wo es gegen die dunkeln Tannen des Halses hineingeht, war die dichte Waldwand schon recht lieblich gesprenkelt von den immer reichlicher herabfallenden Flocken. Sie gingen nunmehr in den dicken Wald hinein, der den größten Teil ihrer noch bevorstehenden Wanderung einnahm.
Es geht von dem Waldrande noch immer aufwärts, und zwar bis man zur roten Unglücksäule kömmt, von wo sich, wie schon oben angedeutet wurde, der Weg gegen das Tal von Gschaid hinabwendet. Die Erhebung des Waldes von der Millsdorfer Seite ist sogar so steil, daß der Weg nicht gerade hinangeht, sondern daß er in sehr langen Abweichungen von Abend nach Morgen und von Morgen nach Abend hinanklimmt. An der ganzen Länge

des Weges hinauf zur Säule und hinab bis zu den Wiesen von Gschaid sind hohe, dichte, ungelichtete Waldbestände, und sie werden erst ein wenig dünner, wenn man in die Ebene gelangt ist und gegen die Wiesen des Tales von Gschaid hinauskömmt. Der Hals ist auch, wenn er gleich nur eine kleine Verbindung zwischen zwei großen Gebirgshäuptern abgibt, doch selbst so groß, daß er, in die Ebene gelegt, einen bedeutenden Gebirgsrücken abgeben würde.

Das erste, was die Kinder sahen, als sie die Waldung betraten, war, daß der gefrorne Boden sich grau zeigte, als ob er mit Mehl besät wäre, daß die Fahne manches dünnen Halmes des am Wege hin und zwischen den Bäumen stehenden dürren Grases mit Flocken beschwert war und daß auf den verschiedenen grünen Zweigen der Tannen und Fichten, die sich wie Hände öffneten, schon weiße Flämmchen saßen.

»Schneit es denn jetzt bei dem Vater zu Hause auch?« fragte Sanna.

»Freilich«, antwortete der Knabe, »es wird auch kälter, und du wirst sehen, daß morgen der ganze Teich gefroren ist.«

»Ja, Konrad«, sagte das Mädchen.

Es verdoppelte beinahe seine kleinen Schritte, um mit denen des dahinschreitenden Knaben gleichbleiben zu können.

Sie gingen nun rüstig in den Windungen fort, jetzt von Abend nach Morgen, jetzt von Morgen nach Abend. Der von der Großmutter vorausgesagte Wind stellte sich nicht ein, im Gegenteile war es so stille, daß sich nicht ein Ästchen oder Zweig rührte, ja sogar es schien im Walde wärmer, wie es in lockeren Körpern, dergleichen ein Wald auch ist, immer im Winter zu sein pflegt, und die Schneeflocken fielen stets reichlicher, so daß der ganze Boden schon weiß war, daß der Wald sich grau zu bestäuben anfing und daß auf dem Hute und den Kleidern des Knaben sowie auf denen des Mädchens der Schnee lag.

Die Freude der Kinder war sehr groß. Sie traten auf den weichen Flaum, suchten mit dem Fuße absichtlich solche Stellen, wo er dichter zu liegen schien, um dorthin zu treten und sich den Anschein zu geben, als wateten sie bereits. Sie schüttelten den Schnee nicht von den Kleidern ab.

Es war große Ruhe eingetreten. Von den Vögeln, deren doch manche auch zuweilen im Winter in dem Walde hin und her fliegen und von denen die Kinder im Herübergehen sogar mehrere zwitschern gehört hatten, war nichts zu vernehmen, sie sahen auch keine auf irgendeinem Zweige sitzen oder fliegen, und der ganze Wald war gleichsam ausgestorben.

Weil nur die bloßen Fußstapfen der Kinder hinter ihnen blieben und weil vor ihnen der Schnee rein und unverletzt war, so war daraus zu erkennen, daß sie die einzigen waren, die heute über den Hals gingen.

Sie gingen in ihrer Richtung fort, sie näherten sich öfter den Bäumen, öfter entfernten sie sich, und wo dichtes Unterholz war, konnten sie den Schnee auf den Bäumen liegen sehen.

Ihre Freude wuchs noch immer; denn die Flocken fielen

stets dichter, und nach kurzer Zeit brauchten sie nicht mehr den Schnee aufzusuchen, um in ihm zu waten; denn er lag schon so dicht, daß sie ihn überall weich unter den Sohlen empfanden und daß er sich bereits um ihre Schuhe zu legen begann; und wenn es so ruhig und heimlich war, so war es, als ob sie das Knistern des in die Nadeln herabfallenden Schnees vernehmen könnten.

»Werden wir heute auch die Unglücksäule sehen?« fragte das Mädchen, »sie ist ja umgefallen, und da wird es darauf schneien, und da wird die rote Farbe weiß sein.«

»Darum können wir sie doch sehen«, antwortete der Knabe, »wenn auch der Schnee auf sie fällt und wenn sie auch weiß ist, so müssen wir sie liegen sehen, weil sie eine dicke Säule ist und weil sie das schwarze eiserne Kreuz auf der Spitze hat, das doch immer herausragen wird.«

»Ja, Konrad.«

Indessen da sie noch weitergegangen waren, war der Schneefall so dicht geworden, daß sie nur mehr die allernächsten Bäume sehen konnten.

Von der Härte des Weges oder gar von Furchenaufwerfungen war nichts zu empfinden, der Weg war vom Schnee überall gleich weich und war überhaupt nur daran zu erkennen, daß er als ein gleichmäßiger weißer Streifen in dem Walde fortlief. Auf allen Zweigen lag schon die schöne weiße Hülle.

Die Kinder gingen jetzt mitten auf dem Wege, sie furchten den Schnee mit ihren Füßlein und gingen langsamer, weil das Gehen beschwerlich ward. Der Knabe zog seine Jacke empor an dem Halse zusammen, damit ihm nicht der Schnee in den Nacken falle, und er setzte den Hut tiefer in das Haupt, daß er geschützter sei. Er zog auch seinem Schwesterlein das Tuch, das ihm die Mutter um die Schultern gegeben hatte, besser zusammen und zog es ihm mehr vorwärts in die Stirne, daß es ein Dach bilde. Der von der Großmutter vorausgesagte Wind war noch immer nicht gekommen; aber dafür wurde der Schneefall nach und nach so dicht, daß auch nicht mehr die nächsten Bäume zu erkennen waren, sondern daß sie wie neblige Säcke in der Luft standen.

Die Kinder gingen fort. Sie duckten die Köpfe dichter in ihre Kleider und gingen fort.

Sanna nahm den Riemen, an welchem Konrad die Kalbfelltasche um die Schulter hängen hatte, mit den Händchen, hielt sich daran, und so gingen sie ihres Weges.

Die Unglücksäule hatten sie noch immer nicht erreicht. Der Knabe konnte die Zeit nicht ermessen, weil keine Sonne am Himmel stand und weil es immer gleichmäßig grau war.

»Werden wir bald zu der Unglücksäule kommen?« fragte Sanna.

»Ich weiß es nicht«, antwortete der Knabe, »ich kann heute die Bäume nicht sehen und den Weg nicht erkennen, weil er so weiß ist. Die Unglücksäule werden wir wohl gar nicht sehen, weil so viel Schnee liegen wird, daß sie verhüllt sein wird und daß kaum ein Gräschen oder ein Arm des schwarzen Kreuzes hervorragen wird. Aber es macht nichts. Wir gehen immer auf dem Wege fort, der Weg geht zwischen den Bäumen, und wenn er zu dem Platze der Unglücksäule kömmt, dann wird er abwärts gehen, wir gehen auf ihm fort, und wenn er aus den Bäumen hinausgeht, dann sind wir schon auf den Wiesen von Gschaid, dann kömmt der Steg, und dann haben wir nicht mehr weit nach Hause.«

»Ja, Konrad«, sagte das Mädchen.

Sie gingen auf ihrem aufwärts führenden Wege fort. Die hinter ihnen liegenden Fußstapfen waren jetzt nicht mehr lange sichtbar; denn die ungemeine Fülle des herabfallenden Schnees deckte sie bald zu, daß sie verschwanden. Der Schnee knisterte in seinem Falle nun auch nicht mehr in den Nadeln, sondern legte sich eilig und heimlich auf die weiße schon daliegende Decke nieder. Die Kinder nahmen die Kleider noch fester, um das immerwährende, allseitige Hineinrieseln abzuhalten.

Sie gingen sehr schleunig, und der Weg führte noch stets aufwärts.

Nach langer Zeit war noch immer die Höhe nicht erreicht, auf welcher die Unglücksäule stehen sollte und von wo der Weg gegen die Gschaider Seite sich hinunterwenden mußte.

Endlich kamen die Kinder in eine Gegend, in welcher keine Bäume standen.

»Ich sehe keine Bäume mehr«, sagte Sanna.

»Vielleicht ist nur der Weg so breit, daß wir sie wegen des Schneiens nicht sehen können«, antwortete der Knabe.

»Ja, Konrad«, sagte das Mädchen.

Nach einer Weile blieb der Knabe stehen und sagte: »Ich sehe selber keine Bäume mehr, wir müssen aus dem Walde gekommen sein, auch geht der Weg immer bergan. Wir wollen ein wenig stehenbleiben und herumsehen, vielleicht erblicken wir etwas.«

Aber sie erblickten nichts. Sie sahen durch einen trüben Raum in den Himmel. Wie bei dem Hagel über die weißen oder grünlich gedunsenen Wolken die finsteren fransenartigen Streifen herabstarren, so war es hier, und das stumme Schütten dauerte fort. Auf der Erde sahen sie nur einen runden Fleck Weiß und dann nichts mehr.

»Weißt du, Sanna«, sagte der Knabe, »wir sind auf dem dürren Grase, auf welches ich dich oft im Sommer heraufgeführt habe, wo wir saßen und wo wir den Rasen betrachteten, der nacheinander hinaufgeht, und wo die schönen Kräuterbüschel wachsen. Wir werden da jetzt gleich rechts hinabgehen.«

»Ja, Konrad.«

»Der Tag ist kurz, wie die Großmutter gesagt hat und wie du auch wissen wirst, wir müssen uns daher sputen.«

»Ja, Konrad«, sagte das Mädchen.

»Warte ein wenig, ich will dich besser einrichten«, erwiderte der Knabe.

Er nahm seinen Hut ab, setzte ihn Sanna auf das Haupt und befestigte ihn mit den beiden Bändchen unter ihrem Kinne. Das Tüchlein, welches sie umhatte, schützte sie zu wenig, während auf seinem Haupte eine solche Menge dichter Locken war, daß noch lange Schnee darauf fallen konnte, ehe Nässe und Kälte durchzudringen vermochten. Dann zog er sein Pelzjäckchen aus und zog dasselbe über die Ärmelein der Schwester. Um seine eigenen Schultern und Arme, die jetzt das bloße Hemd zeigten, band er das kleinere Tüchlein, das Sanna über die Brust, und das größere, das sie über die Schultern gehabt hatte.

Das sei für ihn genug, dachte er, wenn er nur stark auftrete, werde ihn nicht frieren.

Er nahm das Mädchen bei der Hand, und so gingen sie jetzt fort.

Das Mädchen schaute mit den willigen Äuglein in das ringsum herrschende Grau und folgte ihm gerne, nur daß es mit den kleinen eilenden Füßlein nicht so nachkommen konnte, wie er vorwärts strebte, gleich einem, der es zur Entscheidung bringen wollte.

Sie gingen nun mit der Unablässigkeit und Kraft, die Kinder und Tiere haben, weil sie nicht wissen, wieviel ihnen beschieden ist und wann ihr Vorrat erschöpft ist.

Aber wie sie gingen, so konnten sie nicht merken, ob sie über den Berg hinabkämen oder nicht. Sie hatten gleich rechts nach abwärts gebogen, allein sie kamen wieder in Richtungen, die bergan führten, bergab und wieder bergan. Oft begegneten ihnen Steilheiten, denen sie ausweichen mußten, und ein Graben, in dem sie fortgingen, führte sie in einer Krümmung herum. Sie erklommen Höhen, die sich unter ihren Füßen steiler gestalteten, als sie dachten, und was sie für abwärts hielten, war wieder eben, oder es war eine Höhlung, oder es ging immer gedehnt fort.

»Wo sind wir denn, Konrad?« fragte das Mädchen.

»Ich weiß es nicht«, antwortete er.

»Wenn ich nur mit diesen meinen Augen etwas zu erblicken imstande wäre«, fuhr er fort, »daß ich mich darnach richten könnte.«

Aber es war rings um sie nichts als das blendende Weiß, überall das Weiß, das aber selber nur einen immer klei-

neren Kreis um sie zog und dann in einen lichten, streifenweise niederfallenden Nebel überging, der jedes Weitere verzehrte und verhüllte und zuletzt nichts anderes war als der unersättlich niederfallende Schnee.
»Warte, Sanna«, sagte der Knabe, »wir wollen ein wenig stehenbleiben und horchen, ob wir nicht etwas hören können, was sich im Tale meldet, sei es nun ein Hund oder eine Glocke oder die Mühle, oder sei es ein Ruf, der sich hören läßt, hören müssen wir etwas, und dann werden wir wissen, wohin wir zu gehen haben.«
Sie blieben nun stehen, aber sie hörten nichts. Sie blieben noch ein wenig länger stehen, aber es meldete sich nichts, es war nicht ein einziger Laut, auch nicht der leiseste außer ihrem Atem zu vernehmen, ja in der Stille, die herrschte, war es, als sollten sie den Schnee hören, der auf ihre Wimpern fiel. Die Voraussage der Großmutter hatte sich noch immer nicht erfüllt, der Wind war nicht gekommen, ja, was in diesen Gegenden selten ist, nicht das leiseste Lüftchen rührte sich an dem ganzen Himmel. Nachdem sie lange gewartet hatten, gingen sie wieder fort.
»Es tut auch nichts, Sanna«, sagte der Knabe, »sei nur nicht verzagt, folge mir, ich werde dich doch noch hinüberführen. – Wenn nur das Schneien aufhörte!«
Sie war nicht verzagt, sondern hob die Füßchen, so gut es gehen wollte, und folgte ihm. Er führte sie in dem weißen, lichten, regsamen, undurchsichtigen Raume fort.
Nach einer Weile sahen sie Felsen. Sie hoben sich dunkel und undeutlich aus dem weißen und undurchsichti-

gen Lichte empor. Da die Kinder sich näherten, stießen sie fast daran. Sie stiegen wie eine Mauer hinauf und waren ganz gerade, so daß kaum ein Schnee an ihrer Seite haften konnte.

»Sanna, Sanna«, sagte er, »da sind die Felsen, gehen wir nur weiter, gehen wir weiter.«

Sie gingen weiter, sie mußten zwischen die Felsen hinein und unter ihnen fort. Die Felsen ließen sie nicht rechts und nicht links ausweichen und führten sie in einem engen Wege dahin. Nach einer Zeit verloren sie dieselben wieder und konnten sie nicht mehr erblicken. So wie sie unversehens unter sie gekommen waren, kamen sie wieder unversehens von ihnen. Es war wieder nichts um sie als das Weiß, und ringsum war kein unterbrechendes Dunkel zu schauen. Es schien eine große Lichtfülle zu sein, und doch konnte man nicht drei Schritte vor sich sehen; alles war, wenn man so sagen darf, in eine einzige weiße Finsternis gehüllt, und weil kein Schatten war, so war kein Urteil über die Größe der Dinge, und die Kinder konnten nicht wissen, ob sie aufwärts oder abwärts gehen würden, bis eine Steilheit ihren Fuß faßte und ihn aufwärts zu gehen zwang.

»Mir tun die Augen weh«, sagte Sanna.

»Schaue nicht auf den Schnee«, antwortete der Knabe, »sondern in die Wolken. Mir tun sie schon lange weh; aber es tut nichts, ich muß doch auf den Schnee schauen, weil ich auf den Weg zu achten habe. Fürchte dich nur nicht, ich führe dich doch hinunter ins Gschaid.«

»Ja, Konrad.«

Sie gingen wieder fort; aber wie sie auch gehen mochten,

wie sie sich auch wenden mochten, es wollte kein Anfang zum Hinabwärtsgehen kommen. An beiden Seiten waren steile Dachlehnen nach aufwärts, mitten gingen sie fort, aber auch immer aufwärts. Wenn sie den Dachlehnen entrannen und sich nach abwärts beugten, wurde es gleich so steil, daß sie wieder umkehren mußten, die Füßlein stießen oft auf Unebenheiten, und sie mußten häufig Büheln ausweichen.

Sie merkten auch, daß ihr Fuß, wo er tiefer durch den jungen Schnee einsank, nicht erdigen Boden unter sich empfand, sondern etwas anderes, das wie älter gefrorner Schnee war; aber sie gingen immer fort, und sie liefen mit Hast und Ausdauer. Wenn sie stehenblieben, war alles still, unermeßlich still; wenn sie gingen, hörten sie das Rascheln ihrer Füße, sonst nichts; denn die Hüllen des Himmels sanken ohne Laut hernieder, und so reich, daß man den Schnee hätte wachsen sehen können. Sie selber waren so bedeckt, daß sie sich von dem allgemeinen Weiß nicht hervorhoben und sich, wenn sie um ein paar Schritte getrennt worden wären, nicht mehr gesehen hätten.

Eine Wohltat war es, daß der Schnee so trocken war wie Sand, so daß er von ihren Füßen und den Bundschühlein und Strümpfen daran leicht abglitt und abrieselte, ohne Ballen und Nässe zu machen.

Endlich gelangten sie wieder zu Gegenständen.

Es waren riesenhaft große, sehr durcheinander liegende Trümmer, die mit Schnee bedeckt waren, der überall in die Klüfte hineinrieselte, und an die sie sich ebenfalls fast anstießen, ehe sie sie sahen. Sie gingen ganz hinzu, die Dinge anzublicken.

Es war Eis – lauter Eis.
Es lagen Platten da, die mit Schnee bedeckt waren, an deren beiden Seitenwänden aber das glatte, grünliche Eis sichtbar war, es lagen Hügel da, die wie zusammengeschobener Schaum aussahen, an deren Seiten es aber matt nach einwärts flimmerte und glänzte, als wären Balken und Stangen von Edelsteinen durcheinandergeworfen worden, es lagen ferner gerundete Kugeln da, die ganz mit Schnee umhüllt waren, es standen Platten und andere Körper auch schief oder gerade aufwärts, so hoch wie der Kirchturm in Gschaid oder wie Häuser. In einigen waren Höhlen eingefressen, durch die man mit einem Arme durchfahren konnte, mit einem Kopfe, mit einem Körper, mit einem ganzen großen Wagen voll Heu. Alle diese Stücke waren zusammen- oder emporgedrängt und starrten, so daß sie oft Dächer bildeten oder Überhänge, über deren Ränder sich der Schnee herüberlegte und herabgriff wie lange, weiße Tatzen. Selbst ein großer, schreckhaft schwarzer Stein, wie ein Haus, lag unter dem Eise und war emporgestellt, daß er auf der Spitze stand, daß kein Schnee an seinen Seiten liegenbleiben konnte. Und nicht dieser Stein allein – noch mehrere und größere staken in dem Eise, die man erst später sah und die wie eine Trümmermauer an ihm hingingen.
»Da muß recht viel Wasser gewesen sein, weil so viel Eis ist«, sagte Sanna.
»Nein, das ist von keinem Wasser«, antwortete der Bruder, »das ist das Eis des Berges, das immer oben ist, weil es so eingerichtet ist.«
»Ja, Konrad«, sagte Sanna.

»Wir sind jetzt bis zu dem Eise gekommen«, sagte der Knabe, »wir sind auf dem Berge, Sanna, weißt du, den man von unserm Garten aus im Sonnenscheine so weiß sieht. Merke gut auf, was ich dir sagen werde. Erinnerst du dich noch, wie wir oft nachmittags in dem Garten saßen, wie es recht schön war, wie die Bienen um uns summten, die Linden dufteten und die Sonne von dem Himmel schien?«

»Ja, Konrad, ich erinnere mich.«

»Da sahen wir auch den Berg. Wir sahen, wie er so blau war, so blau wie das sanfte Firmament, wir sahen den Schnee, der oben ist, wenn auch bei uns Sommer war, eine Hitze herrschte und die Getreide reif wurden.«

»Ja, Konrad.«

»Und unten, wo der Schnee aufhört, da sieht man allerlei Farben, wenn man genau schaut, grün, blau, weißlich – das ist das Eis, das unten nur so klein ausschaut, weil man sehr weit entfernt ist, und das, wie der Vater sagte, nicht weggeht bis an das Ende der Welt. Und da habe ich oft gesehen, daß unterhalb des Eises die blaue Farbe noch fortgeht, das werden Steine sein, dachte ich, oder es wird Erde und Weidegrund sein, und dann fangen die Wälder an, die gehen herab und immer weiter herab, man sieht auch allerlei Felsen in ihnen, dann folgen die Wiesen, die schon grün sind, und dann die grünen Laubwälder, und dann kommen unsere Wiesen und Felder, die in dem Tale von Gschaid sind. Siehst du, nun, Sanna, weil wir jetzt bei dem Eise sind, so werden wir über die blaue Farbe hinabgehen, dann durch die Wälder, in denen die Felsen sind, dann über die Wiesen und dann durch die grünen

Laubwälder, und dann werden wir in dem Tale von Gschaid sein und recht leichter unser Dorf finden.«

»Ja, Konrad«, sagte das Mädchen.

Die Kinder gingen nun in das Eis hinein, wo es zugänglich war.

Sie waren winzigkleine wandelnde Punkte in diesen ungeheuern Stücken.

Wie sie so unter die Überhänge hineinsahen, gleichsam als gäbe ihnen ein Trieb ein, ein Obdach zu suchen, gelangten sie in einen Graben, in einen breiten, tiefgefurchten Graben, der gerade aus dem Eise hervorging. Er sah aus wie das Bett eines Stromes, der aber jetzt ausgetrocknet und überall mit frischem Schnee bedeckt war. Wo er aus dem Eise hervorkam, ging er gerade unter einem Kellergewölbe heraus, das recht schön aus Eis über ihn gespannt war. Die Kinder gingen in dem Graben fort und gingen in das Gewölbe hinein, und immer tiefer hinein. Es war ganz trocken, und unter ihren Füßen hatten sie glattes Eis. In der ganzen Höhlung aber war es blau, so blau, wie gar nichts in der Welt ist, viel tiefer und viel schöner blau als das Firmament, gleichsam wie himmelblau gefärbtes Glas, durch welches lichter Schein hineinsinkt. Es waren dickere und dünnere Bogen, es hingen Zacken, Spitzen und Troddeln herab, der Gang wäre noch tiefer zurückgegangen, sie wußten nicht wie tief, aber sie gingen nicht mehr weiter. Es wäre auch sehr gut in der Höhle gewesen, es war warm, es fiel kein Schnee, aber es war so schreckhaft blau, die Kinder fürchteten sich und gingen wieder hinaus. Sie gingen eine Weile in dem Graben fort und kletterten dann über seinen Rand hinaus.

Sie gingen an dem Eise hin, sofern es möglich war, durch das Getrümmer und zwischen den Platten durchzudringen.
»Wir werden jetzt da noch hinübergehen und dann von dem Eise abwärts laufen«, sagte Konrad.
»Ja«, sagte Sanna und klammerte sich an ihn an.
Sie schlugen von dem Eise eine Richtung durch den Schnee abwärts ein, die sie in das Tal führen sollte. Aber sie kamen nicht weit hinab. Ein neuer Strom von Eis, gleichsam ein riesenhaft aufgetürmter und aufgewölbter Wall, lag quer durch den weichen Schnee und griff gleichsam mit Armen rechts und links um sie herum. Unter der weißen Decke, die ihn verhüllte, glimmerte es seitwärts grünlich und bläulich und dunkel und schwarz und selbst gelblich und rötlich heraus. Sie konnten es nun auf weitere Strecken sehen, weil das ungeheure und unermüdliche Schneien sich gemildert hatte und nur mehr wie an gewöhnlichen Schneetagen vom Himmel fiel. Mit dem Starkmute der Unwissenheit kletterten sie in das Eis hinein, um den vorgeschobenen Strom desselben zu überschreiten und dann jenseits weiter hinabzukommen. Sie schoben sich in die Zwischenräume hinein, sie setzten den Fuß auf jedes Körperstück, das mit einer weißen Schneehaube versehen war, war es Fels oder Eis, sie nahmen die Hände zu Hilfe, krochen, wo sie nicht gehen konnten, und arbeiteten sich mit ihren leichten Körpern hinauf, bis sie die Seite des Walles überwunden hatten und oben waren.
Jenseits wollten sie wieder hinabklettern.
Aber es gab kein Jenseits.

So weit die Augen der Kinder reichen konnten, war lauter Eis. Es standen Spitzen und Unebenheiten und Schollen empor wie lauter furchtbares, überschneites Eis. Statt ein Wall zu sein, über den man hinübergehen könnte und der dann wieder von Schnee abgelöst wurde, wie sie sich unten dachten, stiegen aus der Wölbung neue Wände von Eis empor, geborsten und geklüftet, mit unzähligen blauen geschlängelten Linien versehen, und hinter ihnen waren wieder solche Wände, und hinter diesen wieder solche, bis der Schneefall das weitere mit seinem Grau verdeckte.

»Sanna, da können wir nicht gehen«, sagte der Knabe.

»Nein«, antwortete die Schwester.

»Da werden wir wieder umkehren und anderswo hinabzukommen suchen.«

»Ja, Konrad.«

Die Kinder suchten nun von dem Eiswalle wieder da hinabzukommen, wo sie hinaufgeklettert waren, aber sie kamen nicht hinab. Es war lauter Eis, als hätten sie die Richtung, in der sie gekommen waren, verfehlt. Sie wandten sich hierhin und dorthin und konnten aus dem Eise nicht herauskommen, als wären sie von ihm umschlungen. Sie kletterten abwärts und kamen wieder in Eis. Endlich, da der Knabe die Richtung immer verfolgte, in der sie nach seiner Meinung gekommen waren, gelangten sie in zerstreutere Trümmer, aber sie waren auch größer und furchtbarer, wie sie gerne am Rande des Eises zu sein pflegen, und die Kinder gelangten kriechend und kletternd hinaus. An dem Eisessaume waren ungeheure Steine, sie waren gehäuft, wie sie die Kinder ihr Leben lang nicht ge-

sehen hatten. Viele waren in Weiß gehüllt, viele zeigten die unteren schiefen Wände sehr glatt und feingeschliffen, als wären sie daraufgeschoben worden, viele waren wie Hütten und Dächer gegeneinandergestellt, viele lagen aufeinander wie ungeschlachte Knollen. Nicht weit von dem Standorte der Kinder standen mehrere mit den Köpfen gegeneinander gelehnt, und über sie lagen breite, gelagerte Blöcke wie ein Dach. Es war ein Häuschen, das gebildet war, das gegen vorne offen, rückwärts und an den Seiten aber geschützt war. Im Innern war es trocken, da der steilrechte Schneefall keine einzige Flocke hineingetragen hatte. Die Kinder waren recht froh, daß sie nicht mehr in dem Eise waren und auf ihrer Erde standen.
Aber es war auch endlich finster geworden.
»Sanna«, sagte der Knabe, »wir können nicht mehr hinabgehen, weil es Nacht geworden ist und weil wir fallen oder gar in eine Grube geraten könnten. Wir werden da unter die Steine hineingehen, wo es trocken und so warm ist, und da werden wir warten. Die Sonne geht bald wieder auf, dann laufen wir hinunter. Weine nicht, ich bitte dich recht schön, weine nicht, ich gebe dir alle Dinge zu essen, welche uns die Großmutter mitgegeben hat.«
Sie weinte auch nicht, sondern nachdem sie beide unter das steinerne Überdach hineingegangen waren, wo sie nicht nur bequem sitzen, sondern auch stehen und herumgehen konnten, setzte sie sich recht dicht an ihn und war mäuschenstille.
»Die Mutter«, sagte Konrad, »wird nicht böse sein, wir werden ihr von dem vielen Schnee erzählen, der uns aufgehalten hat, und sie wird nichts sagen; der Vater auch

nicht. Wenn uns kalt wird – weißt du –, dann mußt du mit den Händen an deinen Leib schlagen, wie die Holzhauer getan haben, und dann wird dir wärmer werden.«
»Ja, Konrad«, sagte das Mädchen.
Sanna war nicht gar so untröstlich, daß sie heute nicht mehr über den Berg hinabgingen und nach Hause liefen, wie er etwa glauben mochte; denn die unermeßliche Anstrengung, von der die Kinder nicht einmal gewußt hatten, wie groß sie gewesen sei, ließ ihnen das Sitzen süß, unsäglich süß erscheinen, und sie gaben sich hin.
Jetzt machte sich aber auch der Hunger geltend. Beide nahmen fast zu gleicher Zeit ihre Brote aus den Taschen und aßen sie. Sie aßen auch die Dinge – kleine Stückchen Kuchen, Mandeln und Nüsse und andere Kleinigkeiten –, die die Großmutter ihnen in die Tasche gesteckt hatte.
»Sanna, jetzt müssen wir aber auch den Schnee von unsern Kleidern tun«, sagte der Knabe, »daß wir nicht naß werden.«
»Ja, Konrad«, erwiderte Sanna.
Die Kinder gingen aus ihrem Häuschen, und zuerst reinigte Konrad das Schwesterlein von Schnee. Er nahm die Kleiderzipfel, schüttelte sie, nahm ihr den Hut ab, den er ihr aufgesetzt hatte, entleerte ihn von Schnee, und was noch zurückgeblieben war, das stäubte er mit einem Tuche ab. Dann entledigte er auch sich, so gut es ging, des auf ihm liegenden Schnees.
Der Schneefall hatte zu dieser Stunde ganz aufgehört. Die Kinder spürten keine Flocke.
Sie gingen wieder in die Steinhütte und setzten sich nieder. Das Aufstehen hatte ihnen ihre Müdigkeit erst recht

gezeigt, und sie freuten sich auf das Sitzen. Konrad legte die Tasche aus Kalbfell ab. Er nahm das Tuch heraus, in welches die Großmutter eine Schachtel und mehrere Papierpäckchen gewickelt hatte, und tat es zu größerer Wärme um seine Schultern. Auch die zwei Weißbrote nahm er aus dem Ränzchen und reichte sie beide an Sanna: das Kind aß begierig. Es aß eines der Brote und von dem zweiten auch noch einen Teil. Den Rest reichte es aber Konrad, da es sah, daß er nicht aß. Er nahm es und verzehrte es.

Von da an saßen die Kinder und schauten.

So weit sie in die Dämmerung zu sehen vermochten, lag überall der flimmernde Schnee hinab, dessen einzelne winzige Täfelchen hie und da in der Finsternis seltsam zu funkeln begannen, als hätte er bei Tag das Licht eingesogen und gäbe es jetzt von sich.

Die Nacht brach mit der in großen Höhen gewöhnlichen Schnelligkeit herein. Bald war es ringsherum finster, nur der Schnee fuhr fort, mit seinem bleichen Lichte zu leuchten. Der Schneefall hatte nicht nur aufgehört, sondern der Schleier an dem Himmel fing auch an, sich zu verdünnen und zu verteilen; denn die Kinder sahen ein Sternlein blitzen. Weil der Schnee wirklich gleichsam ein Licht von sich gab und weil von den Wolken kein Schleier mehr herabhing, so konnten die Kinder von ihrer Höhle aus die Schneehügel sehen, wie sie sich in Linien von dem dunkeln Himmel abschnitten. Weil es in der Höhle viel wärmer war, als es an jedem andern Platze im ganzen Tage gewesen war, so ruhten die Kinder enge aneinandersitzend und vergaßen sogar die Finsternis zu fürchten. Bald vermehrten sich auch die Sterne, jetzt kam hier einer zum Vorscheine, jetzt dort, bis es schien, als wäre am ganzen Himmel keine Wolke mehr.

Das war der Zeitpunkt, in welchem man in den Tälern die Lichter anzuzünden pflegt. Zuerst wird eines angezündet und auf den Tisch gestellt, um die Stube zu erleuchten, oder es brennt auch nur ein Span, oder es brennt das Feuer auf der Leuchte, und es erhellen sich alle Fenster von bewohnten Stuben und glänzen in die Schneenacht hinaus – aber heute erst – am Heiligen Abende –, da wurden viel mehrere angezündet, um die Gaben zu beleuchten, welche für die Kinder auf den Tischen lagen oder an den Bäumen hingen, es wurden wohl unzählige angezündet; denn beinahe in jedem Hause, in jeder Hütte, jedem Zimmer war eines oder mehrere Kinder, denen der Heilige Christ etwas gebracht hatte und wozu man Lichter stellen mußte. Der Knabe hatte geglaubt, daß man sehr bald von dem Berge hinabkommen könne, und doch, von den vielen Lichtern, die heute in dem Tale brannten, kam nicht ein einziges zu ihnen herauf; sie sahen nichts als den blassen Schnee und den dunkeln Himmel, alles andere war ihnen in die unsichtbare Ferne hinabgerückt. In allen Tälern bekamen die Kinder in dieser Stunde die Geschenke des Heiligen Christ: nur die zwei saßen oben am Rande des Eises, und die vorzüglichsten Geschenke, die sie heute hätten bekommen sollen, lagen in versiegelten Päckchen in der Kalbfelltasche im Hintergrunde der Höhle.

Die Schneewolken waren ringsum hinter die Berge hinabgesunken, und ein ganz dunkelblaues, fast schwarzes

Gewölbe spannte sich um die Kinder voll von dichten brennenden Sternen, und mitten durch diese Sterne war ein schimmerndes, breites, milchiges Band gewoben, das sie wohl auch unten im Tale, aber nie so deutlich gesehen hatten. Die Nacht rückte vor. Die Kinder wußten nicht, daß die Sterne gegen Westen rücken und weiterwandeln, sonst hätten sie an ihrem Vorschreiten den Stand der Nacht erkennen können; aber es kamen neue und gingen die alten, sie aber glaubten, es seien immer dieselben. Es wurde von dem Scheine der Sterne auch lichter um die Kinder; aber sie sahen kein Tal, keine Gegend, sondern überall nur Weiß – lauter Weiß. Bloß ein dunkles Horn, ein dunkles Haupt, ein dunkler Arm wurde sichtbar und ragte dort und hier aus dem Schimmer empor. Der Mond war nirgends am Himmel zu erblicken, vielleicht war er schon frühe mit der Sonne untergegangen, oder er ist noch nicht erschienen.

Als eine lange Zeit vergangen war, sagte der Knabe: »Sanna, du mußt nicht schlafen; denn weißt du, wie der Vater gesagt hat, wenn man im Gebirge schläft, muß man erfrieren, so wie der alte Eschenjäger auch geschlafen hat und vier Monate tot auf dem Steine gesessen ist, ohne daß jemand gewußt hatte, wo er sei.«

»Nein, ich werde nicht schlafen«, sagte das Mädchen matt. Konrad hatte es an dem Zipfel des Kleides geschüttelt, um es zu jenen Worten zu erwecken.

Nun war es wieder stille.

Nach einer Zeit empfand der Knabe ein sanftes Drücken gegen seinen Arm, das immer schwerer wurde. Sanna war eingeschlafen und war gegen ihn herübergesunken.

»Sanna, schlafe nicht, ich bitte dich, schlafe nicht«, sagte er.
»Nein«, lallte sie schlaftrunken, »ich schlafe nicht.«
Er rückte weiter von ihr, um sie in Bewegung zu bringen, allein sie sank um und hätte auf der Erde liegend fortgeschlafen. Er nahm sie an der Schulter und rüttelte sie. Da er sich dabei selber etwas stärker bewegte, merkte er, daß ihn friere und daß sein Arm schwerer sei. Er erschrak und sprang auf. Er ergriff die Schwester, schüttelte sie stärker und sagte: »Sanna, stehe ein wenig auf, wir wollen eine Zeit stehen, daß es besser wird.«
»Mich friert nicht, Konrad«, antwortete sie.
»Ja, ja, es friert dich, Sanna, stehe auf«, rief er.
»Die Pelzjacke ist warm«, sagte sie.
»Ich werde dir emporhelfen«, sagte er.
»Nein«, erwiderte sie und war stille.
Da fiel dem Knaben etwas anderes ein. Die Großmutter hatte gesagt: Nur ein Schlückchen wärmt den Magen so, daß es den Körper in den kältesten Wintertagen nicht frieren kann.
Er nahm das Kalbfellränzchen, öffnete es und griff so lange, bis er das Fläschchen fand, in welchem die Großmutter der Mutter einen schwarzen Kaffeeabsud schicken wollte. Er nahm das Fläschchen heraus, tat den Verband weg und öffnete mit Anstrengung den Kork. Dann bückte er sich zu Sanna und sagte: »Da ist der Kaffee, den die Großmutter der Mutter schickt, koste ihn ein wenig, er wird dir warm machen. Die Mutter gibt ihn uns, wenn sie nur weiß, wozu wir ihn nötig gehabt haben.«
Das Mädchen, dessen Natur zur Ruhe zog, antwortete:

»Mich friert nicht.«
»Nimm nur etwas«, sagte der Knabe, »dann darfst du schlafen.«
Diese Aussicht verlockte Sanna, sie bewältigte sich so weit, daß sie fast das eingegossene Getränk verschluckte. Hierauf trank der Knabe auch etwas.
Der ungemein starke Auszug wirkte sogleich, und zwar um so heftiger, da die Kinder in ihrem Leben keinen Kaffee gekostet hatten. Statt zu schlafen, wurde Sanna nun lebhafter und sagte selber, daß sie friere, daß es aber von innen recht warm sei und auch schon so in die Hände und Füße gehe. Die Kinder redeten sogar eine Weile miteinander.
So tranken sie trotz der Bitterkeit immer wieder von dem Getränke, sobald die Wirkung nachzulassen begann, und steigerten ihre unschuldigen Nerven zu einem Fieber, das imstande war, den zum Schlummer ziehenden Gewichten entgegenzuwirken.
Es war nun Mitternacht gekommen. Weil sie noch so jung waren und an jedem Heiligen Abende in höchstem Drange der Freude stets erst sehr spät entschlummerten, wenn sie nämlich der körperliche Drang übermannt hatte, so hatten sie nie das mitternächtliche Läuten der Glocken, nie die Orgel der Kirche gehört, wenn das Fest gefeiert wurde, obwohl sie nahe an der Kirche wohnten. In diesem Augenblicke der heutigen Nacht wurde nun mit allen Glocken geläutet, es läuteten die Glocken in Millsdorf, es läuteten die Glocken in Gschaid, und hinter dem Berge war noch ein Kirchlein mit drei hellen, klingenden Glocken, die läuteten. In den fernen Ländern

draußen waren unzählige Kirchen und Glocken, und mit allen wurde zu dieser Zeit geläutet, von Dorf zu Dorf ging die Tonwelle, ja, man konnte wohl zuweilen von einem Dorfe zum andern durch die blätterlosen Zweige das Läuten hören; nur zu den Kindern herauf kam kein Laut, hier wurde nichts vernommen, denn hier war nichts zu verkündigen. In den Talkrümmen gingen jetzt an den Berghängen die Lichter der Laternen hin, und von manchem Hofe ertönte das Hausglöcklein, um die Leute zu erinnern; aber dieses konnte um so weniger herauf gesehen und gehört werden, es glänzten nur die Sterne, und sie leuchteten und funkelten ruhig fort.

Wenn auch Konrad sich das Schicksal des erfrornen Eschenjägers vor Augen hielt, wenn auch die Kinder das Fläschchen mit dem schwarzen Kaffee fast ausgeleert hatten, wodurch sie ihr Blut zu größerer Tätigkeit brachten, aber gerade dadurch eine folgende Ermattung herbeizogen, so würden sie den Schlaf nicht haben überwinden können, dessen verführende Süßigkeit alle Gründe überwiegt, wenn nicht die Natur in ihrer Größe ihnen beigestanden wäre und in ihrem Innern eine Kraft aufgerufen hätte, welche imstande war, dem Schlafe zu widerstehen. In der ungeheuren Stille, die herrschte, in der Stille, in der sich kein Schneespitzchen zu rühren schien, hörten die Kinder dreimal das Krachen des Eises. Was das Starrste scheint und doch das Regsamste und Lebendigste ist, der Gletscher, hatte die Töne hervorgebracht. Dreimal hörten sie hinter sich den Schall, der entsetzlich war, als ob die Erde entzweigesprungen wäre, der sich nach allen Richtungen im Eise verbreitete und gleichsam durch alle

Aderchen des Eises lief. Die Kinder blieben mit offenen Augen sitzen und schauten in die Sterne hinaus.
Auch für die Augen begann sich etwas zu entwickeln. Wie die Kinder so saßen, erblühte am Himmel vor ihnen ein bleiches Licht mitten unter den Sternen und spannte einen schwachen Bogen durch dieselben. Es hatte einen grünlichen Schimmer, der sich sachte nach unten zog. Aber der Bogen wurde immer heller und heller, bis sich die Sterne vor ihm zurückzogen und erblaßten. Auch in andere Gegenden des Himmels sandte er einen Schein, der schimmergrün sachte und lebendig unter die Sterne floß. Dann standen Garben verschiedenen Lichtes auf der Höhe des Bogens wie Zacken einer Krone und brannten. Es floß helle durch die benachbarten Himmelsgegenden, es sprühte leise und ging in sanftem Zucken durch lange Räume. Hatte sich nun der Gewitterstoff des Himmels durch den unerhörten Schneefall so gespannt, daß er in diesen stummen herrlichen Strömen des Lichtes ausfloß, oder war es eine andere Ursache der unergründlichen Natur: nach und nach wurde es schwächer und immer schwächer, die Garben erloschen zuerst, bis es allmählich und unmerklich immer geringer wurde und wieder nichts am Himmel war als die tausend und tausend einfachen Sterne.
Die Kinder sagten keines zu dem andern ein Wort, sie blieben fort und fort sitzen und schauten mit offenen Augen in den Himmel.
Es geschah nun nichts Besonderes mehr. Die Sterne glänzten, funkelten und zitterten, nur manche schießende Schnuppe fuhr durch sie.

Endlich, nachdem die Sterne lange allein geschienen hatten und nie ein Stückchen Mond an dem Himmel zu erblicken gewesen war, geschah etwas anderes. Es fing der Himmel an, heller zu werden, langsam heller, aber doch zu erkennen; es wurde seine Farbe sichtbar, die bleichsten Sterne erloschen, und die anderen standen nicht mehr so dicht. Endlich wichen auch die stärkeren, und der Schnee vor den Höhen wurde deutlicher sichtbar. Zuletzt färbte sich eine Himmelsgegend gelb, und ein Wolkenstreifen, der in derselben war, wurde zu einem leuchtenden Faden entzündet. Alle Dinge waren klar zu sehen, und die entfernten Schneehügel zeichneten sich scharf in die Luft.

»Sanna, der Tag bricht an«, sagte der Knabe.

»Ja, Konrad«, antwortete das Mädchen.

»Wenn es nur noch ein bißchen heller wird, dann gehen wir aus der Höhle und laufen über den Berg hinunter.«

Es wurde heller, an dem ganzen Himmel war kein Stern mehr sichtbar, und alle Gegenstände standen in der Morgendämmerung da.

»Nun, jetzt gehen wir«, sagte der Knabe.

»Ja, wir gehen«, antwortete Sanna.

Die Kinder standen auf und versuchten ihre erst heute recht müden Glieder. Obwohl sie nichts geschlafen hatten, waren sie doch durch den Morgen gestärkt, wie das immer so ist. Der Knabe hing sich das Kalbfellränzchen um und machte das Pelzjäckchen an Sanna fester zu. Dann führte er sie aus der Höhle.

Weil sie nach ihrer Meinung nur über den Berg hinabzulaufen hatten, dachten sie an kein Essen und unter-

suchten das Ränzchen nicht, ob noch Weißbrote oder andere Eßwaren darinnen seien.
Von dem Berge wollte nun Konrad, weil der Himmel ganz heiter war, in die Täler hinabschauen, um das Gschaider Tal zu erkennen und in dasselbe hinunterzugehen. Aber er sah gar keine Täler. Es war nicht, als ob sie sich auf einem Berge befänden, von dem man hinabsieht, sondern in einer fremden, seltsamen Gegend, in der lauter unbekannte Gegenstände sind. Sie sahen heute auch in größerer Entfernung furchtbare Felsen aus dem Schnee emporstehen, die sie gestern nicht gesehen hatten, sie sahen das Eis, sie sahen Hügel und Schneelehnen emporstarren, und hinter diesen war entweder der Himmel, oder es ragte die blaue Spitze eines sehr fernen Berges am Schneerande hervor.
In diesem Augenblick ging die Sonne auf.
Eine riesengroße, blutrote Scheibe erhob sich an dem Schneesaume in den Himmel, und in dem Augenblicke errötete der Schnee um die Kinder, als wäre er mit Millionen Rosen überstreut worden. Die Kuppen und die Hörner warfen sehr lange grünliche Schatten längs des Schnees.
»Sanna, wir werden jetzt da weiter vorwärts gehen, bis wir an den Rand des Berges kommen, und hinuntersehen«, sagte der Knabe.
Sie gingen nun in den Schnee hinaus. Er war in der heiteren Nacht noch trockener geworden und wich den Tritten noch besser aus. Sie wateten rüstig fort. Ihre Glieder wurden sogar geschmeidiger und stärker, da sie gingen. Allein sie kamen an keinen Rand und sahen nicht hin-

unter. Schneefeld entwickelte sich aus Schneefeld, und am Saume eines jeden stand alle Male wieder der Himmel.

Sie gingen desohngeachtet fort.

Da kamen sie wieder in das Eis. Sie wußten nicht, wie das Eis dahergekommen sei, aber unter den Füßen empfanden sie den glatten Boden, und waren gleich nicht die fürchterlichen Trümmer wie an jenem Rande, an dem sie die Nacht zugebracht hatten, so sahen sie doch, daß sie auf glattem Eise fortgingen, sie sahen hie und da Stücke, die immer mehr wurden, die sich näher an sie drängten und die sie wieder zu klettern zwangen.

Aber sie verfolgten doch ihre Richtung.

Sie kletterten neuerdings an Blöcken empor. Da standen sie wieder auf dem Eisfelde. Heute bei der hellen Sonne konnten sie erst erblicken, was es ist. Es war ungeheuer groß, und jenseits standen wieder schwarze Felsen empor, es ragte gleichsam Welle hinter Welle auf, das beschneite Eis war gedrängt, gequollen, emporgehoben, gleichsam als schöbe es sich nach vorwärts und flösse gegen die Brust der Kinder heran. In dem Weiß sahen sie unzählige vorwärtsgehende geschlängelte blaue Linien. Zwischen jenen Stellen, wo die Eiskörper gleichsam wie aneinandergeschmettert starrten, gingen auch Linien wie Wege, aber sie waren weiß, und waren Streifen, wo sich fester Eisboden vorfand oder die Stücke doch nicht gar so sehr verschoben waren. In diese Pfade gingen die Kinder hinein, weil sie doch einen Teil des Eises überschreiten wollten, um an den Bergrand zu gelangen und endlich einmal hinunterzusehen. Sie sagten kein Wörtlein.

Das Mädchen folgte dem Knaben. Aber es war auch heute wieder Eis, lauter Eis. Wo sie hinübergelangen wollten, wurde es gleichsam immer breiter und breiter. Da schlugen sie, ihre Richtung aufgebend, den Rückweg ein. Wo sie nicht gehen konnten, griffen sie sich durch die Mengen des Schnees hindurch, der oft dicht vor ihrem Auge wegbrach und den sehr blauen Streifen einer Eisspalte zeigte, wo doch früher alles weiß gewesen war; aber sie kümmerten sich nicht darum, sie arbeiteten sich fort, bis sie wieder irgendwo aus dem Eise herauskamen.

»Sanna«, sagte der Knabe, »wir werden gar nicht mehr in das Eis hineingehen, weil wir in demselben nicht fortkommen. Und weil wir schon in unser Tal gar nicht hinabsehen können, so werden wir gerade über den Berg hinabgehen. Wir müssen in ein Tal kommen, dort werden wir den Leuten sagen, daß wir aus Gschaid sind, die werden uns einen Wegweiser nach Hause mitgeben.«

»Ja, Konrad«, sagte das Mädchen.

So begannen sie nun in dem Schnee nach jener Richtung abwärts zu gehen, welche sich ihnen eben darbot. Der Knabe führte das Mädchen an der Hand. Allein nachdem sie eine Weile abwärts gegangen waren, hörte in dieser Richtung das Gehänge auf, und der Schnee stieg wieder empor. Also änderten die Kinder die Richtung und gingen nach der Länge einer Mulde hinab. Aber da fanden sie wieder Eis. Sie stiegen also an der Seite der Mulde empor, um nach einer andern Richtung ein Abwärts zu suchen. Es führte sie eine Fläche hinab, allein die wurde nach und nach so steil, daß sie kaum noch einen Fuß einsetzen konnten und abwärts zu gleiten fürchteten. Sie klommen also wieder empor, um wieder einen andern Weg nach abwärts zu suchen. Nachdem sie lange im Schnee emporgeklommen und dann auf einem ebenen Rücken fortgelaufen waren, war es wie früher: entweder ging der Schnee so steil ab, daß sie gestürzt wären, oder er stieg wieder hinan, daß sie auf den Berggipfel zu kommen fürchteten. Und so ging es immer fort.

Da wollten sie die Richtung suchen, in der sie gekommen waren, und zur roten Unglücksäule hinabgeben. Weil es nicht schneit und der Himmel so helle ist, so würden sie, dachte der Knabe, die Stelle schon erkennen, wo die Säule sein solle, und würden von dort nach Gschaid hinabgehen können.

Der Knabe sagte diesen Gedanken dem Schwesterchen, und diese folgte.

Allein auch der Weg auf den Hals hinab war nicht zu finden.

So klar die Sonne schien, so schön die Schneehöhen dastanden und die Schneefelder dalagen, so konnten sie doch die Gegenden nicht erkennen, durch die sie gestern heraufgegangen waren. Gestern war alles durch den fürchterlichen Schneefall verhängt gewesen, daß sie kaum einige Schritte von sich gesehen hatten, und da war alles ein einziges Weiß und Grau durcheinander gewesen. Nur die Felsen hatten sie gesehen, an denen und zwischen denen sie gegangen waren; allein auch heute hatten sie bereits viele Felsen gesehen, die alle den nämlichen Anschein gehabt hatten wie die gestern gesehenen. Heute ließen sie frische Spuren in dem Schnee zurück;

aber gestern sind alle Spuren von dem fallenden Schnee verdeckt worden. Auch aus dem bloßen Anblicke konnten sie nicht erraten, welche Gegend auf den Hals führe, da alle Gegenden gleich waren. Schnee, lauter Schnee. Sie gingen aber doch immer fort und meinten, es zu erringen. Sie wichen den steilen Abstürzen aus und kletterten keine steilen Anhöhen hinauf.
Auch heute blieben sie öfter stehen, um zu horchen; aber sie vernahmen auch heute nichts, nicht den geringsten Laut. Zu sehen war auch nichts als der Schnee, der helle weiße Schnee, aus dem hie und da die schwarzen Hörner und die schwarzen Steinrippen emporstanden.
Endlich war es dem Knaben, als sähe er auf einem fernen schiefen Schneefelde ein hüpfendes Feuer. Es tauchte auf, es tauchte nieder. Jetzt sahen sie es, jetzt sahen sie es nicht. Sie blieben stehen und blickten unverwandt auf jene Gegend hin. Das Feuer hüpfte immer fort, und es schien, als ob es näher käme; denn sie sahen es größer und sahen das Hüpfen deutlicher. Es verschwand nicht mehr so oft und nicht mehr auf so lange Zeit wie früher. Nach einer Weile vernahmen sie in der stillen, blauen Luft schwach, sehr schwach etwas wie einen lange anhaltenden Ton aus einem Hirtenhorne. Wie aus Instinkt schrien beide Kinder laut. Nach einer Zeit hörten sie den Ton wieder. Sie schrien wieder und blieben auf der nämlichen Stelle stehen. Das Feuer näherte sich auch. Der Ton wurde zum dritten Male vernommen, und dieses Mal deutlicher. Die Kinder antworteten wieder durch lautes Schreien. Nach einer geraumen Weile erkannten sie auch das Feuer. Es war kein Feuer, es

war eine rote Fahne, die geschwungen wurde. Zugleich ertönte das Hirtenhorn näher, und die Kinder antworteten.

»Sanna«, rief der Knabe, »da kommen Leute aus Gschaid, ich kenne die Fahne, es ist die rote Fahne, welche der fremde Herr, der mit dem jungen Eschenjäger den Gars bestiegen hatte, auf dem Gipfel aufpflanzte, daß sie der Herr Pfarrer mit dem Fernrohre sähe, was als Zeichen gälte, daß sie oben seien, und welche Fahne damals der fremde Herr dem Herrn Pfarrer geschenkt hat. Du warst noch ein recht kleines Kind.«

»Ja, Konrad.«

Nach einer Zeit sahen die Kinder auch die Menschen, die bei der Fahne waren, kleine schwarze Stellen, die sich zu bewegen schienen. Der Ruf des Hornes wiederholte sich von Zeit zu Zeit und kam immer näher. Die Kinder antworteten jedesmal.

Endlich sahen sie über den Schneeabhang gegen sich her mehrere Männer mit ihren Stöcken herabfahren, die die Fahne in ihrer Mitte hatten. Da sie näherkamen, erkannten sie dieselben. Es war der Hirt Philipp mit dem Horne, seine zwei Söhne, dann der junge Eschenjäger und mehrere Bewohner von Gschaid.

»Gebenedeit sei Gott«, schrie Philipp, »da seid ihr ja. Der ganze Berg ist voll Leute. Laufe doch einer gleich in die Sideralpe hinab und läute die Glocke, daß die dort hören, daß wir sie gefunden haben, und einer muß auf den Krebsstein gehen und die Fahne dort aufpflanzen, daß sie dieselbe in dem Tale sehen und die Pöller abschießen, damit die es wissen, die im Millsdorfer Walde suchen, und damit sie in Gschaid die Rauchfeuer anzünden, die in der Luft gesehen werden, und alle, die noch auf dem Berge sind, in die Sideralpe hinab bedeuten. Das sind Weihnachten!«

»Ich laufe in die Alpe hinab«, sagte einer.

»Ich trage die Fahne auf den Krebsstein«, sagte ein anderer.

»Und wir werden die Kinder in die Sideralpe hinabbringen, so gut wir es vermögen und so gut uns Gott helfe«, sagte Philipp.

Ein Sohn Philipps schlug den Weg nach abwärts ein, und der andere ging mit der Fahne durch den Schnee dahin. Der Eschenjäger nahm das Mädchen bei der Hand, der Hirt Philipp den Knaben. Die andern halfen, wie sie konnten. So begann man den Weg. Er ging in Windungen. Bald gingen sie nach einer Richtung, bald schlugen sie die entgegengesetzte ein, bald gingen sie abwärts, bald aufwärts. Immer ging es durch Schnee, immer durch Schnee, und die Gegend blieb sich beständig gleich. Über sehr schiefe Flächen taten sie Steigeisen an die Füße und trugen die Kinder. Endlich nach langer Zeit hörten sie ein Glöcklein, das sanft und fein zu ihnen heraufkam und das erste Zeichen war, das ihnen die niederen Gegenden wieder zusandten. Sie mußten wirklich sehr tief herabgekommen sein; denn sie sahen ein Schneehaupt recht hoch und recht blau über sich ragen. Das Glöcklein aber, das sie hörten, war das der Sideralpe, das geläutet wurde, weil dort die Zusammenkunft verabredet war. Da sie noch weiterkamen, hörten sie auch schwach in die stille Luft die Pöllerschüsse herauf, die infolge der ausgesteckten Fahne abgefeuert wurden, und sahen dann in die Luft feine Rauchsäulen aufsteigen.

Da sie nach einer Weile über eine sanfte schiefe Fläche abgingen, erblickten sie die Sideralphütte. Sie gingen auf sie zu. In der Hütte brannte ein Feuer, die Mutter der Kinder war da, und mit einem furchtbaren Schrei sank sie in den Schnee zurück, als sie die Kinder mit dem Eschenjäger kommen sah.

Dann lief sie herzu, betrachtete sie überall, wollte ihnen zu essen geben, wollte sie wärmen, wollte sie in vorhandenes Heu legen; aber bald überzeugte sie sich, daß die Kinder durch die Freude stärker seien, als sie gedacht hatte, daß sie nur einiger warmer Speisen bedurften, die sie bekamen, und daß sie nur ein wenig ausruhen mußten, was ihnen ebenfalls zuteil werden sollte.

Da nach einer Zeit der Ruhe wieder eine Gruppe Männer über die Schneefläche herabkam, während das Hüttenglöcklein immerfort läutete, liefen die Kinder selber mit den andern hinaus, um zu sehen, wer es sei. Der Schuster war es, der einstige Alpensteiger, mit Alpenstock und Steigeisen, begleitet von seinen Freunden und Kameraden.

»Sebastian, da sind sie«, schrie das Weib.

Er aber war stumm, zitterte und lief auf sie zu. Dann rührte er die Lippen, als wollte er etwas sagen, sagte aber nichts, riß die Kinder an sich und hielt sie lange. Dann wandte er sich gegen sein Weib, schloß es an sich und rief: »Sanna, Sanna!«

Nach einer Weile nahm er den Hut, der ihm in den Schnee gefallen war, auf, trat unter die Männer und

wollte reden. Er sagte aber nur: »Nachbarn, Freunde, ich danke euch.«
Da man noch gewartet hatte, bis die Kinder sich zur Beruhigung erholt hatten, sagte er: »Wenn wir alle beisammen sind, so können wir in Gottes Namen aufbrechen.«
»Es sind wohl noch nicht alle«, sagte der Hirt Philipp, »aber die noch abgehen, wissen aus dem Rauche, daß wir die Kinder haben, und sie werden schon nach Hause gehen, wenn sie die Alphütte leer finden.«
Man machte sich zum Aufbruche bereit.
Man war auf der Sideralphütte nicht gar weit von Gschaid entfernt, aus dessen Fenstern man im Sommer recht gut die grüne Matte sehen konnte, auf der die graue Hütte mit dem kleinen Glockentürmlein stand; aber es war unterhalb eine fallrechte Wand, die viele Klaftern hoch hinabging und auf der man im Sommer nur mit Steigeisen, im Winter gar nicht hinabkommen konnte. Man mußte daher den Umweg zum Halse machen, um von der Unglücksäule aus nach Gschaid hinabzukommen. Auf dem Wege gelangte man über die Siderwiese, die noch näher an Gschaid ist, so daß man die Fenster des Dörfleins zu erblicken meinte.
Als man über diese Wiese ging, tönte hell und deutlich das Glöcklein der Gschaider Kirche herauf, die Wandlung des heiligen Hochamtes verkündend.
Der Pfarrer hatte wegen der allgemeinen Bewegung, die am Morgen in Gschaid war, die Abhaltung des Hochamtes verschoben, da er dachte, daß die Kinder zum Vorscheine kommen würden. Allein endlich, da noch immer

keine Nachricht eintraf, mußte die heilige Handlung doch vollzogen werden.
Als das Wandlungsglöcklein tönte, sanken alle, die über die Siderwiese gingen, auf die Knie in den Schnee und beteten. Als der Klang des Glöckleins aus war, standen sie auf und gingen weiter.
Der Schuster trug meistens das Mädchen und ließ sich von ihm alles erzählen.
Als sie schon gegen den Wald des Halses kamen, trafen sie Spuren, von denen der Schuster sagte: »Das sind keine Fußstapfen von Schuhen meiner Arbeit.«
Die Sache klärte sich bald auf. Wahrscheinlich durch die vielen Stimmen, die auf dem Platze tönten, angelockt, kam wieder eine Abteilung Männer auf die Herabgehenden zu. Es war der aus Angst aschenhaft entfärbte Färber, der an der Spitze seiner Knechte, seiner Gesellen und mehrerer Millsdorfer bergab kam.
»Sie sind über das Gletschereis und über die Schründe gegangen, ohne es zu wissen«, rief der Schuster seinem Schwiegervater zu.
»Da sind sie ja – da sind sie ja – Gott sei Dank«, antwortete der Färber, »ich weiß es schon, daß sie oben waren, als dein Bote in der Nacht zu uns kam und wir mit Lichtern den ganzen Wald durchsucht und nichts gefunden hatten – und als dann das Morgengrau anbrach, bemerkte ich an dem Wege, der von der roten Unglücksäule links gegen den Schneeberg hinanführt, daß dort, wo man eben von der Säule weggeht, hin und wieder mehrere Reiserchen und Rütchen geknickt sind, wie Kinder gerne tun, wo sie eines Weges gehen – da wußte ich es –

die Richtung ließ sie nicht mehr aus, weil sie in der Höhlung gingen, weil sie zwischen den Felsen gingen und weil sie dann auf dem Grat gingen, der rechts und links so steil ist, daß sie nicht hinabkommen konnten. Sie mußten hinauf. Ich schickte nach dieser Beobachtung gleich nach Gschaid, aber der Holzknecht Michael, der hinüberging, sagte bei der Rückkunft, da er uns fast am Eise oben traf, daß ihr sie schon habet, weshalb wir wieder hinuntergingen.«

»Ja«, sagte Michael, »ich habe es gesagt, weil die rote Fahne schon auf dem Krebssteine steckt und die Gschaider dieses als Zeichen erkannten, das verabredet worden war. Ich sagte euch, daß auf diesem Wege da alle herabkommen müssen, weil man über die Wand nicht gehen kann.«

»Und kniee nieder und danke Gott auf den Knien, mein Schwiegersohn«, fuhr der Färber fort, »daß kein Wind gegangen ist. Hundert Jahre werden wieder vergehen, daß ein so wunderbarer Schneefall niederfällt und daß er gerade niederfällt, wie nasse Schnüre von einer Stange hängen. Wäre ein Wind gegangen, so wären die Kinder verloren gewesen.«

»Ja, danken wir Gott, danken wir Gott«, sagte der Schuster.

Der Färber, der seit der Ehe seiner Tochter nie in Gschaid gewesen war, beschloß, die Leute nach Gschaid zu begleiten.

Da man schon gegen die rote Unglücksäule zukam, wo der Holzweg begann, wartete ein Schlitten, den der Schuster auf alle Fälle dahin bestellt hatte. Man tat die Mutter und die Kinder hinein, versah sie hinreichend mit Decken und Pelzen, die im Schlitten waren, und ließ sie nach Gschaid vorausfahren.

Die andern folgten und kamen am Nachmittage in Gschaid an.

Die, welche noch auf dem Berge gewesen waren und erst durch den Rauch das Rückzugszeichen erfahren hatten, fanden sich auch nach und nach ein. Der letzte, welcher erst am Abende kam, war der Sohn des Hirten Philipp, der die rote Fahne auf den Krebsstein getragen und sie dort aufgepflanzt hatte.

In Gschaid wartete die Großmutter, welche herübergefahren war.

»Nie, nie«, rief sie aus, »dürfen die Kinder in ihrem ganzen Leben mehr im Winter über den Hals gehen.«

Die Kinder waren von dem Getriebe betäubt. Sie hatten noch etwas zu essen bekommen, und man hatte sie in das Bett gebracht. Spät gegen Abend, da sie sich ein wenig erholt hatten, da einige Nachbarn und Freunde sich in der Stube eingefunden hatten und dort von dem Ereignisse redeten, die Mutter aber in der Kammer an dem Bettchen Sannas saß und sie streichelte, sagte das Mädchen: »Mutter, ich habe heute nachts, als wir auf dem Berge saßen, den Heiligen Christ gesehen.«

»O du mein geduldiges, du mein liebes, du mein herziges Kind«, antwortete die Mutter, »er hat dir auch Gaben gesendet, die du bald bekommen wirst.«

Die Schachteln waren ausgepackt worden, die Lichter waren angezündet, die Tür in die Stube wurde geöffnet, und die Kinder sahen von dem Bette auf den verspäteten, hell leuchtenden, freundlichen Christbaum hinaus. Trotz der Erschöpfung mußte man sie noch ein wenig ankleiden, daß sie hinausgingen, die Gaben empfingen, bewunderten und endlich mit ihnen entschliefen.

In dem Wirtshause in Gschaid war es an diesem Abende lebhafter als je. Alle, die nicht in der Kirche gewesen waren, waren jetzt dort und die andern auch. Jeder erzählte, was er gesehen und gehört, was er getan, was er geraten und was für Begegnisse und Gefahren er erlebt hat. Besonders aber wurde hervorgehoben, wie man alles hätte anders und besser machen können.

Das Ereignis hat einen Abschnitt in die Geschichte von Gschaid gebracht, es hat auf lange den Stoff zu Gesprächen gegeben, und man wird noch nach Jahren davon reden, wenn man den Berg an heitern Tagen besonders deutlich sieht oder wenn man den Fremden von seinen Merkwürdigkeiten erzählt.

Die Kinder waren von dem Tage an erst recht das Eigentum des Dorfes geworden, sie wurden von nun an nicht mehr als Auswärtige, sondern als Eingeborne betrachtet, die man sich von dem Berge herabgeholt hatte.

Auch ihre Mutter Sanna war nun eine Eingeborne von Gschaid.

Die Kinder aber werden den Berg nicht vergessen und werden ihn jetzt noch ernster betrachten, wenn sie in dem Garten sind, wenn wie in der Vergangenheit die Sonne sehr schön scheint, der Lindenbaum duftet, die Bienen summen und er so schön und so blau wie das sanfte Firmament auf sie herniederschaut.

Brigitta

Steppenwanderung

Es gibt oft Dinge und Beziehungen in dem menschlichen Leben, die uns nicht sogleich klar sind und deren Grund wir nicht in Schnelligkeit hervorzuziehen vermögen. Sie wirken dann meistens mit einem gewissen schönen und sanften Reize des Geheimnisvollen auf unsere Seele. In dem Angesichte eines Häßlichen ist für uns oft eine innere Schönheit, die wir nicht auf der Stelle von seinem Werte herzuleiten vermögen, während uns oft die Züge eines andern kalt und leer sind, von denen alle sagen, daß sie die größte Schönheit besitzen. Ebenso fühlen wir uns manchmal zu einem hingezogen, den wir eigentlich gar nicht kennen, es gefallen uns seine Bewegungen, es gefällt uns seine Art, wir trauern, wenn er uns verlassen hat, und haben eine gewisse Sehnsucht, ja eine Liebe zu ihm, wenn wir oft noch in späteren Jahren seiner gedenken – während wir mit einem andern, dessen Wert in vielen Taten vor uns liegt, nicht ins reine kommen können, wenn wir auch jahrelang mit ihm umgegangen sind. Daß zuletzt sittliche Gründe vorhanden sind, die das Herz herausfühlt, ist kein Zweifel, allein wir können sie nicht immer mit der Waage des Bewußtseins und der Rechnung hervorheben und anschauen. Die Seelenkunde hat manches beleuchtet und erklärt, aber vieles ist ihr dunkel und in großer Entfernung geblieben. Wir glauben daher, daß es nicht zu viel ist, wenn wir sagen, es sei für uns noch ein heiterer, unermeßlicher Abgrund, in dem Gott und die Geister wandeln. Die Seele in Augenblicken der Entzückung überfliegt ihn oft, die Dichtkunst in kindlicher Unbewußtheit lüftet ihn zuweilen; aber die Wissenschaft mit ihrem Hammer und Richtscheite steht häufig erst an dem Rande und mag in vielen Fällen noch gar nicht einmal Hand angelegt haben.

Zu diesen Bemerkungen bin ich durch eine Begebenheit veranlaßt worden, die ich einmal in sehr jungen Jahren auf dem Gute eines alten Majors erlebte, da ich noch eine sehr große Wanderlust hatte, die mich bald hier bald dort ein Stück in die Welt hineintrieb, weil ich noch weiß Gott was zu erleben und zu erforschen verhoffte.

Ich hatte den Major auf einer Reise kennengelernt, und schon damals lud er mich wiederholt ein, ihn einmal in seiner Heimat zu besuchen. Allein ich hielt dies für eine bloße Redeformel und Artigkeit, wie Reisende wohl oft zu wechseln pflegen, und hätte der Sache wahrscheinlich keine weitere Folge gegeben, wenn nicht im zweiten Jahre unserer Trennung ein Brief von ihm gekommen wäre, in welchem er sich angelegentlich um mein Befinden erkundigte und zuletzt wieder die alte Bitte hinzufügte, doch einmal zu ihm zu kommen und einen Sommer, ein Jahr oder fünf oder zehn Jahre bei ihm zuzubringen, wie es mir gefällig wäre; denn er sei jetzt endlich gesonnen,

auf einem einzigen winzigen Punkte dieser Erdkugel kleben zu bleiben und kein anderes Stäubchen mehr auf seinen Fuß gelangen zu lassen als das der Heimat, in welcher er nunmehr ein Ziel gefunden habe, das er sonst vergeblich auf der ganzen Welt gesucht hätte.
Da es nun eben Frühling war, da ich neugierig war, sein Ziel kennenzulernen, da ich eben nicht wußte, wo ich hinreisen sollte, beschloß ich, seiner Bitte nachzugeben und seiner Einladung zu folgen.
Er hatte sein Gut im östlichen Ungarn – zwei Tage schlug ich mich mit Plänen herum, wie ich die Reise am geschicktesten machen sollte, am dritten Tage saß ich im Postwagen und rollte nach Osten, während ich mich, da ich das Land nie gesehen hatte, bereits mit Bildern von Heiden und Wäldern trug – und am achten wandelte ich bereits auf einer Pußta, so prachtvoll und öde, als sie nur immer Ungarn aufzuweisen haben mag.
Anfangs war meine ganze Seele von der Größe des Bildes gefaßt: wie die endlose Luft um mich schmeichelte, wie die Steppe duftete und ein Glanz der Einsamkeit überall und allüberall hinauswebte – aber wie das morgen wieder so wurde, übermorgen wieder – immer gar nichts als der feine Ring, in dem sich Himmel und Erde küßten, gewöhnte sich der Geist daran, das Auge begann zu erliegen und von dem Nichts so übersättigt zu werden, als hätte es Massen von Stoff auf sich geladen – es kehrte in sich zurück, und wie die Sonnenstrahlen spielten, die Gräser glänzten, zogen verschiedene einsame Gedanken durch die Seele, alte Erinnerungen kamen wimmelnd über die Heide, und darunter war auch das Bild des Man-

nes, zu dem ich eben auf der Wanderung war – ich griff es gerne auf, und in der Öde hatte ich Zeit genug, alle Züge, die ich von ihm erfahren hatte, in meinem Gedächtnisse zusammenzusuchen und ihnen neue Frische zu geben.

In Unteritalien, beinahe in einer ebenso feierlichen Öde, wie die war, durch die ich heute wandelte, hatte ich ihn zum ersten Male gesehen. Er war damals in allen Gesellschaften gefeiert und, obwohl schon fast fünfzig Jahre alt, doch noch das Ziel von manchen schönen Augen; denn nie hat man einen Mann gesehen, dessen Bau und Antlitz schöner genannt werden konnte, noch einen, der dieses Äußere edler zu tragen verstand. Ich möchte sagen, es war eine sanfte Hoheit, die um alle seine Bewegungen floß, so einfach und so siegend, daß er mehr als einmal auch Männer betörte. Auf Frauenherzen aber, ging die Sage, soll er einst wahrhaft sinnverwirrend gewirkt haben. Man trug sich mit Geschichten von Siegen und Eroberungen, die er gemacht haben soll und die wunderbar genug waren. Aber ein Fehler, sagte man, hänge ihm an, der ihn erst recht gefährlich mache; nämlich, es sei noch niemandem, selbst der größten Schönheit, die diese Erde trage, gelungen, ihn länger zu fesseln, als es ihm eben beliebte. Mit aller Lieblichkeit, die ihm jedes Herz gewann und das der Erkornen mit siegreicher Wonne erfüllte, benahm er sich bis zu Ende, dann nahm er Abschied, machte eine Reise und kam nicht wieder. Aber dieser Fehler, statt sie abzuschrecken, gewann ihm die Weiber nur noch mehr, und manche rasche Südländerin mochte glühen, ihr Herz und ihr Glück, sobald als nur immer möglich, an seine Brust zu werfen. Auch reizte es sehr, daß man nicht wußte, woher er sei und welche Stellung er unter den Menschen einnehme. Obwohl sie sagten, daß die Grazien um seinen Mund spielen, setzten sie doch hinzu, daß auf seiner Stirne eine Art Trauer wohne, die der Zeiger einer bedeutenden Vergangenheit sei – aber das war am Ende das Lockendste, daß niemand diese Vergangenheit wußte. Er soll in Staatsbegebenheiten verwickelt gewesen sein, er soll sich unglücklich vermählt, er soll seinen Bruder erschossen haben – und was dieser Dinge mehr waren. Das aber wußten alle, daß er sich jetzt sehr stark mit Wissenschaften beschäftigte.

Ich hatte schon sehr viel von ihm gehört und erkannte ihn augenblicklich, als ich ihn einmal auf dem Vesuve Steine herabschlagen und dann zu dem neuen Krater hinzugehen und freundlich auf das blaue Ringeln des Rauches schauen sah, der noch sparsam aus der Öffnung und aus den Ritzen quoll. Ich ging über die gelb glänzenden Knollen zu ihm hin und redete ihn an. Er antwortete gerne, und ein Wort gab das andere. Wirklich war damals eine furchtbar zerworfene, dunkle Öde um uns, die so schroffer wurde, als der unsäglich anmutige, tiefblaue Südhimmel gerade über ihr stand, zu dem die Rauchwölkchen traulich seitwärts zogen. Wir sprachen damals lange miteinander, gingen dann aber jeder allein von dem Berge.

Später fand sich wieder Gelegenheit, daß wir zusammenkamen, wir besuchten uns dann öfter und waren endlich bis zu meiner Heimreise fast unzertrennt beieinander. Ich fand, daß er an den Wirkungen, die sein Äußeres machen sollte, ziemlich unschuldig war. Aus seinem Innern brach oft so etwas Ursprüngliches und Anfangsmäßiges, gleichsam als hätte er sich, obwohl er schon gegen die fünfzig Jahre ging, seine Seele bis jetzt aufgehoben, weil sie das Rechte nicht hatte finden können. Dabei erkannte ich, als ich länger mit ihm umging, daß diese Seele das Glühendste und Dichterischste sei, was mir bis dahin vorgekommen ist, daher es auch kommen mochte, daß sie das Kindliche, Unbewußte, Einfache, Einsame, ja oft Einfältige an sich hatte. Er war sich dieser Gaben nicht bewußt und sagte in Natürlichkeit die schönsten Worte, die ich je aus einem Munde gehört habe, und nie in meinem Leben, selbst später nicht, als ich Gelegenheit hatte, mit Dichtern und Künstlern umzugehen, habe ich einen so empfindlichen Schönheitssinn angetroffen, der durch Ungestalt und Roheit bis zur Ungeduld gereizt werden konnte, als an ihm. Diese unbewußten Gaben mochten es auch sein, die ihm alle Herzen des andern Geschlechts zufliegen machten, weil dieses Spielen und Glänzen an Männern in vorgerückten Jahren gar so selten ist. Eben daher mochte es auch kommen, daß er mit mir als einem ganz jungen Menschen so gerne umging, so wie ich meinerseits in jenen Zeiten eigentlich auch noch nicht recht diese Dinge zu würdigen vermochte und mir dieselben erst recht einleuchtend wurden, da ich älter war und daran ging, die Erzählung seines Lebens zusammenzustellen. Wie weit es mit seinem sagenhaften Glücke bei Weibern ging, habe ich nie erfahren können, da er niemals über diese Dinge sprach und sich auch nie

Gelegenheit zu Beobachtungen vorfand. Von jener Trauer, die auf seiner Stirne sitzen sollte, konnte ich ebenfalls nichts wahrnehmen, so wie ich auch von seinen früheren Schicksalen damals nichts erfuhr, als daß er einst beständige Reisen gemacht habe, jetzt aber schon jahrelang in Neapel sei und Lava und Altertümer sammle. Daß er in Ungarn Besitzungen habe, erzählte er mir selber und lud mich, wie ich oben sagte, wiederholt dahin ein.

Wir lebten ziemlich lange nebeneinander und trennten uns zuletzt, da ich fortging, nicht ohne Teilnahme. Aber mancherlei Gestalten von Ländern und Menschen drangen nachher noch durch mein Gedächtnis, so daß es mir endlich nicht im Traume beigekommen wäre, daß ich einmal auf einer ungarischen Heide zu diesem Manne unterwegs sein würde, wie ich es nun wirklich war. Ich malte mir sein Bild in Gedanken immer mehr aus und senkte mich so hinein, daß ich oft Mühe hatte, nicht zu glauben, ich sei in Italien; denn so heiß, so schweigsam war es auf der Ebene, auf der ich wandelte, wie dort, und die blaue Dunstschicht der Ferne spiegelte sich mir zum Trugbilde der Pontinischen Sumpfe.

Ich ging aber doch nicht in gerader Richtung auf das mir in dem Briefe bezeichnete Gut des Majors los, sondern ich machte mehrere Kreuz- und Querzüge, um mir das Land zu besehen. So wie mir das Bild desselben früher immer meines Freundes wegen mit Italien zusammengeflossen war, so webte es sich nun immer mehr und immer eigentümlicher als Selbständiges und Ganzes heraus. Ich war über hundert Bächlein, Bäche und Flüsse gegan-

gen, ich hatte oft bei Hirten und ihren zottigen Hunden geschlafen, ich hatte aus jenen einsamen Heidebrunnen getrunken, die mit dem furchtbar hohen Stangenwinkel zum Himmel sehen, und ich hatte unter manchem tief herabgehenden Rohrdache gesessen – dort lehnte der Sackpfeifer, dort flog der schnelle Fuhrmann über die Heide, dort glänzte der weiße Mantel des Roßhirten – oft dachte ich mir, wie denn mein Freund in diesem Lande aussehen werde; denn ich hatte ihn nur in Gesellschaft gesehen und in dem Getriebe, wo sich alle Menschen wie die Bachkiesel gleichen. Dort war er im Äußeren der glatte, feine Mann gewesen – hier aber war alles anders, und oft, wenn ich ganze Tage nichts sah als das ferne rötlich blaue Dämmern der Steppe und die tausend kleinen weißen Punkte darinnen, die Rinder des Landes, wenn zu meinen Füßen die tiefschwarze Erde war und so viel Wildheit, so viel Üppigkeit, trotz der uralten Geschichte so viel Anfang und Ursprünglichkeit, dachte ich, wie wird er sich denn hier benehmen. Ich ging in dem Lande herum, ich lebte mich immer mehr in seine Art und Weise und in seine Eigentümlichkeiten hinein, und es war mir, als hörte ich den Hammer schallen, womit die Zukunft dieses Volkes geschmiedet wird. Jedes in dem Lande zeigt auf kommende Zeiten, alles Vergehende ist müde, alles Werdende feurig, darum sah ich recht gerne seine endlosen Dörfer, sah seine Weinhügel aufstreben, sah seine Sümpfe und Röhrichte und weit draußen seine sanft blauen Berge ziehen.
Nach monatlangem Herumwandern glaubte ich endlich eines Tages, ich müsse mich nun in sehr großer Nähe bei

dem Gute meines Freundes befinden, und des vielen Schauens doch etwas müde, beschloß ich, dem Pilgern ein Ziel zu setzen und gerade auf die Besitzung meines künftigen Beherbergers zuzulenken. Ich war den ganzen Nachmittag durch ein heißes Steinfeld gegangen; links stiegen fernblaue Berghäupter am Himmel auf – ich hielt sie für die Karpathen – rechts stand zerrissenes Land mit jener eigentümlich rötlichen Färbung, wie sie so oft der Hauch der Steppe gibt: beide aber vereinigten sich nicht, und zwischen beiden ging das endlose Bild der Ebenen fort. Endlich, wie ich eben aus einer Mulde, in der das Bette eines ausgetrockneten Baches lief, emporstieg, sprang rechts ein Kastanienwald und ein weißes Haus herüber – eine Sandwehe hatte mir beides bisher gedeckt. – Drei Meilen, drei Meilen – so hatte ich fast den ganzen Nachmittag gehört, wenn ich nach Uwar fragte – so hieß das Schloß des Majors – drei Meilen; aber da ich die ungarischen Meilen aus Erfahrung kannte, so war ich gewiß ihrer fünfe gegangen und wünschte daher sehnlich, das Haus möchte Uwar heißen. In nicht großer Ferne stiegen Felder gegen einen Erddamm empor, auf denen ich Menschen sah. Diese wollte ich fragen und durchschritt zu dem Zwecke einen Flügel des Kastanienwaldes. Hier sah ich nun, was ich, durch die vielen Gesichtstäuschungen dieses Landes belehrt, sogleich geahnet, nämlich daß das Haus nicht an dem Walde liege, sondern erst hinter einer Ebene, die von den Kastanien weglief, und daß es ein sehr großes Gebäude sein müsse. Über die Ebene aber sah ich eine Gestalt herübersprengen, gerade auf jene Felder zu, auf denen die Leute arbeiteten. Auch sammelten

sich alle Arbeiter um die Gestalt, da sie bei ihnen angekommen war, wie um einen Herrn – aber meinem Major sah das Wesen ganz und gar nicht ähnlich. Ich ging langsam gegen die Erdlehne empor, die auch weiter entfernt war, als ich dachte, und kam eben an, als bereits die ganze Glut der Abendröte um die dunkeln, wogenden Maisfelder und die Gruppen bärtiger Knechte und um den Reiter loderte. Dieser aber war nichts anderes als ein Weib, etwa vierzig Jahre alt, welches sonderbar genug die weiten landesmäßigen Beinkleider anhatte und auch wie ein Mann zu Pferde saß. Da die Knechte schon auseinandergingen und sie fast allein auf dem Flecke war, richtete ich mein Anliegen an sie. Meinen Wanderstab unter das Ränzlein stützend, zu ihr emporschauend und mir gleichsam die Strahlen der Abendröte, die schief hereinkamen, aus dem Gesichte streichend, sagte ich deutsch zu ihr: »Guten Abend, Mutter.«
»Guten Abend«, antwortete sie in derselben Sprache.
»Gewährt mir eine Bitte und sagt: heißt jenes Gebäude Uwar?«
»Jenes Gebäude heißt nicht Uwar. Seid Ihr nach Uwar bestellt?«
»Allerdings. Ich habe dort meinen Reisefreund, den Major, zu besuchen, der mich dahin eingeladen hat.«
»So geht nur ein wenig neben meinem Rosse her.«
Mit diesen Worten setzte sie ihr Pferd in Schritt und ritt langsam, damit ich ihr folgen konnte, zwischen den hohen grünen Maisbüscheln den Abhang hinan. Ich ging hinter ihr her und hatte Gelegenheit, meine Blicke auf die Umgebung richten zu können – und in der Tat, ich

bekam immer mehr Ursache, mich zu verwundern. Wie wir höher kamen, öffnete sich zusehends das Tal hinter uns, ein ganzer ungeheurer Gartenwald lief von dem Schlosse in die Berge hinein, die hinter ihm begannen, Alleen streckten sich gegen die Felder, ein Wirtschaftsstück nach dem andern legte sich bloß und schien in trefflichem Stande. Ich habe nie dieses lange, fette, frische Blatt des Maises gesehen, und nicht ein Gräschen war zwischen seinen Stengeln. Der Weinberg, an dessen Rande wir eben ankamen, erinnerte mich an die des Rheins, nur habe ich am Rheine nicht dieses derbe Trotzen und Strotzen von Blatt und Reben gesehen wie hier. Die Ebene zwischen den Kastanien und dem Schlosse war eine Wiese, so rein und sanft, als wäre Sammet gebreitet, sie war mit eingehegten Wegen durchschnitten, in denen die weißen Rinder des Landes wandelten, aber glatt und schlank wie Hirsche. Das Ganze hob sich wunderbar von dem Steinfelde ab, das ich heute durchwandelt hatte und das jetzt in der Abendluft draußen lag und in den rötlich spinnenden Strahlen heiß und trocken hereinsah zu dieser kühlen grünen Frische.

Indessen waren wir zu einem jener weißen Häuschen gelangt, wie ich mehrere im Grün der Rebengelände zerstreut wahrgenommen hatte, und das Weib sagte zu einem jungen Manne, der trotz des heißen Juniabends in seinem zottigen Pelze stak und vor der Tür des Häuschens allerlei hantierte: »Milosch, der Herr will heute noch nach Uwar, wenn du etwa die zwei Weidebraunen nähmest, ihm einen gäbest und ihn bis zum Galgen geleitetest.«

»Ja«, erwiderte der Bursche und stand auf.
»Jetzt geht nur mit ihm, er wird Euch schon richtig führen«, sagte das Weib und wendete ihr Pferd, um des Weges zurückzureiten, den sie mit mir gekommen war.
Ich hielt sie für eine Art Schaffnerin und wollte ihr ein namhaftes Geldstück für den Dienst geben, den sie mir soeben geleistet hatte. Sie aber lachte nur und zeigte hiebei eine Reihe sehr schöner Zähne. Durch den Weinberg ritt sie langsam hinab, dann hörten wir aber bald die schnellen Hufschläge ihres Pferdes, wie sie über die Ebene flog.
Ich steckte mein Geld wieder ein und wendete mich zu Milosch. Dieser hatte einstweilen zu seinem Pelze einen breiten Hut aufgesetzt und führte mich um eine Strecke in den Weinpflanzungen fort, bis wir in eine Talkrümme stiegen und auf Wirtschaftsgebäude stießen, aus denen er zwei jener kleinen Rosse zog, wie man sie auf den Heiden dieses Landes antrifft. Meines sattelte er, seines bestieg er, wie es war, und sofort ritten wir in die Abenddämmerung hinein, dem dunkeln Osthimmel entgegen.
Es mochte ein sonderbarer Anblick gewesen sein: der deutsche Wandersmann samt Ränzlein, Knotenstock und Kappe zu Pferde sitzend, neben ihm der schlanke Ungar mit rundem Hute, Schnurrbart, Zottelpelz und flatternden weißen Beinkleidern – beide in Nacht und Wüste reitend. In der Tat war es eine Wüste, in die wir jenseits der Weinberge gerieten, und die Ansiedelung war wie eine Fabel darinnen. Eigentlich war die Wüste wieder mein altes Steinfeld, und zwar sich selber so gleich geblieben, daß ich wähnte, wir reiten denselben Weg

zurück, den ich gekommen bin, wenn mich nicht das schmutzige Rot, das noch hinter meinem Rücken am Himmel glühte, belehrt hätte, daß wir wirklich gegen Morgen reiten.

»Wie weit ist es noch nach Uwar?« fragte ich.

»Es sind noch anderthalb Meilen«, antwortete Milosch.

Ich fügte mich in die Antwort und ritt hinter ihm her, so gut ich konnte. Wir ritten an denselben unzähligen grauen Steinen vorbei, wie ich sie heute den ganzen Tag zu Tausenden gezählt habe. Sie glitten mit falschem Lichte auf dem dunklen Boden hinter mich, und weil wir eigentlich auf trocknem, sehr festem Moore ritten, hörte ich keinen Hufschlag unserer Pferde, außer wenn zufällig das Eisen auf einen der Steine schlug, die sonst diese Tiere, an derlei Wege gewöhnt, sehr gut zu vermeiden wissen. Der Boden war immer eben, nur daß wir wieder zwei oder drei Mulden hinab und hinan gestiegen waren, in deren jeder ein starrer Strom von Kieselgerölle lag.

»Wem gehört denn das Anwesen, das wir verlassen haben?« fragte ich meinen Begleiter.

»Maroshely«, antwortete er.

Ich wußte nicht, weil er die Worte schnell vor mir reitend gesprochen hatte, ob dies der Name des Besitzers sei oder ob ich überhaupt recht verstanden habe; denn die Bewegung erschwerte das Sprechen und Hören.

Endlich ging ein blutrotes Stück Mond auf, und in seinem schwachen Lichte stand auch schon das schlanke Gerüste auf der Heide, das ich für das Ziel meiner Begleitung hielt.

»Hier ist der Galgen«, sagte Milosch, »dort unten, wo es

glänzt, rinnt ein Bach, daneben ist ein schwarzer Haufen, auf den geht zu, es ist eine Eiche, auf der sonst die Übeltäter aufgehängt worden sind. Jetzt darf das nicht mehr sein, weil ein Galgen ist. Von der Eiche beginnt ein gemachter Weg, an welchem junge Bäume zu beiden Seiten stehen. Auf dem Wege geht etwas weniger als eine Stunde fort, dann zieht an der Glockenstange des Gitters. Hört, wenn auch nicht zugesperrt ist, geht doch nicht hinein; es ist wegen der Hunde. Zieht nur an der Glockenstange. So, jetzt steigt ab, und macht den Rock besser zu, daß Ihr nicht das Fieber bekommt.«

Ich stieg ab, und obwohl ich mit meiner Belohnung bei der Schaffnerin nicht gut angekommen war, bot ich Milosch doch auch wieder eine. Er nahm sie an und steckte sie in den Pelz. Dann haschte er nach dem Zügel meines Pferdes, wandte sich und flog eilends davon, ehe ich nur sagen konnte, er möge dem Herrn der Pferde meinen Dank melden, daß ich so unbedingt auf einem in der Nacht fortreiten durfte. Offenbar hatte er von dem Orte weggetrachtet. Ich blickte hin. Es standen zwei Säulen, und darauf war ein Querbalken. So ragte es in das gelbe Mondlicht empor. Oben lag etwas wie ein Kopf. In der Tat aber mochte es irgendeine Erhöhung sein. Ich ging weiter, gleichsam als ob das Gras der Heide hinter mir lispelte und sich etwas am Fuße des Galgens rührte. Von Milosch war nicht mehr das Geringste zu vernehmen, als sei er gar nie da gewesen. Ich kam sogleich zu der Todeseiche. Der Bach schillerte und glänzte und ringelte sich um Binsen wie eine tote Schlange. Daneben war der schwarze Bau des Baumes. Ich ging um ihn herum und jenseits war ein gerader weißer Weg, von dem Monde beschienen. Der Weg war gestampft und hatte Gräben und eine Allee junger Pappeln. Es tat mir wohl, daß ich wieder meine Schritte schallen hörte, wie es daheim in unserem Lande auf den Wegen der Fall ist.

Ich ging langsam dahin. Der Mond hob sich mehr und mehr und stand endlich klar an dem warmen Sommerhimmel. Die Heide lief wie eine fahle Scheibe unter ihm weg. Endlich, da eine gute Stunde vergangen sein mochte, hoben sich vor mir schwarze Klumpen, wie ein Wald oder ein Garten, und in kurzer Frist stieß der Weg an ein Gitter, das in einer Mauer stand, die außer dem Walde hinlief und hinter sich riesengroße Wipfel hatte, die todesstille in dem Silber der Nachtluft emporstanden. An dem Gitter war ein Glockengriff, ich zog, und es schellte von innen. Gleich darauf ertönte nicht etwa ein Bellen, sondern zwei Stöße jenes tiefen, entschlossenen und neugierigen Schnaufens edler Hunde – ein dumpfer Sprung – und der größte, schönste Hund, den ich in meinem Leben gesehen habe, stand von innen an dem Gitter. Er stellte sich auf die Hinterfüße, faßte mit den vorderen die eisernen Stangen und sah auf mich heraus, ohne nur den geringsten Laut zu geben, wie es die ernste Art dieser Tiere gewohnt ist. Bald kamen murrend und jagend noch zwei kleinere und jüngere derselben Gattung, glatte Bulldoggen, und alle schauten unverwandt auf mich. Nach einer Weile hörte ich auch nahende Menschentritte, und ein Mann im zottigen Pelze kam und fragte um mein Begehren. Ich entgegnete, ob ich in Uwar sei, und nannte meinen Namen. Er mußte Weisung ha-

ben; denn sofort beschwichtigte er mit ungarischen Worten die Hunde und öffnete dann das Gitter.
»Der Herr hat Briefe von Euch und erwartet Euch schon lange«, sagte der Mann, als wir weitergingen.
»Ich habe ihm ja geschrieben, daß ich mir Euer Land ansehen wolle«, antwortete ich.
»Und das habt Ihr lange angesehen«, sagte er.
»Freilich«, antwortete ich. »Ist der Herr Major noch wach?«
»Er ist gar nicht zu Hause, sondern in der Sitzung, morgen früh wird er herüberreiten. Für Euch hat er drei Zimmer richten lassen und gesagt, daß wir Euch hineinführen sollen, wenn Ihr in seiner Abwesenheit kämet.«
»Nun, so führt mich hinein.«
»Wohl.«
Diese Worte waren die einzigen, die wir auf dem langen Wege wechselten, den wir meiner Meinung nach eher durch einen Urwald als durch einen Garten machten. Riesige Tannen streckten sich gegen den Himmel, und mannesdicke Eichenäste griffen herum. Der größere Hund ging ruhig neben uns, die andern schnoberten in meinen Kleidern und jagten sich dann gelegentlich. Als wir so den Hain durchschritten hatten, kamen wir zu einer baumlosen Erhöhung, auf welcher das Schloß stand – soviel ich jetzt erkennen konnte – ein großes viereckiges Gebäude. Aber die Erhöhung führte eine breite Steintreppe empor, auf der das schönste Mondlicht starrte. Hinter der Treppe war ein etwas ebener Platz und dann ein großes Gitter, das statt des Tores des Hauses diente. Als wir an dem Gitter angekommen waren, sprach mein Begleiter einige Worte zu den Hunden, worauf sie in den

Garten zurückschossen. Nun schloß er das Gitter auf und führte mich in das Gebäude.
Auf der Treppe brannte noch Licht und beglänzte hohe seltsame Steinbilder mit weiten Stiefeln und schleppenden Gewändern. Es mochten ungarische Könige sein. Dann empfing uns im ersten Geschosse ein langer, mit Rohrmatten belegter Gang. Wir gingen ihn entlang und stiegen dann noch eine Treppe hoch. Hier war wieder ein solcher Gang, und, einen der Türflügel, die in demselben waren, öffnend, sagte mein Begleiter, hier seien meine Zimmer. Wir gingen hinein. Nachdem er in jedem mehrere Kerzen angezündet hatte, wünschte er mir gute Nacht und ging fort. In einer Weile wurde von einem anderen Wein, Brot und kalter Braten gebracht, worauf mir von ihm, wie von seinem Vorgänger, gute Nacht geboten wurde. Ich erkannte hieraus und aus der völligen Einrichtung der Zimmer, daß ich nun allein bleiben würde, und ging daher an die Türen und schloß mich ab.
Hierauf aß ich und musterte dabei meine Wohnung. Das erste Zimmer, in welchem die Speisen auf einen großen Tisch gestellt wurden, war sehr geräumig. Die Kerzen strahlten hell und beleuchteten alles. Die Geräte waren anders, als sie bei uns gebräuchlich sind. In der Mitte stand eine lange Tafel, an deren einem Ende ich aß. Um die Tafel waren Bänke von Eichenholz gestellt, nicht eigentlich wohnlich aussehend, sondern wie zu Sitzungen bestimmt. Sonst war nur noch hie und da ein Stuhl zu sehen. An den Wänden hingen Waffen aus verschiedenen Zeiten der Geschichte. Sie mochten einst der ungarischen angehören. Es waren noch viele Bogen und Pfeile

darunter. Außer den Waffen hingen auch Kleider da, ungarische, die man aus früheren Zeiten aufgehoben hatte, und dann jene schlotternden seidenen, die entweder Türken oder gar Tataren angehört haben mochten.

Als ich mit meinem Nachtmahle fertig war, ging ich in die zwei Nebenzimmer, die auf diesen Saal folgten. Sie waren kleiner und, wie ich gleich bei dem ersten Blicke, da ich eingeführt wurde, bemerkt hatte, wohnlicher eingerichtet als der Saal. Es waren Stühle, Tische, Schränke, Waschgeräte, Schreibzeug und alles da, was ein einsamer Wanderer in seiner Wohnung nur immer wünschen kann. Selbst Bücher lagen auf dem Nachttische, und sie waren sämtlich in deutscher Sprache. In jedem der zwei Zimmer stand ein Bett, aber statt der Decke war auf ein jedes das weite volkstümliche Kleidungsstück gebreitet, welches sie Bunda heißen. Es ist dies gewöhnlich ein Mantel aus Fellen, wobei die rauhe Seite nach innen, die glatte weiße nach außen gekehrt ist. Letztere hat häufig allerlei farbiges Riemzeug und ist mit aufgenähten farbigen Zeichnungen von Leder verziert.

Ehe ich mich schlafen legte, ging ich noch, wie es immer an fremden Orten meine Gewohnheit ist, an das Fenster, um zu schauen, wie es draußen aussähe. Es war nicht viel zu sehen. Das aber erkannte ich im Mondlichte, daß die Landschaft nicht deutsch sei. Wie eine andere, nur riesengroße Bunda lag der dunkle Fleck des Waldes oder Gartens unten auf die Steppe gebreitet – draußen schillerte das Grau der Heide – dann waren allerlei Streifen, ich wußte nicht, waren es Gegenstände dieser Erde oder Schichten von Wolken.

Nachdem ich meine Augen eine Weile über diese Dinge hatte gehen lassen, wendete ich mich wieder ab, schloß die Fenster, entkleidete mich, ging zu dem nächstbesten Bette und legte mich nieder.

Als ich das weiche Pelzwerk der Bunda über meine ermüdeten Glieder zog und als ich schon fast die Augen zutat, dachte ich noch: »So bin ich nun begierig, was ich in dieser Wohnung Freundliches oder Häßliches erleben werde.«

Dann entschlummerte ich, und alles war tot, was schon in meinem Leben gewesen ist und was ich sehnlichst wünschte, das noch in dasselbe eintreten möchte.

Steppenhaus

Wie lange ich geschlafen habe, weiß ich nicht, aber daß es nicht fest und gut war, das wußte ich. Es mußte die allzu große Müdigkeit daran schuld sein. Die ganze Nacht ging ich auf dem Vesuve herum und sah den Major bald in einem Pilgeranzuge in Pompeji sitzen, bald im Fracke zwischen den Schlacken stehen und Steine suchen. In meinem Morgentraum tönte Pferdegewieher und Hundegebell, dann schlief ich einige Zeit fest, und als ich erwachte, war heller Tag in dem Zimmer, und ich sah hinaus in den Saal, in dem die Waffen und Kleider von der Sonne beschienen hingen. Unten erbrauste der dunkle Park von dem Lärmen der Vögel, und als ich aufgestanden und an eines der Fenster getreten war, funkelte die Heide draußen in einem Netze von Sonnenstrahlen.

Da ich noch kaum angekleidet war, klopfte es an meine Tür, ich öffnete, und es trat mein Reisefreund herein. Ich war immer die Tage her begierig gewesen, wie er aussehen möge, und er sah nicht anders aus, als er eben aussehen konnte, nämlich so zu der ganzen Umgebung stimmend, daß es schien, ich hätte ihn immer so gesehen. Auf der Oberlippe hatte er den gebräuchlichen Bart, der die Augen noch funkelnder machte, das Haupt deckte ein breiter runder Hut, und von den Lenden fiel das weite weiße Beinkleid hinab. Es war ganz natürlich, daß er so sein mußte, ich konnte plötzlich nicht mehr denken, wie ihm der Frack stehe, seine Tracht schien mir reizend, daß mir mein deutscher Flaus, der bestaubt und herabgeschunden auf einer Bank unter dem verschossenen Seidenkleide eines Tataren lag, fast erbärmlich vorkam. Sein Rock war kürzer, als sie gewöhnlich in Deutschland sind, stand aber sehr gut zu dem Ganzen. Mein Freund schien zwar gealtert; denn seine Haare mischten sich mit Grau, und sein Antlitz war voll von jenen feinen und kurzen Linien, die bei wohlgebildeten Menschen, die sich lange erhalten, doch endlich die wachsende Zahl der Jahre anzeigen; aber er erschien mir so angenehm und einnehmend wie immer.
Er grüßte mich sehr freundlich, sehr herzlich, ja fast innig – und als wir eine halbe Stunde geplaudert hatten, waren wir schon wieder so bekannt wie zuvor. Es schien, als hätten wir uns seit unserer italienischen Reise gar nicht getrennt. Da ich mich ankleidete und dazu bemerkte, daß ein Koffer mit meinen andern Sachen ankommen werde, schlug er vor, ich möchte bis dahin oder, wenn ich

wollte, in der Zeit meines ganzen Hierseins ungarische Kleider anziehen. Ich ging in die Sache ein, und die nötigen Bestandstücke waren bald herbeigeschafft, wobei er bemerkte, daß er in den nächsten Tagen schon für Abwechslung sorgen werde. Wie wir nun so in den Hof hinunterkamen zu den mit uns gleichgekleideten Knechten und wie diese aus den finstern Schnurrbärten und den buschigen Augenbrauen so beifällig auf uns blickten und uns die Pferde zu einem Morgenritte zuführten, war etwas so Edles und Beruhigendes in dem Schauspiele, daß ich mich innerlichst recht davon erquickt fühlte.
Wir ritten von der großen sanften Dogge begleitet in den Besitzungen des Majors herum. Er zeigte mir alles und gab gelegentlich Befehle und Lobsprüche. Der Park, durch den wir zuerst ritten, war eine freundliche Wildnis, sehr gut gehegt, rein gehalten und von Wegen durchschnitten. Als wir hinaus auf die Felder kamen, wogten sie im dunkelsten Grün. Nur in England habe ich ein Gleiches gesehen; aber dort, schien es mir, war es zarter und weichlicher, während dieses hier kräftiger und sonnedurchdrungener erschien. Wir ritten hinter dem Parke sachte bergan, und an dem Kamme dieser sanften Höhe, die gegen die Heide ging, zogen sich die Weinpflanzungen dahin. Überall war ein dunkles breites Blatt, die Pflanzungen nahmen einen großen Strich ein, an allen Stellen waren Pfirsichbäume eingestreut, und von den gehörigen Orten blickten, wie in Maroshely, die weißen leuchtenden Punkte der Wächterhäuschen herüber. Auf die Heide gekommen, sahen wir seine Rinder, eine große, zerstreute, fast unübersehbare Herde. Eine Stunde Rei-

tens führte uns dann zu den Gestüten und Schäfereien. Da wir über die Heide kamen, zeigte er auf einen schmalen schwarzen Streifen, der sehr weit im Westen das hingehende Grau der Steppe schnitt, und sagte: »Das sind die Weinberge von Maroshely, von wo Ihr gestern die Pferde hattet.«

Den Rückweg nahmen wir auf einer andern Seite, und hier zeigte er mir seine Gärten, seine Obstanlagen und seine Glashäuser. Ehe wir dazu kamen, ritten wir an einem sehr unansehnlichen Landstriche vorbei, auf dem bedeutend viele Menschen beschäftigt waren. Auf meine Frage sagte er, dies seien Bettler, Herumstreicher, selbst Gesindel, die er durch pünktliche Bezahlung gewonnen habe, daß sie ihm arbeiten. Sie trocknen eben einen sumpfigen Strich und legen eine Straße an.

Zu Mittage, da wir nach Hause gekommen waren, aßen wir mit allen Knechten und Mägden in einer Art Vorhalle oder vielmehr unter einem ungeheuren Vordache, an dem ein riesiger Nußbaum stand. An dem hölzernen Brunnengerüste musizierten eben durchziehende Zigeuner. – Es war zu Tische auch ein Fremder gekommen, ein Jüngling in frühesten Jahren. Er fiel mir durch seine außerordentliche Schönheit auf. Er hatte Briefe aus der Nachbarschaft gebracht und war nach dem Essen wieder fortgeritten. Von dem Major war er sehr achtungsvoll, fast zärtlich behandelt worden.

Den heißen Nachmittag verbrachten wir in den kühlen Zimmern. Abends zeigte mir mein Gastfreund das Abendrot der Heide. Wir ritten eigens zu dem Zwecke hinaus, nachdem er mir geraten hatte, so wie er gegen die

Fieberluft der Ebene einen Pelz umzutun, wenn ihn auch die noch warme Luft entbehrlich zu machen scheint. Wir warteten, da wir hinausgekommen waren, an dem von ihm angegebenen Punkte, bis die Sonne untergegangen war. Und in der Tat, es war ein prachtvoller Anblick, der nun folgte: auf der ganzen schwarzen Scheibe der Heide war die Riesenglocke des brennend gelben, flammenden Himmels gestellt, so sehr in die Augen wogend und sie beherrschend, daß jedes Ding der Erde schwarz und fremd wird. Ein Grashalm der Heide steht wie ein Balken gegen die Glut, ein gelegentlich vorübergehendes Tier zeichnet ein schwarzes Ungeheuer auf den Goldgrund, und arme Wacholder- und Schlehenbüsche malen ferne Dome und Paläste. Im Osten fängt dann nach wenigen Augenblicken das feuchte kalte Blau der Nacht heraufzusteigen an und schneidet mit trübem und undurchsichtigem Dunste den eigentlichen Glanz der Kuppel des Himmels.

Die Erscheinung dauert vorzüglich in den Junitagen, wo die Sonne hoch steht, sehr lange. Als wir schon zu Hause waren, als wir schon das Abendmahl eingenommen und einige Zeit miteinander verplaudert hatten, als ich dann in meinem Schlafzimmer war, an dem Fenster stand und bereits fast die Mitternacht herankam, stand noch ein trüb gelbes Stückchen Licht im Westen, während schon im blauen Osten die rote Scheibe des Halbmondes glühte.

Ich nahm mir an diesem Abende vor, morgen oder übermorgen oder wenn sich immer in den nächstfolgenden Tagen eine Gelegenheit ergäbe, den Major um das Ziel zu fragen, von dem er mir geschrieben hatte, daß er es end-

lich gefunden habe und daß es ihn auf immerwährende Zeiten an die Heimat binde.
Des andern Morgens weckte er mich vor Sonnenaufgang und fragte, ob ich den Tag für mich zubringen oder ob ich ihn mit ihm teilen wolle. Beides stehe mir auch in der Zukunft frei. Wenn ich an den Geschäften und Bestrebungen des Hauses teilnehmen wollte, so dürfe ich nur an dem Tage, an dem ich solches im Sinne habe, beim Klange der Hofglocke, die jeden Morgen geläutet werde, aufstehen und mich zu dem gemeinschaftlichen Frühmahle einfinden. Hätte ich aber an einem Tage abgesonderte Pläne, so seien schon seine Leute, falls er selber nicht da wäre, angewiesen, mir mit Pferden, mit Begleitung oder mit anderm Nötigen an der Hand zu sein. Lieb wäre es ihm, wenn ich ihn von solchen Dingen, vorzüglich, wenn sie weitere Entfernungen von Hause beträfen, immer vorher in Kenntnis setzte, damit er mich vor Umwegen, Schwierigkeiten und vielleicht auch vor kleinen Gefahren, die eintreten könnten, bewahre. Ich war ihm für seine Bereitwilligkeit dankbar und erklärte, daß ich heute und morgen und überhaupt so lange, bis es mir anders einfiele, seine Zeit teilen wolle.
Ich stand daher auf, kleidete mich an und begab mich unter das Vordach zu dem Frühmahle. Die Leute waren schon fast fertig und trennten sich, um zu ihren verschiedenen Arbeiten zu gehen. Der Major hatte meiner geharrt und wartete, bis ich mit der Einnahme meines Frühstückes fertig war. Dann wurden die gesattelten Pferde vorgeführt. Ich fragte nicht, was er tun werde, sondern folgte ihm, wohin er ritt.

Wir ritten heute nicht mehr so im allgemeinen herum, daß er mir überhaupt seine Besitzungen und Beschäftigungen zeige, sondern er sagte, er wolle das, was der heutige Tag von ihm fordere, tun, und ich möge ihm zusehen, falls er mir nicht Langeweile mache.
Wir kamen zu gedehntem Wiesenlande, auf dem Heu gemacht wurde. Der schöne ungarische Braune, den der Major ritt, trug ihn tanzend auf dem schönen, weichen, geschorenen Rasengrün hin. Er stieg ab, während ein Knecht das Pferd hielt, und besah an verschiedenen Schobern das Heu. Es wurde von dem Knechte bemerkt, daß es auf den Nachmittag zum Einführen bestimmt sei. Der Major ordnete, so lange die Wiese geschoren sei, das Schlagen mehrerer Gräben an, damit überflüssiges Wasser abgehe, und an andern Stellen, damit es gesammelt werde. Von der Wiese schlug er den Weg zu den Gewächshäusern ein, die nicht, wie es sonst gewöhnlich ist, in der Nähe des Wohnhauses waren, sondern auf einem geeigneten Platze, wo ein sanfter Erdhang seine Dachung gegen Aufgang und Mittag zeigte. Es war an diesen Häusern ein kleiner reiner Stall angebracht, wohin der Major und seine Begleitung, wenn zufällig eine da war, ihre Pferde tun konnten; denn es war nicht selten der Fall, daß er sich hier lange aufhalten mußte, und wenn Besuch da war, der die Gewächsanlagen besehen wollte, geschah es wohl auch, daß mehrere Stunden darüber hingingen. Wir taten unsere Pferde gesattelt in den Stall, und er ging zuerst daran, mehrere Gewächsstücke und Pflanzen, die auf Begehren zu Versendungen geordnet wurden, zu besichtigen, dann ging er in die Gärtnerstube, wo Schreibereien

lagen, und brachte ziemlich lange Zeit an dem Tische bei denselben zu. Ich sah indessen die Dinge um mich an, von denen ich aber gerade so viel und so wenig verstand, als ein unaufhörlich Reisender, welcher unzählige Gewächshäuser besah, verstehen kann. Als ich aber später in seinem Bücherzimmer die Werke und Abbildungen über diesen Zweig ein wenig durchging, erkannte ich, wie wenig ich eigentlich von dem Kerne dieser Sache wußte. »Wenn man von diesen reizenden Dingen«, sagte der Major zu einer andern Zeit einmal, »die so gerne vom Hundertsten ins Tausendste führen, wirklich Früchte haben soll, so muß man sie vom Grunde aus betreiben und die andern, die darin arbeiten, bedeutend zu übertreffen suchen.«

Von der Gärtnerstube herauskommend, sah er eine Weile mehreren Weibern zu, die mit Abstauben und Reinigen der grünen Kamelienblätter beschäftigt waren. Diese Pflanze war damals noch selten und teuer. Er untersuchte auch die gereinigten und machte seine Bemerkungen. Von da kamen wir an den vielen reinen weißen Sandbeeten der Glashäuser vorüber, in denen die ganz jungen Pflänzchen standen, dann an all den Blumen und Gewächsen, deren Zucht er sich zur Aufgabe gemacht hatte. An dem entgegengesetzten Ausgange der Anlagen warteten unsere Pferde, die ein Gärtnerbursche indessen hinten herum geführt hatte. Hier waren die Stellen zur Bereitung und Mischung der Erden, die von Eseln in Körben aus verschiedenen Gegenden und oft von weit entfernten Nadelwaldungen das ganze Jahr hindurch herbeigebracht werden. Selbst zum Brennen der Erde waren

bestimmte Orte, und in der Nähe war das Eichenholz aufgeschichtet, das im Winter zur Erwärmung dient.
Da, wie ich schon gestern bemerkt hatte, von den Gewächsanlagen nicht weit auf die Heide war, so ritten wir nun auf dieselbe hinaus. Der gute Lauf unserer schlanken Pferde trug uns bald so weit auf die einförmige, morgenduftige Ebene hinaus, daß wir das Schloß und den Park nur mehr als einen dunklen Fleck in der Ferne liegen sahen. Hier stießen wir zu seinen Hirten. Einige Stangen, so mager, daß von ihnen als Schutzwerken gar keine Rede sein kann, bildeten eine Hütte oder vielleicht gar nur ein Zeichen, welches in der Steppe leicht gesehen und gefunden werden kann. Unter diesen Stangen brannte oder glimmte vielmehr ein Feuer, das von den zähen Ästen oder den Wurzeln der Wacholder- oder Schlehen- und anderer Krüppelsträuche unterhalten wurde. Hier bereiteten die Hirten, die um elf Uhr schon Mittag hielten, ihr Mahl. Braune Gestalten, deren Pelze auf der Erde umherlagen, standen in schmutzig weißen Beinkleidern und Hemdärmeln um den Major herum und antworteten auf seine Fragen. Andere, da sie seine Ankunft auf der weithin gedehnten Fläche wahrgenommen hatten, jagten auf kleinen unscheinbaren Rossen herbei, die weder Sattel noch Decke und statt Zügel und Halfter oft nur einen Strick hatten. Sie stiegen ab, hielten ihre Tiere an der Hand und umringten den Major, der ebenfalls abgestiegen war und sein Pferd zu halten gab. Sie sprachen nicht bloß von ihrer Beschäftigung mit ihm, sondern auch von anderen Dingen, und er kannte sie fast alle mit Namen. Er war so leutselig mit ihnen, als wäre er

einer aus ihrer Mitte, und dies, wie ich glaubte, erweckte eine Art Begeisterung unter den Menschen. Wie bei uns in den Bergen, so waren auch hier die Tiere den ganzen Sommer über im Freien. Es waren jene weißen langgehörnten Rinder, welche in dem Lande vorkommen und sich von den Kräutern der Steppe nähren, die eine Würze und einen Blumengeruch haben, die wir Alpenländler ihnen kaum zutrauen sollten. Bei diesen Tieren bleiben die Menschen, die ihnen zugegeben sind, ebenfalls im Freien und haben oft gar nichts über sich als den Himmel und die Sterne der Heide, oft nur, wie wir eben gesehen hatten, einige Stangen oder eine gegrabene Hütte von Erde. Sie standen vor dem Major, dem Grundherrn, wie sie ihn hier hießen, und hörten seinen Anordnungen zu. Als er wieder aufstieg, hielt ihm einer, der blitzende Augen aus dem Schwarz seines Gesichtes und seiner Brauen herauszeigte, das Pferd, während sich ein anderer mit langen Haaren und dichtem Schnurrbarte bückte und ihm die Steigbügel hielt.

»Lebt wohl, Kinder«, sagte er beim Fortreiten, »ich werde euch bald wieder besuchen, und wenn die Nachbarn herüberkommen, werden wir einen Nachmittag auf der Heide liegen und bei euch essen.«

Er hatte diese Worte auf ungarisch gesagt und sie mir auf meine Bitte verdeutscht.

Im Fortreiten sagte er zu mir: »Wenn es Euch ergötzt, diese Heidewirtschaft einmal im einzelnen genau anzuschauen, und Ihr etwa einmal allein herauskommen wolltet, um mit diesen Leuten gleichsam zu leben, müßt Ihr auf die Hunde achten, die sie haben. Sie sind nicht im-

mer so zahm und geduldig, wie Ihr sie heute gesehen habt, sondern sie würden Euch strenge mitfahren. Ihr müßt es mir vorher sagen, daß ich Euch hingeleite oder, wenn ich nicht kann, daß ich Euch einen bekannten Hirten mitgebe, der Euch führe und den die Hunde lieben.«
Ich hatte in der Tat, da wir bei dem Hirtenfeuer waren, die ungemein großen, schlanken, zottigen Hunde bewundert, derlei ich auf meiner ganzen Wanderung nicht angetroffen habe und die so sittsam neben und unter uns am Feuer herumsaßen, als verstünden sie etwas von der Verhandlung und nähmen daran teil.
Wir wendeten uns, da wir fortritten, dem Schlosse wieder zu, da bereits die Zeit zum Mittagessen heranrückte. Als wir, so wie gestern, in der Nähe der Strecke vorüberkamen, auf der die Leute arbeiteten, um den Sumpf zu trocknen und die Grundrisse einer Straße zu ziehen, sagte er, indem er auf ein Weizenfeld zeigte, an dem wir ziemlich nahe vorbeiritten und auf welchem die Frucht außerordentlich schön stand: »Diese guten Schollen, wenn sie ihre Schuldigkeit tun, müssen uns das Geld herbeischaffen, daß wir auch an andern Stellen etwas verrichten können. Die Leute arbeiten da drüben in der Öde das ganze Jahr. Sie haben ihren Taglohn und kochen gleich neben ihren Geschäften im Freien. Zum Schlafen gehen sie in jene hölzernen Hütten, die Ihr seht. Im Winter, wenn sich Eis bildet, gehen wir den tiefern Stellen zu, denen wir jetzt wegen zu großer Weiche des Bodens nicht ankönnen, und füllen Gerölle der Heide und Steine, die wir von den Weinpflanzungen nehmen, hinein.«
Wirklich erblickte ich, da ich auf die eigentümliche An-

lage hinüberschaute, die hölzernen Hütten, von denen er gesprochen hatte, und sah an verschiedenen Stellen des Heiderückens schwachen Rauch aufgehen, der die kunstlosen Herde anzeigen mochte, auf denen die Leute ihr Mittagessen kochten.

Als wir in den Park einritten, umsprungen von den großen und kleinen Doggen, läutete in dem Herrenhause eben die Glocke, die uns und die anderen Leute zum Mahle rief.

Ich fragte an dem Abende dieses Tages meinen Reisefreund nicht um sein Ziel, wie ich mir tags vorher beim Schlafengehen so fest vorgenommen hatte.

Der Nachmittag verging wie gewöhnlich zu Hause, nur daß der Major gegen fünf Uhr auf dem gebahnten Wege mit der Pappelallee, auf dem ich in der Nacht gekommen war, ich weiß nicht wohin fuhr, während ich die Bücher musterte, die er mir in immer größerer Anzahl aus seinem Bücherzimmer auf meine Stube bringen ließ.

Des folgenden Tages hatte der Major viel zu schreiben, und ich brachte schier den ganzen Tag damit zu, seine Pferde, die er zu Hause hatte, zu besehen und mit seinen Leuten Bekanntschaft zu machen.

An dem Tage, der nachher folgte, war ich mit ihm in der Schäferei, die zwei Stunden Reitens entfernt ist und in welcher wir den ganzen Tag zubrachten. Er hat einige Leute dort, die bedeutende Bildung verraten und mit ihm in das Wesen der Sache, die sie lieben, einzugehen scheinen. Hier sah ich auch, daß alle Zweige seiner Tätigkeit ihre eigene Geldverwaltung haben, indem er den Schäfereien eine Summe vorstreckte, die aus einem andern Bereiche genommen war. Die Sache wurde sehr genau und richtig in die Papiere aufgenommen und verbrieft. Die Anlagen sind sehr weitschichtig und die Zuchten nach ihrem Bedürfnis geordnet.

Ein anderes Mal sah ich die Gestüte, und wir waren auf der Weide, auf welcher seine Füllen und die jüngeren Pferde gewöhnlichen Schlages unter Hirten stehen wie anderswo die Rinder.

Auf diese Weise lernte ich nach und nach den ganzen Kreis seiner Tätigkeit kennen, welcher wahrhaftig nicht geringfügig war. Ich wunderte mich, daß er diesen Sachen eine solche Aufmerksamkeit und Umsicht zuwendete, da ich ihn doch früher mehr als träumend und in Wissenschaften herumdichtend und -forschend gekannt habe.

»Ich glaube«, sagte er einmal, »daß man es so mit dem Boden eines Landes beginnen müsse. Unsere Verfassung, unsere Geschichte ist sehr alt, aber noch vieles ist zu tun; wir sind in ihr gleichsam wie eine Blume in einem Gedenkbuche aufgehoben worden. Dieses weite Land ist ein größeres Kleinod, als man denken mag, aber es muß noch immer mehr gefaßt werden. Die ganze Welt kömmt in ein Ringen, sich nutzbar zu machen, und wir müssen mit. Welcher Blüte und Schönheit ist vorerst noch der Körper dieses Landes fähig, und beide müssen hervorgezogen werden. Ihr müßt es ja gesehen haben, da Ihr zu mir kamt. Diese Heiden sind der feinste schwarze Ackergrund, in diesen Anhöhen voll glitzernden Gesteins bis zu jenen blauen Bergen hin, die Ihr im Norden sehet, schläft der feurige Fluß des Weines und dämmert von Erde umflort der Glanzblick des Metalles. Zwei sehr edle

Ströme ziehen durch unser Land, über ihnen ist sozusagen die Luft noch tot und harret, daß unzählige bunte Wimpel in ihr flattern. Vielerlei Volk ist in dem Lande, manches ist ein Kind, dem man vormachen muß, was es beginnen soll. Seit ich in der Mitte meiner Leute lebe, über die ich eigentlich mehr Recht habe, als Ihr Euch denket, seit ich mit ihnen in ihrer Kleidung gehe, ihre Sitten teile und mir ihre Achtung erworben habe, ist es mir eigentlich, als hätte ich dieses und jenes Glück errungen, das ich sonst immer in der einen oder der andern Entfernung gesucht habe.«

Ich fragte den Mann nun gar nicht mehr um sein Ziel, dessen er in seinem Briefe an mich erwähnt hatte.

Vorzugsweise waren es die Getreidearten, denen er seine Aufmerksamkeit zugewendet hatte. Und sie standen aber auch in einer Fülle und Schönheit, daß ich schon neugierig war, wenn sich diese Ähren der Reife zuwenden und wenn wir sie heimführen würden.

Die Einsamkeit und Kraft dieser Beschäftigungen erinnerte mich häufig an die alten starken Römer, die den Landbau auch so sehr geliebt hatten und die wenigstens in ihrer früheren Zeit auch gerne einsam und kräftig waren.

»Wie schön und ursprünglich«, dachte ich, »ist die Bestimmung des Landmannes, wenn er sie versteht und veredelt. In ihrer Einfalt und Mannigfaltigkeit, in dem ersten Zusammenleben mit der Natur, die leidenschaftlos ist, grenzt sie zunächst an die Sage von dem Paradiese.«

Da ich einmal längere Zeit auf der Besitzung des Majors war, da ich die Teile derselben übersah und verstehen lernte, da die Dinge vor mir wuchsen und ich an dem Gedeihen derselben Anteil nahm, hatte mich das gleichförmig sanfte Abfließen dieser Tage und Geschäfte so eingesponnen, daß ich mich wohl und ebenmäßig angeregt fühlte und auf unsere Städte vergaß, gleichsam als wäre das ein Kleines, was in ihnen bewegt wird.

Da wir wieder einmal unter den Pferden gewesen waren, die auf der Heide sind, und da sich zu den Hirten derselben auch die gesellt hatten, die das Geschäft der Rinder über sich haben, so daß zufällig eine größere Menge dieser Menschen auf der Heide beisammen und bei uns waren, sagte der Major im Nachhausefahren zu mir – denn dieses Mal hatte er ein schönes Heidegespann mit Riemengeschirr vor einen Wagen gespannt, der mit großer Spurweite sicher auf dem Grase der Heide dahinrollte: »Diese würde ich sogar zum Blutvergießen führen können, sobald ich mich nur an ihre Spitze stellte. Sie sind mir unbedingt zugetan. Auch die andern, die Knechte und die Arbeiter, die ich zu Hause habe, würden sich eher ihre Glieder zerschlagen lassen, ehe einer zugäbe, daß mir ein Haar gekrümmt würde. Wenn ich nun die dazurechne, die mir wegen dem Verhältnisse der Grundherrlichkeit untertan sind und die mir, wie ich bei vielen Gelegenheiten erfahren konnte, vom Grunde des Herzens zugetan sind, so würde ich, wie ich glaube, eine ziemlich große Zahl von Menschen zusammenbringen, die mich lieben. – – Seht nur, und ich bin erst zu ihnen gekommen, als mein Haupt schon grau geworden war und als ich viele Jahre auf sie vergessen hatte. Wie müßte es sein, so Hunderttausende zu leiten und sie zum Guten zu führen; denn meistens, wenn sie vertrauen, sind sie wie Kinder und folgen zum Guten wie zum Bösen.«

»Einmal«, fuhr er nach einer Weile fort, »habe ich geglaubt, ich werde ein Künstler oder Gelehrter werden. Ich habe aber eingesehen, daß diese ein tiefes, ernstes Wort zu der Menschheit sagen müssen, das sie begeistert und edler und größer macht – oder daß wenigstens der Gelehrte Dinge zu Tage schaffe und erfinde, welche die Menschen in dem irdischen Gute, in den Mitteln fördern und weiterbringen. In beiden Fällen aber ist es notwendig, daß ein solcher Mann zuerst selber ein einfaches und großes Herz habe. Aber da ich dies nicht besitze, so ließ ich alles wieder fahren, und es ist nun vorbei.«

Mir war es, da er diese Worte sagte, als ginge ein sanfter Schatten über sein Auge und als blicke es in diesem Augenblicke noch immer mit jener Schwärmerei in die Luft hinaus wie einstens, wenn wir manchmal müßig auf dem Epomeo saßen, ein ganzes Meer von Himmelsbläue um uns feierte, unten die See glänzte und er von allerlei Wünschen und Träumen junger Herzen redete. Darum kam mir auch plötzlich der Gedanke, ob etwa das Glück, von dem er mir sagte, daß er es gefunden habe, doch noch nicht ganz da sei.

Das war das einzige Mal gewesen, daß er seit unserer Bekanntschaft auf seine Vergangenheit angespielt hatte, vorher in unserem ganzen Umgange nie. Ich habe auch nie gefragt, so wie ich später nicht fragte. Wer viel reiset, lernt schon die Menschen schonen und läßt sie in dem inneren Haushalte ihres Lebens gewähren, der sich nicht aufschließt, wenn es nicht freiwillig ist. Ich war nun

schon ziemlich lange auf Uwar und war gerne da, weil ich an den Beschäftigungen des Ortes mit Aufmerksamkeit und öfter auch mit wirklicher Tätigkeit Anteil nahm und weil ich zu andern Zeiten in dem Tagebuche meiner Reisen und Erfahrungen weiterschrieb; aber das glaubte ich zu erkennen, daß in dem reinen, beschäftigten Leben des Majors irgendein Bodensatz liege, der es nicht zur völligen Abklärung kommen ließ, und mir war, als sei doch irgendeine Art Trauer da, die sich natürlich bei einem Manne nur durch Rube und Ernst ausdrückt.
Sonst war er in seinem Leben und in seinem Umgange mit mir sehr einfach, und von einer Zurückhaltung oder Verstellung war nicht im geringsten die Rede. So stand auf dem Tische seines Schreibzimmers, in das ich sehr oft kam und an dem wir an heißen Nachmittagen oder abends bei der Kerze, wenn wir noch nicht schlafen gingen, von verschiedenen Dingen plauderten, ein Bild – es war in schönem Goldrahmen das verkleinerte Bild eines Mädchens von vielleicht zwanzig – zweiundzwanzig Jahren –, aber sonderbar war es, wie auch der Maler die Sache verschleiert haben mochte, es war nicht das Bild eines schönen, sondern eines häßlichen Mädchens – die dunkle Farbe des Angesichtes und der Bau der Stirne waren seltsam, aber es lag etwas wie Stärke und Kraft darinnen, und der Blick war wild wie bei einem entschlossenen Wesen. Daß dieses Mädchen etwa in seinem früheren Leben eine Rolle gespielt habe, wurde mir klar, und mir fiel der Gedanke ein, warum sich denn dieser Mensch nicht vermählt habe, so wie mir dieser Gedanke auch schon bei unserer italienischen Bekanntschaft ge-

kommen war; aber nach meinen Grundsätzen hatte ich damals nicht gefragt und fragte auch jetzt nicht. Er durfte freilich das Bild ruhig auf dem Tische stehenlassen; denn es kam niemand von seinen Leuten in das Schreibgemach, sondern sie mußten im Vorzimmer, wo ein Glöcklein beim Eintritte läutete, stehenbleiben, wenn ihm einer etwas zu sagen hatte. Auch von seinen Bekannten und von Besuchenden kam niemand in das Zimmer, da er sie immer in seiner anderen Wohnung empfing. Es war also schon ein Grad Vertraulichkeit, daß ich da hinein durfte und alles besehen konnte, was da stand und lag. Diese Vertraulichkeit mochte ich wohl dem Umstande zu verdanken haben, daß ich nie forschte und grübelte.

Mittlerweile war die Ernte gekommen, und nie werde ich jener heitern, vergnüglichen Zeit vergessen.

Der Major mußte unterdessen auch einige Male kleine Reisen in die Nachbarschaft machen und lud mich dazu ein. In keinem Lande sind die Entfernungen zwischen den bewohnten Punkten oft so groß wie hier, aber mit den schnellen Rossen legt man sie reitend oder mit den leichten Wägen über die Heide fahrend in verhältnismäßig kurzer Zeit zurück. Einmal hatte der Major das enganliegende ungarische Volkskleid an, er war in großem Schmucke, mit dem Säbel an der Seite. Es stand ihm sehr wohl. Er hielt in einer Versammlung seiner Gespanschaft über gemeinsame Angelegenheiten eine ungarische Rede. Da es von jeher meine Gewohnheit war, in jedem Lande, in das ich kam, schnell so viel von der Sprache zu lernen, als mir nur immer möglich war, so hatte ich auch bereits von den Leuten des Majors und allen, die mich umgaben, etwas ungarisch gelernt, daher verstand ich manches von der Rede, die bei einem Teile heftige Bewunderung, bei dem andern heftigen Tadel hervorrief; im Nachhausefahren übersetzte er sie mir vollständig ins Deutsche. Nachmittag bei Tische sah ich ihn an jenem Tage im Fracke wie einstens in Italien, so wie die meisten der Anwesenden ihre Volkskleidung abgelegt hatten und in dem gemeinschaftlichen europäischen Fracke waren.

Auch zu anderen Besuchen, die er in der Nachbarschaft machte, hatte ich ihn begleitet. Hier erfuhr ich nun, daß vier solcher Sitze bestehen, wie der Major einen hatte. Man hatte vor einigen Jahren einen Bund geschlossen, den Landbau und die Hervorrufung der ursprünglichen Erzeugnisse dadurch zu heben, daß man dies zuerst in dem besten Maßstabe auf den eigenen Besitzungen tue und so den andern mit einem Beispiele vorangehe, namentlich wenn sie sehen, daß Wohlhabenheit und besseres Leben sich aus dem Dinge entwickle. Der Bund hatte auch seine Gesetze, und die Beigetretenen hielten landwirtschaftliche Versammlungen. Außer diesen vier großen Musterhöfen, die eigentlich bis jetzt erst nur die einzigen Mitglieder des Bundes waren, hatten schon einige kleinere Besitzer angefangen, das Verfahren ihrer größeren Nachbarn nachzuahmen, ohne daß sie deswegen eigentlich Glieder des Bundes waren. Zur Sitzung aber nur als Zuhörer oder gelegentlich als Ratfrager durften alle Landwirte und andere Menschen kommen, wenn sie sich nur vorher angemeldet hatten. Und sie nahmen nicht sparsam teil, wie ich aus einer Versammlung abnahm, die vier Stunden Reitens von Uwar entfernt bei dem Mitgliede Gömör abgehalten wurde, wo von Mitgliedern nur der Major und Gömör, aber von Zuhörern eine ziemliche Menge war.

Ich bin nach der Hand noch zweimal ganz allein bei Gömör gewesen und habe das letzte Mal sogar mehrere Tage bei ihm zugebracht.

Da die Ernte sich zu ihrem Ende neigte und die Arbeiten etwas weniger wurden, sagte der Major eines Tages zu mir: »Weil wir jetzt ein wenig Muße bekommen werden, werden wir in der nächsten Woche zu meiner Nachbarin Brigitta Maroshely hinüberreiten und ihr einen Besuch machen. Sie werden in meiner Nachbarin Maroshely das herrlichste Weib auf dieser Erde kennenlernen.«

Zwei Tage nach diesem Ausspruche stellte er mir Brigittas Sohn vor, der zufällig herübergekommen war. Es war dies derselbe junge Mann, der am ersten Tage meines Aufenthaltes in Uwar mit uns zu Mittag gespeist hatte und der mir wegen seiner außerordentlichen Schönheit damals aufgefallen war. Er blieb schier den ganzen Tag bei uns und war mit uns auf verschiedenen Punkten der Besitzungen. Er war, wie ich schon das erste Mal bemerkte, in den frühesten Jahren des Jünglings, kaum bei dem Übergange vom Knaben zum Jünglinge, und er gefiel mir sehr wohl. Sein dunkles sanftes Auge sprach so schön zu mir, und wenn er zu Pferde saß, so kraftvoll und so demütig, neigte sich mein ganzes Wesen zu ihm. Ich hatte einen Freund, der so war und in den frühesten Jahren seiner Jugend in das kalte Grab mußte. Gustav, so hieß der Sohn Brigittas, erinnerte mich lebhaft an ihn.

Seit der Major den Ausspruch über Brigitta getan hatte und seit ich ihren Sohn kannte, war ich sehr neugierig, sie nun auch persönlich zu sehen.
Über die Vergangenheit meines Gastfreundes, des Majors, hatte ich ein weniges von Gömör, als ich bei ihm war, erfahren. Gömör ist, wie mancher seiner Freunde, dic ich bei ihm kennengelernt hatte, von offener freundlicher Zunge und sagte mir unaufgefordert, was er wußte. Der Major sei nicht in der Gegend geboren. Er stamme von einer sehr reichen Familie. Er sei seit seiner Jugend fast immer auf Reisen gewesen, man wisse eigentlich nicht recht wo, so wie man auch nicht wisse, in welchen Diensten er sich den Majorsrang verdient habe. Auf seiner Besitzung Uwar ist er in seinem ganzen früheren Leben nicht gewesen. Vor einigen Jahren kam er, machte sich in Uwar ansässig und schloß sich dem Bunde der Landwirtschaftsfreunde an. Damals waren nur erst zwei Glieder des Bundes: er, Gömör, selber und Brigitta Maroshely. Eigentlich war es kein Bund; denn die Zusammenkünfte und die Gesetze kamen erst später auf, sondern die zwei Nachbarn, er und Brigitta, haben einstimmig die bessere Bewirtschaftung ihrer Güter in dieser öden Gegend begonnen. Im Grunde sei es Brigitta gewesen, welche den Anfang gemacht habe. Weil sie eher unschön als angenehm zu nennen sei, so habe sie ihr Gatte, ein junger leichtsinniger Mensch, dem sie in ihren jüngeren Jahren angetraut worden war, verlassen und sei nicht wiedergekommen. Damals erschien sie mit ihrem Kinde auf ihrem Sitze Maroshely, habe wie ein Mann umzuändern und zu wirtschaften begonnen und sei bis

jetzt noch gekleidet und reite wie ein Mann. Sie halte ihre Dienerschaft zusammen, sei tätig und wirtschafte vom Morgen bis in die Nacht. Man könne hier sehen, was unausgesetzte Arbeit vermöge; denn sie habe auf dem Steinfelde fast Wunder gewirkt. Er sei, als er sie kennengelernt habe, ihr Nachbar geworden und habe ihre Art und Weise auf seiner Besitzung eingeführt. Bis jetzt habe er es nicht bereut. Der Major sei anfangs, da er sich in Uwar niedergelassen hatte, mehrere Jahre nicht zu ihr hinübergekommen. Dann sei sie einmal todkrank geworden: da sei er zu ihr über die Heide geritten und habe sie gesund gemacht. Von der Zeit an kam er dann immer zu ihr. Die Leute sagten damals, er habe die Heilkraft des Magnetismus angewendet, deren er teilhaftig sei, aber niemand weiß eigentlich in der Sache etwas Rechtes zu sagen. Es hat sich ein ungewöhnlich inniges und freundschaftliches Band entwickelt – der höchsten Freundschaft sei das Weib auch würdig –, aber ob die Leidenschaft, die der Major zu der häßlichen und bereits auch alternden Brigitta gefaßt habe, natürlich sei, das sei eine andere Frage – und Leidenschaft sei es ganz gewiß, das erkenne ein jeder, der hinüberkomme. Der Major würde gewiß Brigitta heiraten, wenn er könnte – er gräme sich offenbar tief, daß er es nicht könne; aber weil man von ihrem angetrauten Manne nichts wisse, so könne kein Totenschein und kein Trennungsschein herbeigebracht werden. Es spreche diese Tatsache recht sehr zugunsten Brigittas und verurteile ihren Gemahl, der einst so leichtsinnig von ihr gegangen sei, während nun ein so ernster Mann sich sehne, sie zu besitzen.

Diese Dinge hatte mir Gömör über den Major und Brigitta gesagt, und ich kam noch ein paar Male mit Gustav, ihrem Sohne, bei Gelegenheit eines Besuches, den wir bei Nachbarn machten, zusammen, ehe der Tag erschien, der bestimmt war, daß wir zu seiner Mutter hinüberreiten sollten.

Am Vorabende dieses Tages, da schon das tausendstimmige Zirpen der abendlichen Heidegrillen in meine schlaftrunkenen Ohren fiel, dachte ich noch an sie. Dann träumte mir allerlei von ihr, vorzüglich kam ich von dem Traume nicht los, daß ich auf der Heide vor der seltsamen Reiterin stehe, die mir damals die Pferde mitgegeben hatte, daß sie mich mit schönen Augen banne, daß ich immer stehen müsse, daß ich keinen Fuß heben könne und daß ich alle Tage meines Lebens nicht mehr von dem Flecke der Heide wegzukommen vermöge. Dann schlief ich fest ein, erwachte des andern Tages frisch und gestärkt, die Pferde wurden vorgeführt, und ich freute mich, nun die auch von Angesicht zu Angesicht zu sehen, die heute so vielfach im Traume bei mir gewesen war.

Steppenvergangenheit

Ehe ich entwickle, wie wir nach Maroshely geritten sind, wie ich Brigitta kennengelernt habe und wie ich noch recht oft auf ihrem Gute gewesen bin, ist es nötig, daß ich einen Teil ihres früheren Lebens erzähle, ohne den das Folgende nicht verständlich wäre. Wie ich zu so tiefgehender Kenntnis der Zustände, die hier geschildert werden, gelangen konnte, wird sich aus meinen Verhältnissen zu dem Major und zu Brigitta ergeben und am Ende dieser Geschichte von selbst klar werden, ohne daß ich nötig hätte, vor der Zeit zu enthüllen, was ich auch nicht vor der Zeit, sondern durch die natürliche Entwicklung der Dinge erfuhr.

Es liegt im menschlichen Geschlechte das wundervolle Ding der Schönheit. Wir alle sind gezogen von der Süßigkeit der Erscheinung und können nicht immer sagen, wo das Holde liegt. Es ist im Weltall, es ist in einem Auge, dann ist es wieder nicht in Zügen, die nach jeder Regel der Verständigen gebildet sind. Oft wird die Schönheit nicht gesehen, weil sie in der Wüste ist oder weil das rechte Auge nicht gekommen ist – oft wird sie angebetet und vergöttert und ist nicht da – aber fehlen darf sie nirgends, wo ein Herz in Inbrunst und Entzücken schlägt oder wo zwei Seelen aneinander glühen; denn sonst steht das Herz stille, und die Liebe der Seelen ist tot. Aus welchem Boden aber diese Blume bricht, ist in tausend Fällen tausendmal anders; wenn sie aber da ist, darf man ihr jede Stelle des Keimes nehmen, und sie bricht doch an einer andern hervor, wo man es gar nicht geahnet hatte. Es ist nur dem Menschen eigen und adelt nur den Menschen, daß er vor ihr kniet – und alles, was sich in dem Leben lohnt und preiset, gießt sie allein in das zitternde beseligte Herz. Es ist traurig für einen, der sie nicht hat oder nicht kennt oder an dem sie kein fremdes Auge finden kann. Selbst das Herz der Mutter wendet sich von dem Kinde ab, wenn sie nicht mehr ob auch nur einen

einzigen Schimmer dieses Strahles an ihm zu entdecken vermag.
So war es mit dem Kinde Brigitta geschehen. Als es geboren ward, zeigte es sich nicht als der schöne Engel, als der das Kind gewöhnlich der Mutter erscheint. Später lag es in dem schönen goldenen Prunkbettchen in den schneeweißen Linnen mit einem nicht angenehm verdüsterten Gesichtchen, gleichsam als hätte es ein Dämon angehaucht. Die Mutter wandte, von sich selber unbemerkt, das Auge ab und heftete es auf zwei kleine schöne Engel, die auf dem reichen Teppiche des Bodens spielten. Wenn fremde Leute kamen, tadelten sie das Kind nicht, lobten es nicht und fragten nach den Schwestern. So wurde es immer größer. Der Vater ging öfter durch das Zimmer nach seinen Geschäften, und wenn die Mutter wohl manchmal gleichsam aus verzweiflungsvoller Brünstigkeit die andern Kinder herzte, sah sie nicht das starre schwarze Auge Brigittas, das sich hinheftete, als verstünde das winzige Kind schon die Kränkung. Wenn sie weinte, half man ihrem Bedürfnisse ab; weinte sie nicht, ließ man sie ruhig liegen, alle hatten für sich zu tun, und sie richtete die großen Augen auf die Vergoldung des Bettchens oder auf die Schnörkel der Wandtapeten. Da die Glieder stark geworden waren und ihre Wohnung nicht mehr in dem engen Bettchen bestand, saß sie in einem Winkel, spielte mit Steinchen und sagte Laute, die sie von niemanden gehört hatte. Als sie in ihren Spielen vorrückte und behender ward; verdrehte sie oft die großen wilden Augen, wie Knaben tun, die innerlich bereits dunkle Taten spielen. Auf die Schwestern schlug sie,

wenn sie sich in ihre Spiele einmischen wollten – und wenn jetzt die Mutter in einer Anwandlung verspäteter Liebe und Barmherzigkeit das kleine Wesen in die Arme schloß und mit Tränen benetzte, so zeigte dasselbe keineswegs Freude, sondern weinte und wand sich aus den umfassenden Händen. Die Mutter aber wurde dadurch noch mehr zugleich liebend und erbittert, weil sie nicht wußte, daß die kleinen Würzlein, als sie einst den warmen Boden der Mutterliebe suchten und nicht fanden, in den Fels des eigenen Herzens schlagen mußten und da trotzen.

So ward die Wüste immer größer.

Als die Kinder emporwuchsen und schöne Kleider ins Haus kamen, waren jene Brigittas immer recht, die der Schwestern wurden mannigfach geändert, bis sie paßten. Die andern bekamen Verhaltungsmaßregeln und Lob, sie nicht einmal Tadel, wenn sie auch ihr Kleidchen beschmutzt oder zerdrückt hatte. Da das Lernen kam und die Stunden des Vormittags ausgefüllt waren, saß sie unten an und starrte mit dem einzigen Schönen, das sie hatte, mit den in der Tat schönen düstern Augen auf die Ecke des fernen Buches oder der Landkarte; und wenn der Lehrer eine seltene rasche Frage an sie tat, erschrak sie und wußte keine Antwort. Aber an langen Abenden oder sonst, wenn man im Gesellschaftszimmer saß und sie nicht vermißte, lag sie auf der Erde über durcheinandergeworfenen Büchern oder über Bilder und zerrissenen Karten, die die andern nicht mehr brauchten. Sie mochte eine phantastische verstümmelte Welt in ihr Herz hineinbrüten. Sie hatte von den Büchern ihres Vaters, da der

Schlüssel immer stak, beinahe die Hälfte gelesen, ohne daß man es ahnte. Darunter waren die meisten, die sie nicht verstehen konnte. In der Wohnung fand man oft Papiere, auf denen seltsame wilde Dinge gezeichnet waren, die von ihr sein mußten.

Als die Mädchen in das Jungfrauenalter getreten waren, stand sie wie eine fremde Pflanze unter ihnen. Die Schwestern waren weich und schön geworden, sie bloß schlank und stark. In ihrem Körper war fast Manneskraft, was sich dadurch erwies, daß sie eine Schwester, wenn sie ihr Tändeleien sagen oder sie liebkosen wollte, mit dem schlanken Arme bloß ruhig wegbog oder daß sie, wie sie gerne tat, Hand an knechtliche Arbeit legte, bis ihr die Tropfen auf der Stirne standen. Musik machen lernte sie nicht, aber sie ritt gut und kühn wie ein Mann, lag oft mit dem schönsten Kleide auf dem Rasen des Gartens und tat halbe Reden und Ausrufungen in das Laub der Büsche. Nun kam es auch, daß der Vater begann, ihr Ermahnungen über ihr störriges und stummes Wesen zu geben. Dann, wenn sie auch eben redete, hörte sie plötzlich auf, wurde noch stummer und noch störriger. Es half nichts, daß ihr die Mutter Zeichen gab und zur Kundgebung ihres Unmutes in bittrer Ratlosigkeit die Hände rang. Das Mädchen redete nicht. Als sich der Vater einmal so weit vergaß, daß er sie, die Erwachsene, weil sie durchaus nicht in das Gesellschaftszimmer gehen wollte, körperlich strafte, sah sie ihn bloß mit den heißen trockenen Augen an und ging doch nicht hinüber, er hätte ihr tun können, was er wollte.

Wenn nur einer gewesen wäre, für die verhüllte Seele ein

Auge zu haben und ihre Schönheit zu sehen, daß sie sich nicht verachte. – Aber es war keiner; die andern konnten es nicht, und sie konnte es auch nicht.
Ihr Vater lebte in der Hauptstadt, wie es überhaupt seine Gewohnheit war, und gab sich einem glänzenden Wohlleben hin. Als seine Mädchen herangewachsen waren, verbreitete sich der Ruf ihrer Schönheit durch das Land, viele kamen herbei, sie zu sehen, und die Versammlungen und Gesellschaften in dem Hause wurden noch zahlreicher und belebter, als sie es bisher gewesen waren. Manches Herz schlug heftig und trachtete nach dem Besitz der Kleinode, welche dieses Haus beherbergte – aber die Kleinode achteten nicht darauf, oder sie waren noch zu jung, solche Huldigungen zu verstehen. Desto mehr gaben sie sich den Vergnügungen hin, die solche Gesellschaften mit sich führten, und ein Putzkleid oder die Anordnung eines Festes konnte sie tagelang auf das ergreifendste und innigste beschäftigen. Brigitta, als die Jüngste, wurde nicht gefragt, als verstünde sie die Sache nicht. Sie war manchmal in den Versammlungen gegenwärtig, und dann trug sie immer ein weites, schwarzseidenes Kleid, das sie sich selber zusammengemacht hatte – oder sie mied dieselben, saß indessen auf ihrem Zimmer, und man wußte nicht, was sie dort tat.
So gingen ein paar Jahre hin.
Gegen Ende derselben erschien ein Mann in der Hauptstadt, der in den verschiedenen Kreisen derselben Aufsehen erregte. Er hieß Stephan Murai. Sein Vater hatte ihn auf dem Lande erzogen, um ihn für das Leben vorzubereiten. Als seine Erziehung vollendet war, mußte er zu-

erst Reisen machen, und dann sollte er die gewählte Gesellschaft seines Vaterlandes kennenlernen. Dies war die Ursache, daß er in die Hauptstadt kam. Hier wurde er bald der fast einzige Gegenstand der Gespräche. Einige rühmten seinen Verstand, andere sein Benehmen und seine Bescheidenheit, wieder andere sagten, daß sie nie etwas so Schönes gesehen hätten als diesen Mann. Mehrere behaupteten, er sei ein Genie, und wie es an Verleumdungen und Nachreden auch nicht fehlte, sagten manche, daß er etwas Wildes und Scheues an sich habe und daß man es ihm ansehe, daß er in dem Walde auferzogen worden sei. Einige meinten auch, er besitze Stolz und, wenn es darauf ankomme, gewiß auch Falschheit. Manches Mädchenherz war im mindesten doch neugierig, ihn einmal erblicken zu können. Brigittas Vater kannte die Familie des neuen Ankömmlings sehr gut, er war in früheren Jahren, da er noch Ausflüge machte, öfter auf ihre Besitzungen gekommen und war nur später, da er immer in der Hauptstadt lebte und sie nie, mit ihr außer Berührung geraten. Da er sich um den Stand der Güter, der einst ein vortrefflicher gewesen war, erkundigte und erfuhr, daß derselbe jetzt noch bedeutend besser sei und bei der einfachen Lebensweise der Familie sich noch immer verbessere, dachte er, wenn der Mann sonst auch noch in seinem Wesen nach seinem Sinne wäre, so könnte er einen erwünschten Bräutigam für eine seiner Töchter abgeben. Da aber dasselbe mehrere Väter und Mütter dachten, so beeilte sich Brigittas Vater, ihnen den Vorsprung abzugewinnen. Er lud den jungen Mann in sein Haus, dieser sagte zu und war schon mehrere Male in einer Abendgesellschaft desselben gewesen. Brigitta hatte ihn nicht gesehen, weil sie gerade in jener Zeit schon seit länger her nicht in das Gesellschaftszimmer gekommen war.

Einmal ging sie zu ihrem Oheime, der eine Art Fest veranstaltet und sie dazu geladen hatte. Sie war auch schon in früheren Zeiten manchmal nicht ungern zu der Familie des Oheims gegangen. An jenem Abende saß sie in ihrem gewöhnlichen schwarzseidenen Kleide da. Um das Haupt hatte sie einen Kopfputz, den sie selber gemacht hatte und den ihre Schwestern häßlich nannten. Wenigstens war es in der ganzen Stadt nicht Sitte, einen solchen zu tragen, aber er stand zu ihrer dunklen Farbe sehr gut. Es waren viele Menschen zugegen, und da sie einmal durch eine Gruppe derselben hindurchblickte, sah sie zwei dunkle sanfte Jünglingsaugen auf sie geheftet. Sie blickte gleich wieder weg. Da sie später noch einmal hinschaute, sah sie, daß die Augen wieder gegen sie gerichtet gewesen seien. Es war Stephan Murai, der sie angeblickt hatte.

Ungefähr acht Tage danach wurde bei ihrem Vater getanzt. Murai war auch geladen und kam, da schon die meisten zugegen waren und der Tanz bereits begonnen hatte. Er schaute zu, und da man sich zum zweiten Tanze zusammengestellt hatte, ging er gegen Brigitta hin und bat sie mit bescheidener Stimme um einen Tanz. Sie sagte, daß sie nie tanzen gelernt habe. Er verbeugte sich und mischte sich wieder unter die Zuschauer. Später sah man ihn tanzen. Brigitta setzte sich hinter einem Tische auf ein Sofa und sah dem Treiben zu. Murai sprach mit verschiedenen Mädchen, tanzte und scherzte mit ihnen. Er war an diesem Abende besonders lieb und verbindlich gewesen. Endlich war die Unterhaltung aus, man zerstreute sich nach allen Richtungen, um seine Behausung zu suchen. Als Brigitta in ihr Schlafgemach gekommen war, das sie mit vielen Bitten und Trotzen ihren Eltern abgerungen hatte, daß sie es allein bewohnen durfte, und als sie sich dort entkleidete, schoß sie im Vorbeistreifen einen Blick in den Spiegel und sah die braune Stirne durch denselben gleiten und die rabenschwarze Locke, die sich um die Stirne schlang. Dann ging sie, da sie weder beim Anziehen noch beim Ausziehen ein Dienstmädchen um sich litt, gegen ihr Bett, deckte es selber ab, schlug die schneeweißen Linnen von ihrem Lager, das sie sich immer sehr hart machen ließ, zurück, legte sich darauf, tat den schlanken Arm unter ihr Haupt und schaute mit den schlaflosen Augen gegen die Decke des Zimmers. Als nun in der Folge öfters Gesellschaften waren und Brigitta denselben beiwohnte, wurde sie wieder von Murai bemerkt, sie wurde von ihm sehr ehrfurchtsvoll gegrüßt, und wenn sie ging, brachte er ihr das Tuch, und wenn sie fort war, hörte man auch gleich darauf seinen Wagen unten rollen, der ihn nach Hause führte.

Dies dauerte längere Zeit.

Einmal war sie wieder bei dem Oheime, und da sie wegen der großen Hitze, die in dem Saale herrschte, auf den Balkon, dessen Türen immer offen standen, hinausgetreten war und dichte Nacht um sie lag, vernahm sie seinen Tritt zu ihr und sah dann auch in der Dunkelheit, daß er sich neben sie stellte. Er sprach nichts als gewöhnliche

Dinge, aber wenn man auf seine Stimme horchte, so war es, als sei etwas Furchtsames in derselben. Er lobte die Nacht und sagte, daß man ihr unrecht tue, wenn man sie schelte, da sie doch so schön und milde sei, sie allein umhülle, sänftige und beruhige das Herz. Dann schwieg er, und sie schwieg auch. Als sie wieder in das Zimmer getreten war, ging er auch hinein und stand lange an einem Fenster.

Da Brigitta in dieser Nacht zu Hause angelangt war, da sie sich in ihr Zimmer begeben hatte und den Putzflitter Stück um Stück von dem Leibe nahm, trat sie im Nachtgewande vor den Spiegel und sah lange, lange hinein. Es kamen ihr Tränen in die Augen, die nicht versiegten, sondern mehreren Platz machten, die hervordrangen und herabrannen. Es waren die ersten Seelentränen in ihrem ganzen Leben gewesen. Sie weinte immer mehr und immer heftiger, es war, als müßte sie das ganze versäumte Leben nachholen und als müßte ihr um vieles leichter werden, wenn sie das Herz herausgeweint hätte. Sie war in die Knie gesunken, wie sie es öfters zu tun gewohnt war, und saß auf ihren eigenen Füßen. Auf dem Boden neben ihr lag zufällig ein Bildchen, es war ein Kinderbildchen, auf dem dargestellt war, wie sich ein Bruder für den andern opfere. Dieses Bildchen drückte sie an ihre Lippen, daß es zerknittert und naß wurde.

Da endlich die Quellen nachgelassen hatten und die Kerzen herabgebrannt waren, saß sie noch auf der Erde vor dem Spiegeltische gleichsam wie ein ausgeweintes Kind und sann. Es lagen die Hände in dem Schoße, die Schleifen und Krausen des Nachtgewandes waren feucht und hingen ohne Schönheit um den keuschen Busen. Sie ward stiller und unbeweglicher. Endlich schöpfte sie ein paar Mal frischen Atem, fuhr mit der flachen Hand über die Augenwimpern und ging zu Bette. Als sie lag und die Nachtlampe, die sie nach ausgelöschten Kerzen hinter einen kleinen Schirm gestellt hatte, düster brannte, sagte sie noch die Worte: »Es ist ja nicht möglich, es ist ja nicht möglich!«

Dann entschlummerte sie.

Als sie in der Zukunft wieder mit Murai zusammenkam, war es wie früher: er zeichnete sie nur noch mehr aus, aber sonst war sein Benehmen scheu, fast zaghaft. Er redete beinahe nichts mit ihr. Sie selber tat ihm keinen einzigen, auch nicht den kleinsten Schritt entgegen.

Als sich nach einiger Zeit wieder einmal eine Gelegenheit ergab, mit ihr allein zu sprechen, deren manche früher schon ungenützt vorübergegangen waren, nahm er sich den Mut, er redete sie an und sagte, daß ihm erscheine, daß sie ihm abgeneigt sei – und wenn dies so wäre, so habe er die einzige Bitte, sie möchte ihn doch kennenlernen, vielleicht sei er doch ihrer Aufmerksamkeit nicht ganz unwert, vielleicht habe er Eigenschaften oder könne sich dieselben erwerben, die ihm ihre Hochachtung gewännen, wenn auch nichts, das er noch heiliger wünschte.

»Nicht abgeneigt, Murai«, antwortete sie, »o nein, nicht abgeneigt; aber ich habe auch eine Bitte an Sie: tun Sie es nicht, tun Sie es nicht, werben Sie nicht um mich, Sie würden es bereuen.«

»Warum denn, Brigitta, warum denn?«

»Weil ich«, antwortete sie leise, »keine andere Liebe fordern kann als die allerhöchste. Ich weiß, daß ich häßlich bin, darum würde ich eine höhere Liebe fordern als das schönste Mädchen dieser Erde. Ich weiß es nicht, wie hoch, aber mir ist, als sollte sie ohne Maß und Ende sein. Sehn Sie – da nun dies unmöglich ist, so werben Sie nicht um mich. Sie sind der einzige, der darnach fragte, ob ich auch ein Herz habe, gegen Sie kann ich nicht falsch sein.« Sie hätte vielleicht noch mehr gesagt, wenn nicht Leute herzugekommen wären; aber ihre Lippe bebte vor Schmerz.

Daß Murais Herz durch diese Worte nicht beschwichtigt, sondern nur noch mehr entflammt wurde, begreift sich. Wie einen Engel des Lichtes verehrte er sie, er blieb zurückgezogen, sein Auge ging an den größten Schönheiten, die ihn umringten, vorüber, das ihre mit sanfter Bitte zu suchen. So war es unabänderlich fort. Auch an ihr begann nun die dunkle Macht und die Größe des Gefühles in der verarmten Seele zu zittern. An beiden erschien es offen. Die Umgebungen begannen das Unglaubliche zu ahnen, und man erstaunte unverhohlen. Murai legte seine Seele entschieden vor dem Angesichte aller Welt dar. Eines Tages, in einem einsamen Zimmer, da die Musik, zu deren Anhörung man zusammengekommen war, von ferne her erscholl, da er vor ihr stand und nichts redete, da er ihre Hand faßte, sie sanft gegen sich ziehend, widerstand sie nicht, und da er sein Angesicht immer mehr gegen sie neigte und sie seine Lippen plötzlich auf den ihrigen empfand, drückte sie süß entgegen. Sie hatte noch nie einen Kuß gefühlt, da sie selbst von ihrer Mutter und ihren Schwestern nie geküßt worden war – und Murai hat nach vielen Jahren einmal gesagt, daß er nie mehr eine solche reine Freude erlebt habe als damals, da er zum ersten Male diese vereinsamten unberührten Lippen auf seinem Munde empfand.

Der Vorhang zwischen den beiden war nun zerrissen, und das Schicksal ging seine Wege. In wenigen Tagen war Brigitta die erklärte Braut des gefeierten Mannes, die Eltern beider Teile hatten eingewilligt. Es wurde nun ein freundlicher Umgang. Aus dem tiefen Herzen des bisher unbekannten Mädchens ging ein warmes Dasein hervor, anfangs unscheinbar und unbedeutend, dann in reicher heiterer Entwicklung. Der Instinkt, der den Mann an dieses Weib gezogen, hatte ihn nicht getäuscht. Sie war stark und keusch wie kein anderes Weib. Weil sie ihr Herz nicht durch Liebesgedanken und Liebesbilder vor der Zeit entkräftet hatte, wehte der Odem eines ungeschwächten Lebens in seine Seele. Auch ihr Umgang war reizend. Weil sie stets allein gewesen war, hatte sie auch allein ihre Welt gebaut, und er wurde in ein neues, merkwürdiges, nur ihr angehörendes Reich eingeführt. Wie sich dann ihr Wesen vor ihm entfaltete, erkannte er zu allem dem noch ihr inniges und heißes Lieben, das wie ein goldner Strom in vollen Ufern quoll, in vollen, aber auch in einsamen; denn wie das Herz der andern Menschen zwischen eine halbe Welt geteilt ist, war das ihre beisammengeblieben, und da es nur ein einziger erkannt hat, war es nun auch Eigentum dieses einzigen. Er lebte so in Freude und Gehobenheit die Tage des Brautstandes durch.

Es ging die Zeit mit rosafarbnen Flügeln und in ihr das Geschick mit seinen dunklen Schwingen.
Der Vermählungstag war endlich gekommen. Murai hatte seine schweigende Braut, da die heilige Handlung vorüber war, auf der Schwelle der Kirche in die Arme geschlossen, sie dann in seinen Wagen gehoben und in seine Wohnung geführt, die er, da die jungen Leute beschlossen hatten, in der Stadt zu bleiben, aus dem Reichtume seines Vaters, der ihm alles Ersparte zur Verfügung stellte, auf das schönste und glänzendste hatte einrichten lassen. Murais Vater war zur Vermählung von seinem Landsitze, den er zum bleibenden Aufenthaltsorte gewählt hatte, hereingekommen. Seine Mutter konnte leider die Freude nicht teilen; denn sie war schon längst gestorben. Von Seite der Braut waren Vater und Mutter, dann die Schwestern, der Oheim und mehrere nahe Verwandte zugegen. Murai, so wie Brigittas Vater, hatte gewollt, daß der Tag öffentlich und mit großem Glanze gefeiert werde, und so war er auch vorübergegangen.
Als sich endlich die letzten Gäste entfernt hatten, führte Murai seine Gattin durch eine Reihe beleuchteter Zimmer, da sie sich bisher immer mit einem hatte begnügen müssen, bis in das Wohngemach zurück. Dort saßen sie noch, und er sagte die Worte: »Wie gut und herrlich ist alles abgegangen, und wie schön hat es sich erfüllt. Brigitta! Ich habe dich erkannt. Da ich dich das erste Mal sah, wußte ich schon, daß mir dieses Weib nicht gleichgültig bleiben werde; aber ich erkannte noch nicht, werde ich dich unendlich lieben oder unendlich hassen müssen. Wie glücklich ist es gekommen, daß es die Liebe ward!«

Brigitta sagte nichts, sie hielt ihn an der Hand und ließ die glänzenden Augen in sanfter Ruhe durch das Zimmer blicken.
Dann befahlen sie, daß die Reste des Festes weggeräumt würden, daß die Menge der überflüssigen Lichter ausgetan und die Festgemächer eine gewöhnliche Wohnung würden. Dies geschah; die Diener begaben sich in ihre Zimmer, und auf die neue Wohnung und auf die neue Familie, die aus zweien bestand und erst einige Stunden alt war, senkte sich die erste Nacht hernieder.
Von nun an lebten sie in ihrer Wohnung fort. So wie sie, da sie sich kennengelernt hatten, nur in Gesellschaften zusammengetroffen waren und so wie sie im Brautstande nur immer öffentlich erschienen waren, so blieben sie nun immer zu Hause. Sie dachten nicht, daß etwas Äußerliches zu ihrem Glücke erforderlich sei. Obgleich die Wohnung im allgemeinen mit allem versehen war, was ihr nur immer not tat, so blieb doch im einzelnen noch so vieles zu verbessern und zu verschönern übrig. Sie klügelten dieses heraus, sie überlegten, was man dort und da noch anbringen könnte, gingen einander mit Rat und Tat an die Hand, daß sich der Raum immer mehr und mehr und reiner ordnete und die Eintretenden mit klarer Wohnlichkeit und einfacher Schönheit empfing.
Über Jahresfrist gebar sie ihm einen Sohn, und dieses neue Wunder hielt sie wieder und noch mehr zu Hause. Brigitta pflegte ihr Kind, Murai versah seine Geschäfte; denn der Vater hatte ihm einen Teil der Güter abgetreten, und diese verwaltete er von der Stadt aus. Dies machte

manche Umwege nötig und häufte manche Dinge, die sonst zu entraten gewesen wären.

Als der Knabe so weit entwickelt war, daß unmittelbare Pflege nicht gar so sehr mehr not tat, als Murai seine Geschäfte schon geordnet und in einen gleichen Gang gebracht hatte, fing er an, seine Gattin häufiger auf öffentliche Plätze, in Gesellschaften, auf Spaziergänge, in das Schauspiel zu führen, als er sonst zu tun gewohnt war. Hiebei bemerkte sie, daß er sie vor Leuten noch zarter und noch aufmerksamer behandle als selber zu Hause. Sie dachte: »Jetzt weiß er, was mir fehlt«, und hielt das erstickende Herz an sich.

Im nächsten Frühlinge nahm er sie und sein Kind auf eine Reise mit, und da sie gegen den Herbst zurückkamen, schlug er vor, lieber für beständig auf dem Lande, auf einem seiner Güter zu wohnen; denn auf dem Lande sei es doch viel schöner und viel annehmlicher als in der Stadt.

Brigitta folgte ihm auf das Landgut.

Hier fing er an zu wirtschaften und umzuändern, um den Rest der Zeit, der ihm übrig war, zum Jagen zu verwenden. Und hier führte ihm das Schicksal ein ganz anderes Weib entgegen, als er es immer zu sehen gewohnt war. Auf einer der einsamen Jagden, die er jetzt häufig tat, wo er nämlich mit seiner Büchse allein durch die Gegend ging oder ritt, hatte er sie erblickt. Als er einmal sein Pferd langsam durch einen Weidebruch ein wenig abwärts leitete, hatte er plötzlich durch das dichte Gebüsch her zwei Augen gegenüber, erschrocken und schön, wie die einer fremdländischen Gazelle, und neben den grünen Blättern hatte das süßeste Morgenrot der Wangen geglüht. Es war nur ein Augenblick; denn ehe er recht hinsehen konnte, hatte das Wesen, das ebenfalls zu Pferde war und in dem Gebüsche stand, das Pferd gewendet und flog über die Ebene zwischen den leichten Büschen davon.

Es war Gabriele gewesen, die Tochter eines greisen Grafen, der in der Nachbarschaft wohnte, ein wildes Geschöpf, das ihr Vater auf dem Lande erzog, wo er ihr alle und jede Freiheit ließ, weil er meinte, daß sie sich nur so am naturgemäßesten entfalte und nicht zu einer Puppe gerate, wie er sie nicht leiden konnte. Die Schönheit dieser Gabriele war schon weithin berühmt geworden, nur zu Murais Ohren war der Ruf noch nicht gedrungen, weil er bisher nie auf diesem seinem Landgute gewesen war und in letzter Zeit sich auf seiner großen Reise befunden hatte.

Nach mehreren Tagen trafen die beiden schier auf derselben Stelle wieder zusammen, und dann öfter und öfter. Sie fragten nicht, wer und woher sie seien, sondern das Mädchen, gleichsam ein Abgrund von Unbefangenheit, scherzte, lachte, neckte ihn und trieb ihn meistens zu kühnen übermütigen Wettreiten an, wo sie wie ein himmlisches tolles, glühendes Rätsel neben ihm herflog. Er scherzte mit und ließ sie meistens siegen. Eines Tages aber, als sie vor Erschöpfung atemlos, nur durch wiederholtes Haschen nach seinem Zügel andeuten konnte, daß sie wolle, daß er halten solle, und als sie beim Herabheben vom Pferde schmachtend geflüstert hatte, sie sei besiegt – damals, nachdem er ihren Steigbügelriemen, an dem etwas gebrochen war, wiederhergestellt hatte und sie nun verglühend an einem Baumstamme stehen sah – riß er sie plötzlich an sich, preßte sie an sein Herz, und ehe er sehen konnte, ob sie zürne oder frohlocke, sprang er auf sein Pferd und jagte davon. – Es war Übermut gewesen, aber ein Taumel unbeschreiblichen Entzückens war in jenem Augenblicke in ihm, und vor seiner Seele, wie er heimritt, hing das Bild der sanften Wangen, des süßen Atems und der spiegelnden Augen.

Sie hatten sich von da an nicht mehr gesucht, aber da sie sich einmal zufällig auf einen Augenblick in dem Saale eines Nachbars sahen, wurden beider Wangen von einem tiefen Scharlache übergossen.

Murai ging dann auf eine seiner ferneren Besitzungen und änderte dort alle Verhältnisse um, die er vorfand.

Brigittas Herz aber war zu Ende. Es war ein Weltball von Scham in ihrem Busen emporgewachsen, wie sie so schwieg und wie eine schattende Wolke in den Räumen des Hauses herumging. Aber endlich nahm sie das aufgequollene schreiende Herz gleichsam in ihre Hand und zerdrückte es.

Als er von seinen Umänderungen auf dem entfernten Landgute zurückkam, ging sie in sein Zimmer und trug ihm mit sanften Worten die Scheidung an. Da er heftig erschrak, da er sie bat, da er ihr Vorstellungen machte, sie aber immer dieselben Worte sagte: »Ich habe es dir gesagt, daß es dich reuen wird, ich habe es dir gesagt, daß es dich reuen wird« – sprang er auf, nahm sie bei der Hand und sagte mit inniger Stimme: »Weib, ich hasse dich unaussprechlich, ich hasse dich unaussprechlich!«

Sie sagte kein Wort, sondern sah ihn bloß mit den trockenen entzündeten Augen an – aber als er nach drei Tagen seine Reisekoffer gepackt und fortgeschickt hatte – als er nun selber in Reisekleidern gegen Abend fortgeritten war, so lag sie, wie einst, da sie die Dichtungen ihres Herzens den Büschen des Gartens zugerufen hatte, auch jetzt vor Schmerz auf dem Teppiche ihres Zimmerbodens, und so heiße Tränen rannen aus ihren Augen, als müssen sie ihr Gewand, den Teppich und das Getäfel des Bodens durchbrennen – es waren die letzten, die sie dem noch immer Heißgeliebten nachsandte, dann keine mehr. Er ritt indessen auf der finstern Ebene und hatte hundertmal im Sinne, sich mit der Sattelpistole das siedende Gehirn zu zerschmettern. Er war bei seinem Ritte, da es noch Tag war, an Gabrielen vorübergekommen, sie stand auf dem Balkon ihres Schlosses, aber er hatte nicht hinaufgesehen und war weitergeritten.

Nach einem halben Jahre sandte er die Einwilligung zur Scheidung und trat ihr auch den Knaben ab, war es nun, daß er ihn in ihren Händen besser aufgehoben meinte, war es noch die alte Liebe, die ihr nicht alles rauben wollte, ihr, die nun ganz allein sei, während ihm die weite Welt vor Augen lag. In bezug auf das Vermögen hatte er für sie und den Knaben am günstigsten gesorgt, wie es nur immer möglich war. Er sandte die Papiere, die diese Sache enthielten, mit. Dies war das erste und letzte Zeichen, das Murai von seinem Dasein gegeben hatte, nachher kam keines mehr, und er erschien auch nicht wieder. Die Summen, die er brauchte, waren an ein Antwerpner Haus angewiesen. Dies sagte später sein Verwalter, mehr wußte der auch nicht.

Um diese Zeit waren kurz nacheinander Brigittas Vater, ihre Mutter und die beiden Schwestern gestorben. Murais Vater, der ohnedem schon sehr alt war, starb auch in kurzer Zeit darnach.

So war Brigitta im strengen Sinne des Wortes ganz allein mit ihrem Kinde.

Sie hatte sehr weit von der Hauptstadt ein Haus auf einer öden Heide, wo sie niemand kannte. Das Gut hieß Maroshely, woher auch der Name der Familie stammte. Nach der Scheidung nahm sie ihren ursprünglichen Namen Maroshely wieder an und begab sich in das Heidehaus, um sich dort zu verbergen.

So wie sie einstens, wenn man ihr wohl aus Mitleiden eine schöne Puppe gegeben hatte, dieselbe nach kurzer Freude wieder wegwarf und schlechte Dinge in ihr Bettchen trug als Steine, Hölzchen und dergleichen, so nahm sie jetzt auch ihr größtes Gut, das sie hatte, nach Maroshely mit, ihren Sohn, pflegte und hütete ihn, und ihr Auge hing einzig und allein über dem Bettchen desselben.

Wie er größer wurde und sein kleines Auge und sein Herz sich erweiterte, tat es auch das ihre mit; sie begann die Heide um sich zu sehen, und ihr Geist fing an, die Öde rings um sich zu bearbeiten. Sie nahm Männerkleider, stieg wieder, wie einst in ihrer Jugend, zu Pferde und erschien unter ihrem Gesinde. Wie der Knabe sich nur auf einem Pferde halten konnte, war er überall mit, und die tätige, schaffende, heischende Seele seiner Mutter floß allgemach in ihn. Diese Seele griff immer weiter um sich, der Himmel des Erschaffens senkte sich in sie; grüne Hügel schwellten sich, Quellen rannen, Reben flüsterten, und in das öde Steinfeld war ein kraftvoll weiterschreitend Heldenlied gedichtet. Und die Dichtung trug, wie sie tut, auch ihren Segen. Manche ahmten nach, es erhob sich der Verein, Entferntere wurden begeistert, und hie und da auf der öden blinden Heide schlug sich ein menschlich freies Walten wie ein schönes Auge auf.

Nach fünfzehn Jahren, während welchen Brigitta auf Maroshely hauste, kam der Major, indem er seinen Landsitz Uwar, wo er sonst nie gewesen war, bezog. Von diesem Weibe lernte er, wie er mir selber sagte, Tätigkeit und Wirken – und zu diesem Weibe faßte er jene tiefe und verspätete Neigung, von der wir oben erzählt haben.

Nachdem nun, wie am Eingange des Abschnittes erwähnt wurde, dieser Teil aus Brigittas früherem Leben erzählt ist, gehen wir wieder in der Entwicklung der Zustände weiter, wo wir sie gelassen.

Steppengegenwart

Wir ritten nach Maroshely. Brigitta ist wirklich jenes reitende Weib gewesen, das mir die Pferde mitgegeben hatte. Sie erinnerte sich mit freundlichem Lächeln an unsere alte Bekanntschaft. Meine Wangen wurden rot, weil ich auf das Trinkgeld dachte. Es war niemand anderer zum Besuche da als der Major und ich. Er stellte mich als einen Reisebekannten vor, mit dem er einmal viel zusammen gewesen sei und von dem er sich schmeichle, daß er nun von einem Bekannten in einen Freund überzugehen im Begriffe sei. Ich erlebte die Freude – und es war mir wirklich keine unbedeutende – daß sie fast alle Dinge wußte, die sich auf mein früheres Zusammensein mit ihm bezogen, daß er ihr also viel von mir erzählt haben mußte, daß er noch mit Vorliebe bei jenen Tagen verweile und daß sie es der Mühe wert hielt, sich diese Sache zu merken.

Sie sagte, sie wolle mich nicht in ihrem Schlosse und in ihren Feldern herumführen, ich werde das gelegentlich sehen, wenn wir spazierengehen und wenn ich oft genug von Uwar werde herübergekommen sein, wozu sie mich höflich einlade.

Dem Major machte sie einen Vorwurf, warum er denn so lange nicht herübergekommen sei. Er entschuldigte sich mit den vielen Geschäften und hauptsächlich damit, daß er ohne mich nicht herüberreiten wollte und daß er doch vorher erst sehen wollte, wie sehr oder wie wenig ich zu seiner Freundin passe.

Wir gingen in einen großen Saal, in dem wir ein wenig ausruhten. Der Major zog eine Schreibtafel hervor und fragte sie um mehrere Dinge, die sie klar und einfach beantwortete und von denen er sich manche aufzeichnete. Auch sie fragte dann um verschiedenes, was sich auf manchen Nachbar, auf die Geschäfte des Augenblickes oder auf den künftigen Landtag bezog. Ich sah bei dieser Gelegenheit, mit welch tiefem Ernste sie die Dinge behandelten und welche Aufmerksamkeit der Major auf ihre Meinungen legte. Wo sie in etwas unsicher war, gestand sie ihre Unwissenheit und bat den Major um Berichtigung.

Als wir ausgeruht hatten und der Major die Schreibtafel einsteckte, standen wir auf, um in den Besitzungen einen Spaziergang zu machen. Hier redete man häufig von den Veränderungen, die erst jüngst in ihrem Hause entstanden waren. Wenn sie hiebei auf Dinge seines Hauses kam, war es mir, als läge eine Art Zärtlichkeit darinnen, wie sie sich um dieselben bekümmerte. Sie zeigte ihm den neuen hölzernen Säulengang am Gartengeschosse des Hauses und fragte, ob sie Reben hinanziehen solle; an seinen Hoffenstern, meinte sie, ließe sich auch so ein Ding anbringen, wo es sich in der Spätherbstsonne recht angenehm sitze. Sie führte uns in den Park, der vor zehn Jahren ein wüster Eichenwald gewesen war; jetzt gingen Wege durch, flossen eingehegte Quellen und wandelten Rehe. Sie hatte durch unsägliche Ausdauer um den ungeheuren Umfang desselben eine hohe Mauer gegen die Wölfe aufführen lassen. Das Geld hiezu zog sie langsam aus ihrem Viehstande und aus den Maisfeldern, deren Pflege sie sehr emporgebracht hatte. Als die Einhegung fertig war, ging man in einem geschlossenen Jagen Schritt für Schritt durch jede Stelle des Parkes, um zu sehen, ob man nicht etwa einen Wolf zu künftiger Brut mit eingemauert habe. Aber es war keiner zugegen. Dann erst wurden Rehe in die Einhegung gesetzt und für anderes Vorkehrungen gemacht. Die Rehe, schien es, wußten das alles und dankten ihr dafür; denn wenn wir manches bei unserem Gange sahen, war es nicht scheu und blickte mit den dunkeln, glänzenden Augen gegen uns herüber. Brigitta führte ihre Gäste und Freunde recht gerne durch den Park, weil sie ihn liebte. Wir kamen oben auch zur Anlage der Fasanen. Wie wir so durch die Wege gingen und weiße Wolken durch die Eichenwipfel hereinschauten, gewann ich Gelegenheit, Brigitta zu betrachten. Ihre Augen, schien es mir, waren noch schwärzer und glänzender als die der Rehe und mochten heute besonders hell strahlen, weil der Mann an ihrer Seite ging, der ihr Wirken und Schaffen zu würdigen verstand. Ihre Zähne waren schneeweiß, und der für ihre Jahre noch geschmeidige Wuchs zeugte von unverwüstlicher Kraft. Da sie den Major erwartet hatte, war sie in Frauenkleidern und hatte ihre Geschäfte beiseite gesetzt, weil sie den Tag für uns widmete.

Unter Gesprächen der verschiedensten Art, von der Zukunft des Landes, von Hebung und Verbesserung des gemeinen Mannes, von Bearbeitung und Benützung des Bodens, von Ordnung und Einschränkung des Donaustromes, von ausgezeichneten Persönlichkeiten der Vaterlandsfreunde, kamen wir durch den größten Teil des Parkes, da sie uns, wie ich schon oben sagte, nicht durch ihre Besitzungen herumführen, sondern uns nur Gesellschaft leisten wollte. Da wir zu dem Hause zurückkehrten, war es Essenszeit. Zum Mahle kam auch Gustav, der Sohn Brigittas, mit ziemlich verbrannten Wangen, ein lieblich schlanker Jüngling, eine Blume von Gesundheit. Er hatte heute an der Stelle der Mutter die Felder besucht und die Arbeiten eingeteilt und berichtete ihr jetzt manches mit kurzen Worten. Bei Tische saß er horchend und bescheiden unten an; in seinen schönen Augen lag Begeisterung für die Zukunft und unendliche Güte für die Gegenwart. Da auch, wie bei dem Major, das Gesinde mit an dem Ti-

sche saß, so bemerkte ich meinen Freund Milosch, der mich zum Zeichen alter Bekanntschaft grüßte.
Der größte Teil des Nachmittages verging mit Besichtigung mehrerer Veränderungen, die dem Major neu waren, mit einer Runde im Garten und mit einem Gange durch den Weinberg.
Gegend Abend nahmen wir Abschied. Da wir unsere Kleider zusammensuchten, machte Brigitta dem Major einen Vorwurf, daß er neulich in der Nachtluft von Gömör weg in leichten Kleidern nach Hause geritten sei – ob er denn nicht wisse, wie tückisch die Tauluft dieser Ebene sei, daß er sich so aussetze?! Er verteidigte sich nicht und sagte, er werde in Zukunft schon vorsichtiger sein. Ich aber wußte recht gut, daß er damals seine Bunda Gustav aufgenötigt hatte, der ohne eine gekommen war und dem er vorgelogen hatte, daß er noch eine andere im Stalle liegen habe. Dieses Mal aber schieden wir mit allem hinlänglich versorgt und verwahrt. Brigitta selbst bekümmerte sich um jedes und ging erst in das Haus zurück, als wir schon in unsern dichten Oberkleidern zu Pferde saßen und der Mond aufging. Sie hatte dem Major noch ein paar Aufträge gegeben und beurlaubte sich dann mit einfacher, edler Freundlichkeit.
Die Gespräche der zwei Menschen waren den ganzen Tag über ruhig und heiter gewesen, aber mir schien es, als zitterte eine heimliche Innigkeit durch, der sich beide schämten Raum zu geben, wahrscheinlich weil sie sich für zu alt hielten. Auf dem Rückwege aber sagte der Major zu mir, als ich mich einiger wahrhafter, aufrichtiger Lobesworte auf diese Frau nicht enthalten konnte:

»Freund! ich bin oft in meinem Leben heiß begehrt worden, ob auch so geliebt, weiß ich nicht; aber die Gesellschaft und die Achtung dieser Frau ist mir ein größeres Glück auf dieser Welt geworden als jedes andere in meinem Leben, das ich für eines gehalten habe.«

Er hatte diese Worte ohne alle Leidenschaft gesagt, aber mit einer solchen Ruhe der Gewißheit, daß ich in meinem Herzen von der Wahrheit derselben vollständig überzeugt war. Mir geschah es in diesem Augenblicke beinahe, was sonst nicht meine Art ist, daß ich den Major um diese Freundschaft und um sein häusliches Wirken beneidete; denn ich hatte damals recht auf der ganzen Welt nichts Festes, um mich daran zu halten, als etwa meinen Wanderstab, den ich wohl in Bewegung setzte, dieses und jenes Land zu sehen, der aber doch nicht recht nachhalten wollte.

Als wir nach Hause kamen, trug mir der Major an, daß ich noch den Sommer und Winter bei ihm zubringen möchte. Er hatte begonnen, mich mit größerer Vertraulichkeit zu behandeln und mich tiefer in sein Leben und sein Herz blicken zu lassen, daß ich eine große Liebe und Neigung zu dem Manne faßte. Ich sagte also zu. Und da ich dieses nun einmal getan hätte, sagte er, so wolle er mir auch sogleich einen Geschäftszweig seines Hauses auftragen, den ich ständig besorgen sollte – es würde mich nicht reuen, sagte er, und würde mir gewiß in der Zukunft von Nutzen sein. Ich willigte ebenfalls ein, und in der Tat, es war mir von Nutzen. Daß ich nun einen Hausstand habe, daß ich eine liebe Gattin habe, für die ich wirke, daß ich nun Gut um Gut, Tat um Tat in unsern

Kreis hereinziehe, verdanke ich dem Major. Als ich einmal ein Teil jenes einträchtigen Wirkens war, das er entfaltete, wollte ich doch die Sache so gut machen, als ich konnte, und da ich mich übte, machte ich sie immer besser, ich war nütze und achtete mich – und da ich die Süßigkeit des Schaffens kennenlernte, erkannte ich auch, um wie viel mehr wert sei, was ein gegenwärtig Gutes setzt als das bisherige Hinschlendern, das ich Erfahrungen sammeln nannte, und ich gewöhnte mich an Tätigkeit. So ging die Zeit nach und nach hin, und ich war unendlich gerne in Uwar und seiner Umgebung,

Ich kam in diesen Verhältnissen öfter nach Maroshely. Man achtete mich, und ich war fast wie ein Glied der Familien und lernte die Sachlage immer besser kennen. Von einer unheimlichen Leidenschaft, von einem fieberhaften Begehren oder gar von Magnetismus, wie ich gehört hatte, war keine Spur. Dagegen war das Verhältnis zwischen dem Major und Brigitta von ganz merkwürdiger Art, daß ich nie ein ähnliches erlebt habe. Es war ohne Widerrede das, was wir zwischen Personen verschiedenen Geschlechtes Liebe nennen würden, aber es erschien nicht als solches. Mit einer Zartheit, mit einer Verehrung, die wie an die Hinneigung zu einem höheren Wesen erinnerte, behandelte der Major das alternde Weib; sie war mit sichtlicher innerlicher Freude darüber erfüllt, und diese Freude, wie eine späte Blume, blühte auf ihrem Antlitze und legte einen Hauch von Schönheit darüber, wie man es kaum glauben sollte, aber auch die feste Rose der Heiterkeit und Gesundheit. Sie gab dem Freunde dieselbe Achtung und Verehrung zurück, nur daß sich zuweilen ein Zug von Besorgnis um seine Gesundheit, um seine kleinen Lebensbedürfnisse und dergleichen einmischte, der doch wieder dem Weibe und der Liebe angehörte. Über dieses hinaus ging das Benehmen beider nicht um ein Haar – und so lebten sie nebeneinander fort.

Der Major sagte einmal zu mir, daß sie in einer Stunde, wo sie, wie es selten zwischen Menschen geschieht, miteinander inniger über sich selber sprachen, festgesetzt haben, daß Freundschaft der schönsten Art, daß Aufrichtigkeit, daß gleiches Streben und Mitteilung zwischen ihnen herrschen sollte, aber weiter nichts; an diesem sittlich festen Altare wollen sie stehenbleiben, vielleicht glücklich bis zum Lebensende – sie wollen keine Frage weiter an das Schicksal tun, daß es keinen Stachel habe und nicht wieder tückisch sein möge. Dies sei nun schon mehrere Jahre so und werde so bleiben.

Das hatte der Major zu mir gesagt – allein in einiger Zeit darauf tat das ungefragte Schicksal von selber eine Antwort, die alles schnell und auf unerwartete Art lösete.

Es war schon sehr spät im Herbste, man könnte sagen zu Anfang Winters, ein dichter Nebel lag eines Tages auf der bereits fest gefrornen Heide, und ich ritt eben mit dem Major auf jenem neugebauten Wege mit der jungen Pappelallee, wir hatten vor, vielleicht ein wenig zu jagen, als wir plötzlich durch den Nebel herüber zwei dumpfe Schüsse fallen hörten.

»Das sind meine Pistolen und keine andern«, rief der Major.

Ehe ich etwas begreifen und fragen konnte, sprengte er schon die Allee entlang, so furchtbar, wie ich nie ein Pferd habe laufen gesehen, ich folgte ihm nach, weil ich ein Unglück ahnete, und als ich wieder zu ihm kam, traf ich auf ein Schauspiel, so gräßlich und so herrlich, daß noch jetzt meine Seele schaudert und jauchzt: an der Stelle, wo der Galgen steht und der Binsenbach schillert, hatte der Major den Knaben Gustav gefunden, der sich nur noch matt gegen ein Rudel Wölfe wehrte. Zwei hatte er erschossen, einen, der vorne an sein Pferd gesprungen war, wehrte er mit seinem Eisen, die andern bannte er für den Augenblick mit der Wut seiner von Angst und Wildheit leuchtenden Augen, die er auf sie bohrte; aber harrend und lechzend umstanden sie ihn, daß eine Wendung, ein Augenzucken, ein Nichts Grund werden könne, mit eins auf ihn zu fallen – da, im Augenblicke der höchsten Not, erschien der Major. Als ich ankam, war er schon wie ein verderblich Wunder, wie ein Meteor, mitten unter ihnen – der Mann war fast entsetzlich anzuschauen, ohne Rücksicht auf sich, fast selber wie ein Raubtier warf er sich ihnen entgegen. Wie er von dem Pferde gekommen war, hatte ich nicht gesehen, da ich später ankam; den Knall seiner Doppelpistole hatte ich gehört, und wie ich auf dem Schauplatze erschien, glänzte sein Hirschfänger gegen die Wölfe, und er war zu Fuß. Drei – vier Sekunden mochte es gedauert haben, ich hatte bloß Zeit, mein Jagdgewehr unter sie abzudrücken, und die unheimlichen Tiere waren in den Nebel zerstoben, als wären sie von ihm eingetrunken worden.

»Ladet«, schrie der Major, »sie werden gleich wieder hier sein.«
Er hatte die weggeschleuderten Pistolen aufgerafft und stieß die Patronen hinein. Wir luden auch, und in dem Augenblicke, da wir ein wenig still waren, vernahmen wir den unheimlichen Trab um die Galgeneiche herum. Es war klar, die hungrigen geängsteten Tiere umkreisten uns, bis ihnen wieder etwa der Mut zum Angriffe gewachsen sein würde. Eigentlich sind diese Tiere, wenn sie nicht von dem Hunger gespornt werden, feig. Wir waren zu einer Wolfsjagd nicht gerüstet, der unselige Nebel lag dicht vor unsern Augen, daher schlugen wir den Weg zu dem Schlosse ein. Die Pferde schossen in Todesangst dahin, und da wir so ritten, sah ich es mehr als einmal wie einen jagenden Schatten neben mir, grau im grauen Nebel. In unsäglicher Geduld eilte die Herde neben uns. Wir mußten in steter Bereitschaft sein. Von dem Major fiel einmal links ein Schuß, aber wir erkannten nichts, zum Reden war keine Zeit, und so langten wir an dem Parkgitter an, und wie wir hineindrangen, brachen die edlen, schönen, dahinter harrenden Doggen neben uns heraus, und in demselben Augenblicke scholl auch schon aus dem Nebel ihr wütendes Heulen, hinter den Wölfen heidewärts schweifend.
»Sitzt alle auf«, rief der Major den entgegeneilenden Knechten zu, »laßt alle Wolfshunde los, daß meine armen Doggen nichts leiden. Bietet die Nachbarn auf und jagt, so viel Tage ihr wollt. Ich gebe für jeden toten Wolf das doppelte Schußgeld, die ausgenommen, die an der Galgeneiche liegen; denn die haben wir selbst getötet. An

der Eiche liegt vielleicht auch eine der Pistolen, die ich voriges Jahr an Gustav geschenkt habe, denn ich sehe nur eine in seiner Hand, und das Sattelfach der andern ist leer; seht zu, ob es so ist.«

»Seit fünf Jahren«, sagte er zu mir gewendet, da wir im Parke weiterritten, »hat sich kein Wolf so nahe zu uns gewagt, und es war sonst ganz sicher hier. Es muß einen harten Winter geben, und er muß in den nördlichen Ländern schon begonnen haben, daß sie sich bereits so weit herabdrücken.«

Die Knechte hatten den Befehl des Herrn vernommen, und in weniger Zeit, als es mir glaublich schien, war ein Haufen Jäger ausgerüstet, und das Geschlecht jener schönen zottigen Hunde war neben ihnen, das den ungarischen Heiden eigen und für sie so unentbehrlich ist. Man beredete sich, wie man die Nachbarn abholen wolle, und dann gingen sie fort, um eine Jagd einzuleiten, von der sie erst in acht, vierzehn oder noch mehreren Tagen zurückkehren würden.

Wir hatten alle drei, ohne von den Pferden zu steigen, dem größten Teil dieser Anstalten zugeschaut. Als wir uns aber von den Wirtschaftsgebäuden dem Schlosse zuwendeten, sahen wir, daß Gustav doch verwundet sei. Als wir nämlich unter dem Torbogen anlangten, von wo wir in unsere Zimmer wollten, wandelte ihn eine Übelkeit an, und er drohte von dem Pferde zu sinken. Einer von den Leuten fing ihn auf und hob ihn herunter, da sahen wir, daß die Lenden des Tieres von Blut gefärbt waren. Wir brachten ihn in eine Wohnung des Erdgeschosses, die gegen den Garten hinausging, der Major befahl sogleich Feuer in den Kamin zu machen und das Bett zu bereiten. Als indessen die schmerzende Stelle entblößt worden war, untersuchte er selber die Wunde. Es war ein leichter Biß im Schenkel, ohne Gefahr, nur der Blutverlust und die vorhergegangene Aufregung ließ jetzt den Jüngling mit Ohnmachten kämpfen. Er ward in das Bett gebracht und sofort ein Bote an den Arzt und einer an Brigitta abgefertigt. Der Major blieb bei dem Bette und sorgte, daß keine der Ohnmachten überhandnehmen könne. Als der Arzt kam, gab er ein stärkendes Mittel, erklärte die Sache für durchaus ungefährlich und sagte, daß der Blutverlust selber ein Heilmittel gewesen sei, da er die Heftigkeit der Entzündung mindere, die sonst solchen Bißwunden gerne folge. Das einzige Krankheitsübel sei die Gewalt der Gemütsbewegung, und ein paar Tage Ruhe werde das Fieber und die Abspannung gänzlich heben. Man war beruhigt und erfreut, und der Arzt schied unter den Danksagungen aller; denn es war keiner, der den Knaben nicht liebte. Gegen Abend erschien Brigitta, und nach ihrer entschlossenen Art ruhte sie nicht eher, als bis sie den Körper ihres Sohnes Glied um Glied geprüft und sich überzeugt hatte, daß außer der Bißwunde nichts vorhanden sei, das ein Übel drohen könnte. Als die Untersuchung vorüber war, blieb sie doch noch an dem Bette sitzen und reichte nach der Vorschrift des Arztes die Arznei. Für die Nacht mußte ihr ein schnell zusammengerafftes Bette in dem Krankenzimmer gemacht werden. Am andern Morgen saß sie wieder neben dem Jünglinge und horchte auf seinen Atem, da er schlief, und so süß und erquickend schlief, als wolle er nie mehr erwachen. – Da geschah ein herzerschütternder Auftritt. Ich sehe den Tag noch vor Augen. Ich war hinabgegangen, um mich nach dem Befinden Gustavs zu erkundigen, und trat in das Zimmer, das neben dem Krankengemache befindlich war, ein. Ich habe schon gesagt, daß die Fenster gegen den Garten hinausgingen; die Nebel hatten sich gehoben, und eine rote Wintersonne schaute durch die entlaubten Zweige in das Zimmer herein. Der Major war schon zugegen, er stand an dem Fenster, das Angesicht gegen das Glas gekehrt, als sähe er hinaus. Im Krankengemache, durch dessen Tür ich hineinschaute und dessen Fenster durch ganz leichte Vorhänge etwas verdunkelt war, saß Brigitta und sah auf ihren Sohn. Plötzlich entrang sich ihren Lippen ein freudiger Seufzer, ich blickte genauer hin und sah, daß ihr Auge mit Süßigkeit an dem Antlitze des Knaben hänge, der die seinigen offen hatte; denn er war nach langem Schlafe aufgewacht und schaute heiter um sich. Aber auch auf der Stelle, wo der Major gestanden war, hatte ich ein leichtes Geräusch vernommen, und wie ich hinblickte, sah ich, daß er sich halb umgewendet hatte und daß an seinen Wimpern zwei harte Tropfen hingen. Ich ging gegen ihn und fragte ihn, was ihm sei. Er antwortete leise: »Ich habe kein Kind.«

Brigitta mußte mit ihrem scharfen Gehör die Worte vernommen haben; denn sie erschien in diesem Augenblicke unter der Tür des Zimmers, sah sehr scheu auf meinen Freund, und mit einem Blicke, den ich nicht beschreiben kann und der sich gleichsam in der zaghaftesten Angst nicht getraute, eine Bitte auszusprechen, sagte sie nichts als das einzige Wort: »Stephan.«

Der Major wendete sich vollends herum – beide starrten sich eine Sekunde an – nur eine Sekunde – dann aber vorwärtstretend lag er eines Sturzes in ihren Armen, die sich mit maßloser Heftigkeit um ihn schlossen. Ich hörte nichts als das tiefe leise Schluchzen des Mannes, wobei das Weib ihn immer fester umschlang und immer fester an sich drückte.

»Nun keine Trennung mehr, Brigitta, für hier und die Ewigkeit.«

»Keine, mein teurer Freund!«

Ich war in höchster Verlegenheit und wollte still hinausgehen; aber sie hob ihr Haupt und sagte: »Bleiben Sie, bleiben Sie.«

Das Weib, das ich immer ernst und strenge gesehen hatte, hatte an seinem Halse geweint. Nun hob sie, noch in Tränen schimmernd, die Augen – und so herrlich ist das Schönste, was der arme, fehlende Mensch hienieden vermag, das Verzeihen – daß mir ihre Züge wie in unnachahmlicher Schönheit strahlten und mein Gemüt in tiefer Rührung schwamm.

»Arme, arme Gattin«, sagte er beklommen, »fünfzehn Jahre mußte ich dich entbehren, und fünfzehn Jahre warst du geopfert.«

Sie aber faltete die Hände und sagte bittend in sein Antlitz blickend: »Ich habe gefehlt, verzeihe mir, Stephan, die Sünde des Stolzes – ich habe nicht geahnt, wie gut du seist – es war ja bloß natürlich, es ist ein sanftes Gesetz der Schönheit, das uns ziehet.« – –

Er hielt ihr den Mund zu und sagte: »Wie kannst du nur so reden, Brigitta – ja, es zieht uns das Gesetz der Schönheit, aber ich mußte die ganze Welt durchziehen, bis ich lernte, daß sie im Herzen liegt und daß ich sie daheimgelassen in einem Herzen, das es einzig gut mit mir gemeint hat, das fest und treu ist, das ich verloren glaubte und das doch durch alle Jahre und Länder mit mir gezogen. – O Brigitta, Mutter meines Kindes! du standest Tag und Nacht vor meinen Augen.«

»Ich war dir nicht verloren«, antwortete sie, »ich habe traurige, reuevolle Jahre verlebt! – Wie bist du gut geworden, jetzt kenne ich dich, wie bist du gut geworden, Stephan!«

Und wieder stürzten sie sich in die Arme, als könnten sie sich nicht ersättigen, als könnten sie an das gewonnene Glück nicht glauben. Sie waren wie zwei Menschen, von denen eine große Last genommen ist. Die Welt stand wieder offen. Eine Freude, wie man sie nur an Kindern findet, war an ihnen – in dem Augenblicke waren sie auch unschuldig wie die Kinder; denn die reinigendste, die allerschönste Blume der Liebe, aber nur der höchsten Liebe, ist das Verzeihen, darum wird es auch immer an Gott gefunden und an Müttern. Schöne Herzen tun es öfter – schlechte nie.

Die zwei Gatten hatten mich wieder vergessen und wandten sich in das Krankenzimmer, wo Gustav, der das Ganze dunkel ahnte, wie eine glühende, blühende Rose lag und ihnen atemlos entgegenharrte.

»Gustav, Gustav, er ist dein Vater, und du hast es nicht

gewußt«, rief Brigitta, als sie über die Schwelle in das verdunkelte Zimmer traten.

Ich aber ging in den Garten hinaus und dachte: »O wie heilig, o wie heilig muß die Gattenliebe sein, und wie arm bist du, der du von ihr bisher nichts erkanntest und das Herz nur höchstens von der trüben Lohe der Leidenschaft ergreifen ließest.« – –

Erst spät ging ich in das Schloß zurück und fand alles gelöset und gelüftet. Geschäftige Freude, wie heiterer Sonnenschein, wehte durch alle Zimmer. Man empfing mich mit offenen Armen als Zeugen des schönsten Auftrittes. Man hatte mich schon allenthalben suchen lassen, da ich ihnen, als sie zu sehr mit sich beschäftigt waren, aus den Augen gekommen war. Sie erzählten mir teils gleich in abgebrochenen Sätzen, teils die folgenden Tage im Zusammenhange alles, was sich zugetragen hatte und was ich oben angemerkt habe.

Mein Reisefreund war also Stephan Murai gewesen. Er war unter dem Namen Bathori, der einem seiner weiblichen Vorfahren gehörte, gereiset. So hatte ich ihn auch gekannt, aber er ließ sich immer Major nennen, welchen Rang er in Spanien erworben hatte, und alle Welt nannte ihn auch den Major. Da er in der ganzen Welt gewesen war, ging er, von seinem Innern gezogen, unter demselben Namen nach dem wüsten Sitze Uwar, wo er nie gewesen war, wo ihn niemand kannte und wo er, wie er recht gut wußte, der Nachbar seines getrennten Weibes werden würde. Gleichwohl kam er nicht zu ihr hinüber, die schon so schön auf Maroshely waltete, bis der Ruf die Kunde ihrer Todeskrankheit zu ihm trug. Da machte er sich auf, ritt hinüber, trat zu ihr, die ihn vor Fieber nicht kannte, blieb Tag und Nacht bei ihrem Bette, wachte über sie und pflegte sie, bis sie genas. Damals durch den gegenseitigen Anblick gerührt und von leiser Liebe getrieben, aber dennoch ängstlich vor der Zukunft, weil sie sich nicht kannten und weil sich wieder etwas Fürchterliches zutragen könnte, schlossen sie jenen seltsamen Vertrag der bloßen Freundschaft, den sie jahrelang hielten und den bisher keines zuerst anzurühren wagte, bis ihn das Geschick durch einen scharfen Schnitt, den es in beider Herzen tat, trennte und zu dem schöneren natürlicheren Bunde wieder zusammenfügte.

Alles war nun gut.

Nach vierzehn Tagen wurde es in der Gegend kundgetan, und die lästigen Glückwünscher kamen von nahe und von ferne.

Ich aber blieb noch den ganzen Winter bei den Leuten, und zwar auf Maroshely, wo vorläufig alles wohnte und von wo der Major im Sinne hatte Brigitta nie fortzuziehen, weil sie da in Mitte ihrer Schöpfung sei. Am freudigsten war schier Gustav, der immer so an dem Major gehangen war, der ihn immer leidenschaftlich und einseitig den herrlichsten Mann dieser Erde nannte und der ihn nun als Vater verehren durfte, ihn, an dem sein Auge wie an einer Gottheit hing.

Ich habe jenes Winters zwei Herzen kennengelernt, die sich nun erst recht zu einer vollen, wenn auch verspäteten Blume des Glückes aufschlossen.

Ich werde diese Herzen nie, nie vergessen! –

Im Frühjahre nahm ich wieder mein deutsches Gewand, meinen deutschen Stab und wanderte dem deutschen Vaterlande zu. Ich sah auf dem Rückwege Gabrielens Grabmal, die schon vor zwölf Jahren im Gipfel ihrer jugendlichen Schönheit gestorben war. Auf dem Marmor standen zwei große weiße Lilien.

Mit trüben, sanften Gedanken zog ich weiter, bis die Leitha überschritten war und die lieblichen blauen Berge des Vaterlandes vor meinen Augen dämmerten.

Der Kondor

Ein Nachtstück

Um zwei Uhr einer schönen Junimondnacht ging ein Kater längs des Dachfirstes und schaute in den Mond. Das eine seiner Augen, von dem Strahle des Nachtgestirnes schräg getroffen, erglänzte wie ein grüner Irrwisch, das andere war schwarz wie Küchenpech, und so glotzte er zuletzt, am Ende der Dachkante ankommend, bei einem Fenster hinein – und ich heraus. Die großen freundlichen Räder seiner Augen auf mich heftend, schien er befremdlich fragen zu wollen: »Was ist denn das, du lieber alter Spiel- und Stubengenosse, daß du heute in die späte Nacht dein Gesicht zum Fenster hinaushältst, das sonst immer rot und gesund auf dem weißen Kissen lag und ruhig schlummerte, wenn ich bei meinen Nachtgängen gelegentlich vorbeikam und hineinschaute?«
»Ei, Trauter«, erwiderte ich ihm auf die stumme Frage, »die Zeiten haben sich nun einmal sehr geändert, das siehst du; – die weißen Kissen liegen unzerknittert dort auf dem Bettgestelle, und der Vollmond malt die lieblich flirrenden Fensterscheiben darauf, statt daß er in mein schlummerndes Angesicht schiene, welches Gesicht ich

dafür da am Simse in die Nacht hinaushalten muß, um damit schon durch drei Vierteile derselben auf den Himmel zu schauen; denn an demselben wird heute das seltenste und tollste Gestirn emporsteigen, was er je gesehen. Es wird zwar nicht leuchten, aber wenn nach Verdienst gerichtet würde, so ist etwas in ihm, das strahlenreicher ist als der Mond und alle Sterne zusammengerechnet, deine glänzenden Augen nicht ausgenommen, Verehrtester.«

So sagte ich ungefähr zu dem Kater, er aber drehte seine Augen, als verstände er meine Rede, noch einmal so groß und noch einmal so freundlich gegen mich, daß sie wie Glimmerscheiben leuchteten, und die Seite seines weichen Felles gegen meine Hand krümmend und stemmend, hob er sofort sein traulich Spinnen an, während ich fortfuhr, mit ihm zu kosen: »Man sieht viel in einer langen Mondnacht, das wirst du wissen, Lieber, wenn du sonst Beobachtungsgeist besitzest; aber siehe, ich wußte es nicht, da ich nie Zeit hatte, eine so recht von Herzen anzuschauen, allein in diesem Harren und Schauen nach dem Himmel, namentlich da der gehoffte Weltkörper immer nicht kam, hatte ich Muße genug, den Lebenslauf einer Frühlingsnacht zu studieren.«

Da aber alles wahr ist, was ich da meinem lieben Freunde Hinze eröffnete, so sehe ich nicht ab, warum ich es nicht auch einem noch liebern Menschenauge eröffnen, dem einst dieses Blatt vorkommen könnte, warum ich nicht sagen sollte, daß mich wirklich ein närrisches und unglückliches Verhängnis an dieses Fenster kettete und meine Blicke die ganze Nacht in die Lüfte bannte. Es will

fast närrisch sein, aber jeder säße auch bei mir hier oben, wenn er vorher das erlebt hätte, was ich.
Die Zeit war zäh wie Blei.
Leider war ich schon viel zu früh heraufgestiegen, als sich noch das leidige Abendgetümmel der Menschen durch die Gassen schleppte und eine wunderliche Dissonanz bildete zu dem lieben Monde, der bereits mit rosenrotem Angesichte dort drüben zwischen zwei mächtigen Rauchfängen lag und auf meine zwei Fenster herübergrüßte.
Allmählich puppte sich denn doch alles, was Mensch heißt, in seine Nachthüllen ein, und nur die Rufe der Schlemmer tönten hie und da herauf, wie sie ihren späten Nachtweg nach Hause suchten – dann hob jene Zeit an, die die Philosophen, Dichter und Kater lieben, die Nachtstille – mein vierpfotiger Freund hat eben nicht den übelsten Geschmack für die Zeit seiner Spaziergänge. – Der Mond hatte sich endlich von den Dächern gelöset und stand hoch im Blau – ein Glänzen und ein Flimmern und ein Leuchten durch den ganzen Himmel begann, durch alle Wolken schoß Silber, von allen Blechdächern rannen breite Ströme desselben nieder, und an die Blitzableiter, Dachspitzen und Turmkreuze waren Funken geschleudert. Ein feiner Silberrauch ging über die Dächer der weiten Stadt wie ein Schleier, der auf den hunderttausend schlummernden Herzen liegt. Der einzige Goldpunkt in dem Meere von Silber war die brennende Lampe drüben in dem Dachstübchen der armen Waschfrau, deren Kind auf den Tod liegt.
So schön das alles war, so wurden doch die Stunden eine

nach der andern länger – die Schatten der Schornsteine hatten sich längst umgekehrt, die silberne Mondkugel rollte schon bergab auf der zweiten Hälfte ihres dunklen Bogens – es war die tödlichste Stille – nur ich und jenes Lämpchen wachten.

Was ich aber suchte, das erschien nicht.

Zweimal schritt Hinze über die Dächer, ohne zu mir zu kommen. Die große Stadt unter mir, in der undeutlichen Magie des Mondlichts schwimmend, lag im tiefsten Schlummer, als sollte man sie atmen hören – aber auch der Himmel an der gesuchten Stelle blieb glänzend einsam, wie er die ganze Nacht gewesen. Ich harrte fort. Es war, als würde es mit jeder Minute lautloser. Der Mond zog sichtlich der zweiten Halbkugel zu; eine Herde Lämmerwolken, die tief gegen Süden auf der blauen Weide gingen, wurde leise angezündet, und selbst ferne Wolkenbänke, die schon seit Abend unten am Westhimmel schlummerten und sich dehnten – und lange in unsere Nacht hinein die Sonne Amerikas widergeschienen hatten, waren erloschen und glommen nun vom Monde an, und durch ihre Glieder floß ein sanftes, blasses Licht, als regten sie sich leise.

Da schlug es zwei Uhr, und Hinze kam. Er war mir in dieser Nacht ordentlich bedeutsam geworden. Es entspann sich das stumme Gespräch mit ihm, das ich anfangs dieses Blattes berichtete; aber freilich dauerte die Unterhaltung mit ihm nicht lange, da wir beide des Zwiegesprächs bald müde waren und jeder zu unserm Geschäfte übergingen: er zu seinem Lustwandeln, ich zu meinem einförmigen Schauen.

Das Lämpchen der Witwe war mittlerweile ausgelöscht worden, dafür fürchtete ich, daß bald eine ganz andere Lampe angezündet werden würde; denn im Osten kroch bereits ein verdächtiges Lichtgrauen herum, als sei es der Morgen; auch die Luft, bisher so warm und todesruhig, machte sich auf; denn ich fühlte es schon zweimal kühl aus Morgen heran mein Gesicht wehen, und das Rauschen der Frühlingsgewässer wurde deutlich von den Bergen herübergetragen.
Da auf einmal, in einem lichten Gürtel des Himmels, den zwei lange Wolkenbänder zwischen sich ließen, war mir's, als schwebe langsam eine dunkle Scheibe – ich griff rasch um das Fernrohr und schwang es gegen jene Stelle des Firmaments – Sterne, Wolken, Himmelsglanz flatterten durch das Objektiv – ich achtete ihrer nicht, sondern suchte angstvoll mit dem Glase, bis ich plötzlich eine große schwarze Kugel erfaßte und festhielt.
Also ist es richtig, eine Voraussagung trifft ein: gegen den zarten weißen Frühhimmel, so schwach rot erst wie eine Pfirsichblüte, zeichnete sich eine bedeutend große dunkle Kugel, unmerklich emporschwebend – und unter ihr an unsichtbaren Fäden hängend, im Glase des Rohres zitternd und schwankend, klein wie ein Gedankenstrich am Himmel – das Schiffchen, ein gebogenes Kartenblatt, das drei Menschenleben trägt und sie noch vor dem Frührote herabschütteln kann, so naturgemäß, wie aus der Wolke daneben ein Morgentropfen fällt.
Cornelia, armes verblendetes Kind! möge dich Gott retten und schirmen!
Ich mußte das Rohr weglegen; denn es wurde mir immer

grauiger, daß ich durchaus die Stricke nicht sehen konnte, mit denen das Schiff am Ballon hing.

Ist nun auch die zweite Tatsache so gewiß wie die erste; dann lebe wohl, du mein Herz, – dann kanntest du und liebtest du das schönste, großherzigste, leichtsinnigste Weib!!

Ich mußte doch das Rohr wieder nehmen; aber der Ballon war nicht mehr sichtbar, wahrscheinlich hatte ihn das obere jener Wolkenbänder aufgenommen, gegen dessen Grund seine Zeichnung verschwand. Ich wartete und suchte dann noch lange am Himmel, fand aber nichts mehr.

Mit seltsamen Gefühlen des Unwillens und der Angst legte ich das Fernrohr weg und starrte in die Lüfte, bis endlich eine andere, aber glühende Kugel emporstieg und ihr strahlendes Licht über die große heitere Stadt ausgoß, und auf mein Fenster, und auf einen ungeheuren, klaren, heitern, leeren Himmel.

Tagstück

Der junge Mann, aus dessen Tagebuche das Vorstehende wörtlich genommen wurde, war ein angehender Künstler, ein Maler, noch nicht völlig zweiundzwanzig Jahre alt, aber seinem Ansehen nach hätte man ihm kaum achtzehn gegeben. Aus einer Fülle blonder Haare, die er noch fast knabenhaft in Locken trug, sah ein unbeschreiblich treuherziges Gesicht heraus, weiß und rot, voll Gesundheit, geziert mit den Erstlingen eines Bartes, den er sehr liebte und der kindisch trotzig auf der Oberlippe saß, – zwei dunkelblaue schwärmerische Augen unter einer ruhigen Stirn, auf der noch alle Unschuld seiner Kindheit wohnte. Wirklich hatte er auch aus der Einsamkeit des Waldlandes, in dem er erzogen wurde, alle Herzenseinfalt seines Tales und so viel Wissen, als bei seinen Jahren überhaupt möglich ist, in die große lasterhafte Stadt gebracht.

Und so saß er früh nach jener merkwürdigen Nacht, die er oben beschrieb, auf seiner Dachstube, die nach und nach voll warmen Morgenlichts anquoll, rückgelehnt auf die hohe Lehne eines tuchenen, altmodischen Sessels, des unzählige gelbe Nägel im Frühlichte einen gleißenden Sternenbogen um ihn spannten. Die Hände ruhten in dem Schoße, und die Augen schauten auf die leere Leinwand, die vor ihm auf der Staffelei stand, aber sie sannen nicht auf Bilder, sondern in ihrem tiefen, schwermütigen Feuer stand der Anfang einer Leidenschaft, die düsterselig in dem Herzen anbrannte und trotzig-schön in das kindliche Antlitz trat – auf dem unbeschriebenen Blatte die ersten Lettern der großen Stadt, der Titel, daß nun ein heißes Leben beginne, voll Seligkeit und Unruhe, aber fernabliegend von der friedlichen Insel seiner Kindheit.

Die Liebe ist ein schöner Engel, aber oft ein schöner Todesengel für das gläubige, betrogne Herz!

Sein Nachtgenosse, Hinze, der Kater seiner Mietsfrau, lag auf dem breiten Fenstersimse und schlief in den Strahlen der Morgensonne. Nicht weit davon auf der Zeichnung eines Cherubs lag das Fernrohr. Unten in den Gas-

sen lärmte bereits die Industrie einer großen Hauptstadt, sorgend für den heutigen Hunger und für die heutige Üppigkeit.
Während nun der Künstler so saß in seiner engen Dachstube, die ihm der Himmel endlich ganz mit Sonnengold angefüllt hatte, begab sich anderswo eine andere Szene: hoch am Firmamente in der Einöde unbegrenzter Lüfte schwebte der Ballon und führte sein Schiffchen und die kühnen Menschen darinnen in dem wesenlosen Ozeane mit einem sanften Luftstrome westwärts. Rings ausgestorbene Stille, nur zeitweise unterbrochen durch das zarte Knarren des Taffets, wenn der Ostwind an seinen Wänden strich, oder durch ein kaum hörbares Seufzen in dem seidnen Tauwerk. Drei Menschen, ebenfalls im tiefsten Schweigen, saßen in dem Schiffe, bis ans Kinn in dichte Pelze gehüllt, und doppelte grüne Schleier über die Gesichter. Durch einen derselben schimmerten die sanften Umrisse eines schönen blassen Frauenantlitzes mit großen, geistvollen, zagenden Augen – und somit war auch die zweite Tatsache richtig, welche der nächtliche Beobachter der Auffahrt vermutet hatte. Aber wie sie hier schiffte, war in ihr nicht mehr jene kühne Cornelia zu erkennen, die gleich ihrer römischen Namensschwester erhaben sein wollte über ihr Geschlecht und gleich den heldenmütigen Söhnen derselben den Versuch wagen, ob man nicht die Bande der Unterdrückten sprengen möge, und die an sich wenigstens ein Beispiel aufstellen wollte, daß auch ein Weib sich frei erklären könne von den willkürlichen Grenzen, die der harte Mann seit Jahrtausenden um sie gezogen hatte – frei, ohne doch an

Tugend und Weiblichkeit etwas zu verlieren. Sie war nicht mehr, was sie kaum noch vor einer halben Stunde gewesen; denn alles, alles war anders geworden, als sie sich gedacht hatte.

In frühester Morgendämmerung, um jeder unberufenen Beobachtung zu entgehen, ward die Auffahrt veranstaltet, und mit hochgehobenem Herzen stand die schöne Jungfrau dabei, als der Ballon gefüllt wurde, fast nicht bändigend den klopfenden Busen und die ahnungsreiche Erwartung der Dinge, die da kommen sollten. Dennoch war es ein banger Augenblick für die umstehenden Teilnehmer, als der unscheinbare Taffet zu einer riesenhaften Kugel anschwoll und die mächtigen Taue straff spannte, mit denen sie an die Erde gebunden war. Seltsame Instrumente und Vorrichtungen wurden gebracht und in die Fächer des Schiffes geschnallt. Ein schöner großer Mann – sonst war er sanft, fröhlich und wohlgemut, heute blaß und ernst – ging vielmal um die Maschine herum und prüfte sie stellenweise um ihre Tüchtigkeit. Endlich fragte er die Jungfrau, ob sie auf ihrem Wunsche beharre, und auf das Ja sah er sie mit einem seltsamen Blicke der Bewunderung an und führte sie ehrerbietig in das Schiff, bemerkend, daß er ihr nicht mit Wiederholung der Warnungen lästig sein wolle, die er ihr schon vor vierzehn Tagen gemacht, da sie dieselben ohne Zweifel wohl überlegt haben würde. Er wartete noch einige Minuten, und da keine Antwort erfolgte, so stieg auch er ein, und ein alter Mann war der letzte, sie hielt ihn für einen ergrauten, wissenschaftlichen Famulus.

Alle waren sie nun in Bereitschaft, die Maschine in Ordnung. Einen Blick noch tat Cornelia auf die Bäume des Gartens, die ins Morgengrau vermummt umherstanden und zusahen – dann erscholl aus dem Munde ihres Begleiters der Ruf: »Nun laßt im Namen Gottes den braven Kondor fliegen – löst die Taue!« Es geschah, und von den tausend unsichtbaren Armen der Luft gefaßt und gedrängt, erzitterte der Riesenbau der Kugel und schwankte eine Sekunde – dann sachte aufsteigend zog er das Schiffchen los vom mütterlichen Grunde der Erde, und mit jedem Atemzuge an Schnelligkeit gewinnend, schoß er endlich pfeilschnell, senkrecht in den Morgenstrom des Lichts empor, und im Momente flogen auch auf seine Wölbung und in das Tauwerk die Flammen der Morgensonne, daß Cornelia erschrak und meinte, der ganze Ballon brenne; denn wie glühende Stäbe schnitten sich die Linien der Schnüre aus dem indigoblauen Himmel, und seine Rundung flammte wie eine riesenhafte Sonne. Die zurücktretende Erde war noch ganz schwarz und unentwirrbar, in Finsternis verrinnend. Weit im Westen auf einer Nebelbank lag der erblassende Mond.

So schwebten sie höher und höher, immer mehr und mehr an Rundsicht gewinnend. Zwei Herzen, und vielleicht auch das dritte alte, pochten der Größe des Augenblicks entgegen.

Die Erhabenheit begann nun allgemach ihre Pergamente auseinanderzurollen – und der Begriff des Raumes fing an mit seiner Urgewalt zu wirken. Die Schiffenden stiegen eben einem Archipel von Wolken entgegen, die der Erde in demselben Augenblicke ihre Morgenrosen sandten, hier oben aber weiß schimmernde Eisländer waren, in den furchtbar blauen Bächen der Luft schwimmend, und mit Schlünden und Spalten dem Schiffe entgegenstarrend. Und wie sie näher kamen, regten und rührten sich die Eisländer als weiße wallende Nebel. In diesem Augenblicke ging auf der Erde die Sonne auf, und diese Erde wurde wieder weithin sichtbar. Es war noch das gewohnte Mutterantlitz, wie wir es von hohen Bergen sehen, nur lieblich schön errötend unter dem Strahlennetze der Morgensonne, welche eben auch das Fenster des Dachstübchens vergoldete, in dem der arme junge Meister saß.

»Wie weit, Coloman?« fragte der Luftschiffer.

»Fast Montblancs Höhe«, antwortete der alte Mann, der am andern Ende des Schiffchens saß, »wohl über vierzehntausend Fuß, Mylord.«

»Es ist gut.«

Cornelia sah bei dieser Rede behutsam über Bord des Schiffes und tauchte ihre Blicke senkrecht nieder durch den luftigen Abgrund auf die liebe verlassene, nunmehr schimmernde Erde, ob sie etwa bekannte Stellen entdecken möge – aber siehe, alles war fremd, und die vertraute Wohnlichkeit derselben war schon nicht mehr sichtbar, und mithin auch nicht die Fäden, die uns an ein teures, kleines Fleckchen binden, das wir Heimat nennen. Wie große Schatten zogen die Wälder gegen den Horizont hinaus – ein wunderliches Bauwerk von Gebirgen, wie wimmelnde Wogen, ging in die Breite und lief gegen fahle Flecken ab, wahrscheinlich Gefilde. Nur ein Strom war deutlich sichtbar, ein dünner zitternder Silberfaden, wie sie oft im Spätherbste auf dunkler Heide

spinnen. Über dem Ganzen schien ein sonderbar gelbes Licht zu schweben.
Wie sie ihre Blicke wieder zurückzog, begegnete sie dem ruhigen Auge des Lords, an dem sie sich erholte. Er stellte eben ein Teleskop zurecht und befestigte es.
Dies nun war der Moment, in welchem wir den Ballon trafen, als wir uns aus der Stube des Künstlers entfernten. Er zog, wie wir sagten, mit einem sanften Luftstrome westwärts, ohne weiter zu steigen; denn schon über zwanzig Minuten fiel das Quecksilber in der Röhre gar nicht mehr. Die beiden Männer arbeiteten mit ihren Instrumenten. Cornelia drückte sich tiefer in ihre Gewänder und in die Ecke ihres Sitzes. Die fließende Luft spielte um ihre Locken, und das Fahrzeug wiegte sich. Von ihrem Herzen gab sie sich keine Rechenschaft.
Die Stille wurde nur unterbrochen durch eintönige Laute der Männer, wie der eine diktierte, der andere schrieb. Am Horizonte tauchten jetzt in nebelhafter Ferne ungeheure schimmernde Schneefelder auf, die sich Cornelia nicht enträtseln konnte. »Es ist das Mittelmeer, verehrtes Fräulein«, sagte Coloman; »wir wollen hier nur noch einige Luftproben in unsere Fächer schöpfen und die Elektrizität prüfen; dann sollen Sie den Spiegel noch viel schöner sehen, nicht mehr silbern, sondern wie lauter blitzendes Gold.«
Währenddessen hatte der junge Luftschiffer eine Phiole mit starkem Kaffee gefüllt, in ungelöschten Kalk gelegt, hatte Wasser auf den Kalk gegossen und so die Flüssigkeit gewärmt; dann goß er etwas Rum dazu und reichte der Jungfrau einen Becher des heißen und erhitzenden Ge-

tränkes. Bei der großen Kälte fühlte sie die wohltätige Wirkung augenblicklich wie neues Leben durch ihre Nerven fließen. Auch die Männer tranken. Dann redeten sie leise, und der Jüngere nickte. Hierauf fing der Ältere an, Säcke mit Sand, die im Schiffe standen, über Bord zu leeren. Der Kondor wiegte sich in seinem Bade, und wie mit den prächtigen Schwingen seines Namensgenossen hob er sich langsam und feierlich in den höchsten Äther – und hier nun änderte sich die Szene schnell und überwältigend.

Der erste Blick Cornelias war wieder auf die Erde – diese aber war nicht mehr das wohlbekannte Vaterhaus: in einem fremden goldnen Rauche lodernd, taumelte sie gleichsam zurück, an ihrer äußersten Stirn das Mittelmeer wie ein schmales gleißendes Goldband tragend, überschwimmend in unbekannte phantastische Massen. Erschrocken wandte die Jungfrau ihr Auge zurück, als hätte sie ein Ungeheuer erblickt – aber auch um das Schiff herum wallten weithin weiße, dünne, sich dehnende und regende Leichentücher – von der Erde gesehen – Silberschäfchen des Himmels. – Zu diesem Himmel floh nun ihr Blick – aber siehe, er war gar nicht mehr da: das ganze Himmelsgewölbe, die schöne blaue Glocke unserer Erde, war ein ganz schwarzer Abgrund geworden, ohne Maß und Grenze in die Tiefe gehend, – jenes Labsal, das wir unten so gedankenlos genießen, war hier oben völlig verschwunden, die Fülle und Flut des Lichtes auf der schönen Erde. Wie zum Hohne wurden alle Sterne sichtbar – winzige, ohnmächtige Goldpunkte, verloren durch die Öde zerstreut – und endlich die Sonne, ein drohendes Gestirn; ohne Wärme, ohne Strahlen, eine scharfgeschnittene Scheibe aus wallendem, blähendem, weißgeschmolzenem Metalle: so glotzte sie mit vernichtendem Glanze aus dem Schlunde – und doch nicht einen Hauch des Lichtes festhaltend in diesen wesenlosen Räumen; nur auf dem Ballon und dem Schiffe starrte ein grelles Licht, die Maschine gespenstig von der umgebenden Nacht abhebend und die Gesichter totenartig zeichnend, wie in einer laterna magica.

Und dennoch – die Phantasie begriff es kaum – dennoch war es unsere zarte, liebe Luft, in der sie schifften – dieselbe Luft, die morgen die Wangen eines Säuglings fächelt. Der Ballon kam, wie der Alte bemerkte, in den obern umgekehrten Passatstrom und mußte mit fürchterlicher Schnelligkeit dahingehen, was das ungemeine Schiefhängen des Schiffes bewies, und das gewaltige Rütteln und Zerren an dem Taffet, der dessenungeachtet keinen stärkern Laut gab als das Wimmern eines Kindes; denn auch das Reich des Klanges war hier oben aus – und wenn das Schiff sich von der Sonne wendete, so war nichts, nichts da als die entsetzlichen Sterne, wie Geister, die bei Tage umgehen.

Jetzt, nach langem Schweigen, taten sich zwei schneebleiche Lippen auf und sagten furchtsam leise: »Mir schwindelt.«

Man hörte sie aber nicht.

Sie schlug nun den Pelz dichter um sich, um den schüttelnden Fieberfrost abzuwehren. Die Männer arbeiteten noch Dinge, die sie gar nicht verstand; nur der junge, schöne, furchtbare Mann, däuchte es ihr, schoß zuwei-

len einen majestätischen Blick in die großartige Finsternis und spielte dichterisch mit Gefahr und Größe – an dem Alten war nicht ein einzig Zeichen eines Affektes bemerkbar.
Nach langer, langer Zeit der Vergessenheit neigte der Jüngling doch sein Angesicht gegen die Jungfrau, um nach ihr zu sehen: sie aber schaute mit stillen, wahnsinnigen Augen um sich, und auf ihren Lippen stand ein Tropfen Blut.
»Coloman«, rief der Jüngling, so stark er es hier vermochte, »Coloman, wir müssen niedergehen; die Lady ist sehr unwohl.«
Der alte Mann stand auf von den Instrumenten und sah hin, es war ein Blick voll strahlenden Zornes, und ein tief entrüstetes Antlitz. Mit überraschend starker Stimme rief er aus: »Ich habe es dir gesagt, Richard, das Weib erträgt den Himmel nicht – die Unternehmung, die so viel kostete, ist nun unvollendet; eine so schöne Fahrt, die einfachste und ruhigste in meinem ganzen Leben, geht umsonst verloren. Wir müssen freilich nieder, das Weib stirbt sonst hier. Lüfte nur die Klappen.«
Nach diesen Worten saß er wieder nieder, klammerte sich an ein Tau und zog die Falten seines Mantels zusammen; der Jüngling aber tat einen jähen Zug an einer grünseidnen Schnur – und wie ein Riesenfalke stieß der Kondor hundert Klafter senkrecht in die Luft – und sank dann langsam immer mehr und mehr.
Der Lord hielt die ohnmächtige Cornelia in den Armen.

Ich weiß nicht, wie viel Zeit seit der Luftfahrt vergangen war – da war es wieder eines Morgens, ehe kaum der Tag graute, daß der junge Künstler wieder auf dem altmodischen Sessel mit den gelben Nägeln saß und wieder auf die gespannte Leinwand schaute: aber diesmal war sie nicht leer, sondern mit einem großen skizzierten Bilde prangend, das bereits ein schwerer Goldrahmen umfing. Wie einer, der heißhungrig nach Taten ist, arbeitete er an dem Bilde, und wer ihn so gesehen hätte, wie er in Selbstvergessenheit die Augen über die gemalte Landschaft strömen ließ, der hätte gemeint, aus ihnen müsse die Wärme und Zärtlichkeit in das Bild geflossen sein, die so unverkennbar und reizend aus demselben traten. Oft ging er einen Schritt zurück, mit klugem Blicke das Ganze prüfend und wägend; dann ward mit leuchtenden Augen die Arbeit fortgesetzt. Es ist ein schöner Anblick, wenn der Engel der Kunst in ein unbewußtes, reizendes Jünglingsantlitz tritt, dasselbe verklärt und es ohne Ahnung des Besitzers so schön und so weit über den Ausdruck des Tages emporhebt. Heller und heller schien die Sonne in das Gemach, und in dieser Stimmung war es, daß ein Diener gegen Mittag ein versiegeltes Blättchen brachte.

Der Jüngling riß es auf. »Gut, ich werde kommen«, sagte er, und ein heißes Rot lief auf seine Wangen, der Zeuge eines Gefühls, das er in der tiefsten Falte seines Herzens verborgen wähnte und in letzter Zeit gar unmutig und unwillig niedergekämpft hatte.

Der Diener ging – der Jüngling aber malte nun nicht mehr. Um zehn Uhr des andern Tages, in feines Schwarz gekleidet, den leichten Hut über den blonden vorquellenden Locken, ging er aus der Stadt, die langen, lichten Gassen der Vorstadt entlang, bis er zu dem Eingange eines schönen Landhauses gelangte; dort trat er ein, stieg die breite sommerliche Treppe hinauf und öffnete die Flügeltüren zu einem großen Saale voll Bilder. Hier harrte er und ließ sich melden. Nach einer Zeit tat sich eine Tür gegenüber dem Eingange auf, und eine ältliche Frau trat heraus, die ihm sogleich mit mütterlicher Freude die Hand reichte und sie herzlich drückte.
»Gehen Sie nur hinein«, sagte sie, »gehen Sie hinein – Sie werden fast mit Angst erwartet. Ach, Gustav, was habe ich gelitten! – Sie hat es wirklich ausgeführt; dann war sie krank – sie muß fürchterliche Dinge gesehen haben, sie muß sehr weit gewesen sein; denn drei Tage und Nächte dauerte die Rückreise. – Seit sie genesen, ist sie gut und sanft, daß es mir oft wunderbar ins Herz geht; aber sie sagt von jener Sache auch nicht ein leises, leises Wörtchen. Gehen Sie nur hinein.«
Der Jüngling hatte mit düsterer Miene zugehört; er schwieg, und die Miene wurde nur noch düsterer.
Er schritt der Türe zu, öffnete sie und verschwand hinter derselben. Das Zimmer, in dem er sich nun befand, war groß und mit dem feinsten Sinne eingerichtet. An einem Fenster desselben, mitten in einem Walde fremder Blumen, saß eine junge Dame. Sie war in einem weißen Atlaskleide, dessen sanfter Glanz sich edel abhob von den dunkelgrünen Blättern der Kamelien.

Sie war aufgestanden, als der junge Mann eintrat, und ging ihm freundlich entgegen. Eine Gestalt übermittlerer Größe, voll jener hohen Grazie der Vornehmen, aber auch voll jener höheren der Sitte, die den Menschen so schön macht. Ihr Angesicht war geistvoll, blühend, aber heute blaß. Zwei große schwarze Augen schauten dem Künstler aus der Blässe entgegen und grüßten ihn freundlich.
Er aber sah es nicht, daß ein leises Ding von Demütigung oder Krankheit in ihrem Wesen zittere – sein Herz lag gebannt in der Vergangenheit, sein Auge war gedrückt und trotzend.
Einen Moment war Stille.
»Wir haben uns lange nicht gesehen«, sagte sie weich; »ich war auch ein wenig krank.«
Er sagte auf ihre Anrede nichts, sondern verbeugte sich nur.
»Sie waren immer wohl?« fragte sie.
»Ich war wohl«, antwortete er.
Ein großer, verwundernder Blick flog auf ihn – aber sie sagte nichts, sondern ging gegen die Kamelien, wo eine Staffelei stand, rückte dort etwas, dem kein Rücken not tat; stellte etwas zurechte, das ohnedies recht stand; sah in die grünen Pflanzenblätter, als suchte sie etwas – und kam dann wieder zurück. Er stand indessen auf demselben Flecke, wie einer, der Befehle erwartet, den Hut in der Hand und seinen Ort nicht um die Breite eines Haares verrückend.
Die Dame atmete und fragte dann endlich sich zwingend noch sanfter: »Dachten Sie wohl auch die Zeit her an uns?«

»Ich dachte oft«, sagte er mit unbefangener Stimme, »an Sie und an unsere Studien. Jetzt werden wohl die Farben auf dem Bilde gar zu sehr verdorrt sein.«
Nun aber ward sie purpurrot und stieß heiß heraus: »Malen wir.«
Das Rot des Antlitzes war im raschen Umwenden ihrer Gestalt nur hinter den Schläfen sichtbar geworden, und den tiefen Unmutsblitz des Auges hatte nur der Spiegel aufgefangen. Es war ganz deutlich, und schon ihr Anzug hatte es gezeigt, daß sie nicht hatte malen wollen: aber wie er nun den Hut abgelegt, an die Staffelei getreten, dort ein Fach geöffnet, Malergeräte herausgenommen und stehend die Farben auf die Palette gestellt – und wie sie allem dem mit großem, schweigendem Auge zugesehen hatte – und wie er ihr die Palette artig reichte: so drückte sie rasch den einen Ärmel ihres Atlasgewandes zusammen, empfing die Palette und setzte sich mit unsäglichem Stolze nieder.
Er stand hinter ihr, auf dem Antlitze nicht einen Hauch von Erregung zeigend.
Das Malen begann. Die ältliche Frau, die Amme der jungen Dame, ging zeitweise ab und zu.
Der junge Mann, als Lehrer, begann mit klarer Stimme kühl und ruhig die Beurteilung des bereits auf der Leinwand Vorhandenen, und tat dieses Geschäft lobender und kürzer als sonst; dann gab er den Plan für das, was nun dem Bilde zunächst not tue; er nannte die erforderlichen Töne und die Farben, aus denen sie zu mischen seien.
Sie nahm und mischte.

»Gut«, sagte er. Die Töne wurden nun in einem Bogen auf der Palette nebeneinander aufgestellt – das Malen begann, und das Zimmer war totenstill; nur, wie eine Grotte durch fallende Tropfen, so ward es durch die gelegentlichen Worte unterbrochen: »gut – wärmer – tiefer –«. Nach und nach tönte auch dies nicht mehr; mit dem langen Stiele des Pinsels zeigte er, was zu verbinden war, was zu trennen; oder er setzte plötzlich ein Lichtchen oder einen Drucker hin, wo es not tat und sie es nicht wagte. Was er gewollt, hatte er erreicht; aber wer ihn nun gesehen hätte, wie er sein schönes Antlitz hinter ihrem Rücken einsam emporhob, der hätte den leisen heißen Schmerz bemerkt, der in demselben schwamm – aber sie sah sich nicht um, und sonst waren rings nur die blinden Wände.

Wie so oft der Geist des Zwiespalts zwischen Menschen tritt, anfangs als ein so kleines wesenloses Ding, daß sie es nicht sehen oder nicht wert halten, es mit einem Hauch des Mundes, mit einer Falte des Gewandes wegzufegen – wie es dann heimlich wächst und endlich als unangreifbarer Riese wolkig, dunkel zwischen ihnen steht: so war es auch hier. Einstens, ja in einem schönen Traume war es ihm gewesen, als zittre auch in ihr der Anfang jenes heißen Wesens, das so dunkel über seiner Seele lag, einstens in einem schönen Traume; aber dann war ihr Stolz wieder da, ihr Freiheitsstreben, ihr Wagen – alles, alles so ganz anders, als ihm sein schüchtern wachsendes, schwellendes Herz sagte, daß es sein solle – so ganz anders, ganz anders, daß er plötzlich knirschend alles hinter sich geworfen und nun dastand wie einer, der verachtet – und wie sie immer fortmalte und auch nicht eine Seitenbewegung ihres Hauptes machte und auch nicht ein Wort sagte: da preßte er die Zähne seines Mundes aufeinander und dachte, er hasse dieses Weib recht inbrünstiglich! – Und wie Stunde um Stunde des Vormittags floß, – wie er ihren Atem hörte und wie doch keine Sekunde etwas anderes brachte als immer dasselbe Bild: – da wurde es schwül im Zimmer, und auf einmal – er wußte nicht warum – trat er an das Fenster und sah hinaus. Es war draußen still, wie drinnen; ein traurig blauer Himmel zog über reglose grüne Bäume – der Jüngling meinte, er ringe mit einer Riesenschlange, um sie zu zerdrücken. Plötzlich war es, als höre er hinter sich einen dumpfen Ton, wie wenn etwas niedergelegt würde – er sah um: wirklich waren Palette und Malerstab weggelegt, und die Jungfrau saß im Stuhle rückgelehnt, die beiden Hände fest vor ihr Antlitz drückend. Einen Moment schaute er auf sie und begann zu beben; – dann ging er leise näher – sie regte sich nicht – dann noch näher – sie regte sich nicht – er hielt den Atem an, er sah auf die schönen Finger, die sich gegen die Blüte des Antlitzes drückten – und da sah er endlich, wie quellend Wasser zwischen ihnen vordrang – mit eins lag er auf seinen Knien vor ihr. Man erzählt von einer fabelhaften Blume der Wüste, die jahrelang ein starres Kraut war, aber in einer Nacht bricht sie in Blüten auf, sie erschrickt und schauert in der eignen Seligkeit – so war's hier: mit Angst suchte er unter ihren Händen empor in ihr Angesicht zu schauen; allein er konnte es nicht sehen, – er suchte sanft den Arm zu fassen, um ihre eine Hand herabzuziehen; –

allein sie ließ den Arm nicht. Da preßten seine Lippen das heiße Wort heraus: »Liebe, teure Cornelia!«
Sie drückte ihre Hände nur noch fester gegen das Gesicht, und nur noch heißer und nur noch reichlicher flossen die Tränen hervor.
Ihm aber – – wie war ihm denn? Angst des Todes war es über diese Tränen, und dennoch rollte jede wie eine Perle jauchzenden Entzückens über sein Herz – – wo ist die Schlange am Fenster hin? wo der drückende blaue Himmel? – Ein lachendes Gewölbe sprang über die Welt, und die grünen Bäume wiegten ein Meer von Glanz und Schimmer!
Er hatte noch immer ihren Arm gefaßt, aber er suchte nicht mehr ihn herabzuziehen – sie ward ruhiger – endlich stille. Ohne das Antlitz zu enthüllen, sagte sie leise: »Sie haben mir einst über mein den Männern nachgebildetes Leben ein Freundeswort gesagt ...«
»Lassen wir das«, unterbrach er sie, »es war Torheit, Anmaßung von mir ...«
»Nein, nein«, sagte sie, »ich muß reden, ich muß Ihnen sagen, daß es anders werden wird – – ach, ich bin doch nur ein armes, schwaches Weib, wie schwach, wie arm selbst gegen jenen greisen hinfälligen Mann – – sie erträgt den Himmel nicht! – –«
Hier stockte sie, und wieder wollten Tränen kommen. Der Jüngling zog nun ihre Hände herab; sie folgte, aber der erste Blick, den sie auf ihn tat, machte sie erschrecken, daß plötzlich die Tränen stockten. Wie war er verwandelt! Aus den Locken des Knaben schaute ein gespanntes, ernstes Männerantlitz empor, schimmernd in

dem fremden Glanze des tiefsten Fühlens; – aber auch sie war anders: in den stolzen dunklen Sonnen lag ein Blick der tiefsten Demut, und diese demütigen Sonnen hafteten beide auf ihm, und so weich, so liebreich wie nie – hingegeben, hilflos, willenlos – sie sahen sich sprachlos an – die heiße Lohe des Gefühles wehte – das Herz war ohnmächtig – ein leises Ansichziehen – ein sanftes Folgen – und die Lippen schmolzen heiß zusammen, nur noch ein unbestimmter Laut der Stimme – und der seligste Augenblick zweier Menschenleben war gekommen und – vorüber.

Der Kranz aus Gold und Ebenholz um ihre Häupter hatte sich gelöset, der Funke war gesprungen, und sie beugten sich auseinander – aber ihre Häupter blickten sich nun nicht an, sondern sahen zur Erde und waren stumm.

Nach langer, langer Pause wagte der Jüngling zuerst ein Wort und sagte gedämpft: »Cornelia, was soll nun dieser Augenblick bedeuten?«

»Das Höchste, was er kann«, erwiderte sie stolz und leise.

»Wohl, er ist das Schönste, was mir Gott in meinem Leben vorgezeichnet«, sagte er, »aber hinter der großen Seligkeit ist mir jetzt, als stände ein großer, langer Schmerz – Cornelia – wie werde ich diesen Augenblick vergessen lernen?!«

»Um Gott nicht«, sagte sie erschrocken, »Gustav, lieber, einziger Freund, den allein ich auf dieser weiten Erde hatte, als ich mich verblendet über mein Geschlecht erheben wollte – wir wollen ihn auch nicht vergessen; ich müßte mich hassen, wenn ich es je könnte. – Und auch

Sie, bewahren Sie mir in Liebe und Wahrheit Ihr großes, schönes Herz.«

Er schlug nun plötzlich die Augen zu ihr auf, erhob sich von dem Sitze, trat vor sie, ordentlich höher geworden, wie ein starker Mann, und rief: »Vielleicht ist dieses Herz reicher, als ich selber weiß; eben kommt ihm ein Entschluß, der mich selber überrascht, aber es ist gut: meine vorgenommene Reise trete ich sogleich und zwar morgen schon an. – Ich kann noch an das neue Glück nicht glauben – ist es etwa nur ein Moment, ein Blitz, in dem zwei Herzen sich begegneten, und ist es dann wieder Nacht? Laß uns nun sehen, was diese Herzen sind. Verloren kann diese Minute nie sein, aber was sie bringen wird!? Sie bringe, was sie muß und kann – und so gewiß eine Sonne draußen steht, so gewiß wird sie eines Tages die Frucht der heutigen Blume beleuchten, sie sei so oder so – – – ich weiß nur eines, daß draußen eine andere Welt ist, andere Bäume, andere Lüfte – und ich ein anderer Mensch! O Cornelia, hilf mir's sagen, welch ein wundervoller Sternenhimmel in meinem Herzen ist, so selig, leuchtend, glänzend, als sollt ich ihn in Schöpfungen ausströmen, so groß, als das Universum selbst, – aber ach, ich kann es nicht, ich kann ja nicht einmal sagen, wie grenzenlos, wie unaussprechlich und wie ewig ich Sie liebe und lieben will, so lange nur eine Faser dieses Herzens halten mag.«

Cornelia war im höchsten Grade erstaunt über den Jüngling und seine Sprache. – Sie war mit ihm in gleichem Alter, aber sie war eine aufgeblühte volle Blume, er konnte zu Zeiten fast noch ein Knabe heißen. – Bewußt oder unbewußt hatte sie die Liebe vorzeitig aus ihm gelockt – in einer Minute war er ein Mann geworden; er wurde vor ihren Augen immer schöner, wie Seele und Liebe in sein Gesicht trat, und sie sah ihn mit Entzücken an, wie er vor ihr stand, so schön, so kräftig, schimmernd schon von künftigem Geistesleben und künftiger Geistesgröße, und doch unschuldig wie ein Knabe, und unbewußt der göttlichen Flamme Genie, die um seine Scheitel spielte.

Seele kann nur Seele lieben und Genie nur Genie entzünden.

Cornelia war nun auch aufgestanden, sie hatte ihre schönen Augen zu ihm emporgeschlagen, und alles, was je gut und edel und schön war in ihrem Leben, die unbegrenzte Fülle eines guten Herzens lag in ihrem Lächeln, und sie wußte es nicht und meinte zu arm zu sein, um dieses Herz lohnen zu können, das sich da vor ihr entfaltete. Er aber versprach sich in diesem Momente innerlich, daß er ringen wolle, so lange ein Hauch des Lebens in ihm sei, bis er geistesgroß und tatengroß vor allen Menschen der Welt dastehe, um ihr nur vergelten zu können, daß sie ihr herrlich Leben an ihn hingebe für kein anderes Pfand als für sein Herz.

Sie waren mittlerweile an das Fenster getreten, und so sehr jedes innerlich sprach, so stumm und so befangener wurden sie äußerlich.

Es ist seltsam, wie das Gemüt in seiner Unschuld ist: wenn der erste Wonnesturz der ersten Liebe auf dasselbe fällt und nun vorüber ist – so ist der erste Eindruck der zu fliehen, selbst vor der Geliebten zu fliehen, um die stumme Übermacht ins Einsame zu tragen.

So standen auch die beiden an dem Fenster, so nahe an-

einander und doch so fern. Da trat die Amme ein und gab beide sich selbst wieder. Er vermochte es, von seiner Reise und von seinen Plänen zu sprechen, und als die Amme sagte, er möge doch auch schreiben und die Gebirge und Wälder und Quellen so schön beschreiben, wie er oft auf Spaziergängen getan habe, – da streifte sein Blick scheu auf Cornelia, und er sah, wie sie errötete.
Als endlich die Amme wieder abgerufen wurde, nahm auch er sachte seinen Hut und sagte: »Cornelia leben Sie wohl!«
»Reisen Sie recht glücklich«, antwortete sie und setzte hinzu: »Schreiben Sie einmal.«
Sie hatte nicht mehr den Mut, nur noch mit einem Worte die vergangene Szene zu berühren. Sie getraute sich nicht zu bitten, daß er die Reise aufschiebe, und er nicht zu sagen, daß er lieber hier bliebe, und so gingen sie auseinander, nur daß er unter der Tür noch einmal umblickte und die liebe teure Gestalt schamvoll neben den Blumen stehen sah.
Als er aber draußen war, eilte sie rasch vor ihr Marienbild, sank vor demselben auf die Knie und sagte: »Mutter der Gnaden, Mutter der Waisen, höre mein Gelübde: ein demütig schlechtes Blümchen will ich hinfort sein und bleiben, das er mit Freuden an sein schönes Künstlerherz stecke, damit er dann wisse, wie unsäglich ich ihn liebe und ewig lieben werde.«
Und wieder flossen ihre Tränen, aber es waren linde, warme und selige.
So trennten sich zum erstenmal zwei Menschen, die sich gefunden. Wer weiß es, was die Zukunft bringen wird?

Beide sind sie unschuldige, überraschte Herzen, beider glühendster, einzigster Entschluß ist es, das Äußerste zu wagen, um nur einander wert zu sein, um sich nur zu besitzen, immerfort in Ewigkeit und Ewigkeit.
Ach, ihr Armen, kennt ihr denn die Herrlichkeit, und kennt ihr denn die Tücke des menschlichen Herzens?

Fruchtstück

Manches Jahr war seit dem Obigen verflossen, allein es liegt nichts davon vor. – Welch ein Glühen, welch ein Kämpfen zwischen beiden war, wer weiß es? Nur ein ganz kleines Bild aus späterer Zeit ist noch da, welches ich gerne gebe.
Vor einigen Jahren war ich in Paris und hörte einmal zufällig beim Restaurateur einem heftigen Streite zu, der sich über den Vorzug zweier Bilder erhob, die eben auf der Ausstellung waren. Wie es zu gehen pflegt, einer pries das erste, der andere das zweite, aber darin waren alle einig, daß die neue Zeit nichts dem Ähnliches gesehen habe, und was die ganze Welt nur noch mehr reizte, war, daß kein Mensch wußte, von wem die Bilder seien.
»Ich kenne den Künstler«, rief ein langer Herr, »es ist derselbe blasse Mann, der vorigen Sommer so oft auf dem Turme von Notre-Dame war und soviel schwieg. Er soll jetzt in Südamerika sein.«
»Das Bild ist von Mousard«, sagte ein anderer, »er will nur die Welt äffen.«
»Ja, das malt einmal Mousard«, schrie ein dritter, »die

Gemälde sind darum mit einem falschen Namen versehen, sage ich, weil sie von einer hohen Hand sind.«
Einige lachten, andere schrien, und so ging es fort, ich aber begab mich vom Restaurateur auf den Salon, um diese gepriesenen Stücke zu sehen. Ich fand sie leicht, und in der Tat, sie machten mich eben so betroffen wie die andern, die neben mir standen. Es waren zwei Mondbilder – nein, keine Mondbilder, sondern wirkliche Mondnächte, aber so dichterisch, so gehaucht, so trunken, wie ich nie solche gesehen. Immer stand eine gedrängte Gruppe davor, und es war merkwürdig, wie selbst dem Munde der untersten Klassen ein Ruf des Entzückens entfuhr, wenn sie dieselben erblickten und von dieser Natur getroffen wurden. Das erste war eine große Stadt von oben gesehen, mit einem Gewimmel von Häusern, Türmen, Kathedralen, im Mondlichte schwimmend – das zweite eine Flußpartie in einer schwülen, elektrischen, wolkigen Sommermondnacht.
»Gustav R … aus Deutschland«, stand im Kataloge, und man kann denken, welche Reihe von Erinnerungen plötzlich in mir aufzuckten, als ich »Gustav« las – ich kannte nun den Künstler sehr wohl. – Also auf diese Weise, dachte ich, ist dein Herz in Erfüllung gegangen und hat sich deine Liebe entfaltet! Armer, getäuschter Mann! – Auch das werden unsere Leser verstehen, was sich damals ganz Paris als eine Seltsamkeit und Künstlerlaune erzählte, daß nämlich auf jedem Bilde eine Katze vorkomme – der ehrliche gute Hinze.
Ich blieb fast bis zum Schlusse und sah nun auch die andern Bilder an. Als ich auf meinem Rückwege durch die

Säle wieder an den zwei Gemälden vorüberkam, bemerkte ich, wie ein Galeriediener einer Dame, die davor stand, bedeutete, daß sie gehen müsse, weil geschlossen werde. Die Dame zögerte noch einen Moment, dann löste sie ihr Auge von den Gemälden und wandte sich zum Gehen – nie wurde ich von zwei schöneren Augen getroffen – sie ließ den Schleier überfallen und ging davon. Ich konnte damals nicht ahnen, wer sie war, und erst heute nach einer Reihe von Jahren vermag ich zu berichten, daß die Dame nach jenem Besuche in dem Salon nach ihrem Hause in der Straße St. Honoré fuhr, daß sie dort in ihrem Schlafgemache die Fenstervorhänge niederließ, die Hände über ihrem Haupte zusammenschlug und dann ihr Angesicht tief in die Kissen des Sofas drückte. Wie zuckte in ihrem Gehirne all das leise Flimmern und Leuchten dieser unschuldigen keuschen Bilder gleichsam leise, leise Vorwürfe einer Seele, die da schweigt, aber mit Lichtstrahlen redet, die tiefer dringen, die immer da sind, immer leuchten, und nie verklingen, wie der Ton.

Paris wußte es nicht, als jenes Tages seine gefeiertste Schönheit in keinem der Zirkel erschien, die Schönheit, welche tausend Herzen entzündete und mit Tausenden spielte – Paris wußte es nicht, daß sie zu Hause in ihrem verdunkelten Zimmer sitze und hilflos siedende Tränen über ihre Wangen rollen lasse, Tränen, die ihr fast das lechzende Herz zerdrücken wollten; – aber es war vergebens, vergebens! Gelassen und kalt stand die Macht des Geschehenen vor ihrer Seele und war nie und nimmermehr zu beugen – und fern, fern von ihr in den Urgebirgen der Kordilleren wandelte ein unbekannter, starker, verachtender Mensch, um dort neue Himmel für sein wallendes, schaffendes, dürstendes, schuldlos gebliebenes Herz zu suchen.

Der Hochwald

Waldburg

An der Mitternachtseite des Ländchens Österreich zieht ein Wald an die dreißig Meilen lang seinen Dämmerstreifen westwärts, beginnend an den Quellen des Flusses Thaya und fortstrebend bis zu jenem Grenzknoten, wo das böhmische Land mit Österreich und Bayern zusammenstößt. Dort, wie oft die Nadeln bei Kristallbildungen, schoß ein Gewimmel mächtiger Joche und Rücken gegeneinander und schob einen derben Gebirgsstock empor, der nun von drei Landen weithin sein Waldesblau zeigt und ihnen allerseits wogiges Hügelland und strömende Bäche absendet. Er beugt, wie seinesgleichen öfter, den Lauf der Bergeslinie ab, und sie geht dann mitternachtwärts viele Tagereisen weiter.

Der Ort dieser Waldesschwenkung nun, vergleichbar einer abgeschiednen Meeresbucht, ist es, in dessen Revieren sich das begab, was wir uns vorgenommen zu erzählen. Vorerst wollen wir es kurz versuchen, die zwei Punkte jener düster-prächtigen Waldesbogen dem geneigten Leser vor die Augen zu führen, wo die Personen dieser Geschichte lebten und handelten, ehe wir ihn zu ihnen selber geleiten. Möchte es uns gelingen, nur zum tausendsten Teile jenes schwermütig schöne Bild dieser Waldtale wiederzugeben, wie wir es selbst im Herzen tragen seit der Zeit, als es uns gegönnt war, dort zu wandeln und einen Teil jenes Doppeltraumes dort zu träumen, den der Himmel jedem Menschen einmal und gewöhnlich vereint gibt, den Traum der Jugend und den der ersten Liebe. Er ist es, der eines Tages aus den tausend Herzen eines hervorhebt und es als unser Eigentum für alle Zukunft als einzigstes und schönstes in unsere Seele prägt, und dazu die Fluren, wo es wandelte, als ewig schwebende Gärten in die dunkle, warme Zauberphantasie hängt!

Wenn sich der Wanderer von der alten Stadt und dem Schlosse Krumau, dieser grauen Witwe der verblichenen Rosenberger, westwärts wendet, so wird ihm zwischen unscheinbaren Hügeln bald hier bald da ein Stück Dämmerblau hereinscheinen, Gruß und Zeichen von draußen ziehendem Gebirgslande, bis er endlich nach Ersteigung eines Kammes nicht wieder einen andern vor sich sieht, wie den ganzen Vormittag, sondern mit eins die ganze blaue Wand, von Süd nach Norden streichend, einsam und traurig. Sie schneidet einfärbig mit breitem, lotrechtem Bande den Abendhimmel und schließt ein Tal, aus dem ihn wieder die Wasser der Moldau anglänzen, die er in Krumau verließ; nur sind sie hier noch jugendlicher und näher ihrem Ursprunge. Im Tale, das weit und fruchtbar ist, sind Dörfer herumgestreuet, und mitten unter ihnen steht der kleine Flecken Oberplan. Die Wand ist obgenannter Waldesdamm, wie er eben nordwärts beugt, und daher unser vorzüglichstes Augenmerk. Der eigentliche Punkt aber ist ein See, den sie ungefähr im zweiten Drittel ihrer Höhe trägt.

Dichte Waldbestände der eintönigen Fichte und Föhre führen stundenlang vorerst aus dem Moldautale empor, dann folgt, dem Seebache sacht entgegensteigend, offenes Land; aber es ist eine wilde Lagerung zerrissener Gründe, aus nichts bestehend als tiefschwarzer Erde, dem dunklen Totenbette tausendjähriger Vegetation, worauf viele einzelne Granitkugeln liegen, wie bleiche Schädel von ihrer Unterlage sich abhebend, da sie vom Regen bloßgelegt, gewaschen und rundgerieben sind. – Ferner liegt noch da und dort das weiße Gerippe eines gestürzten Baumes und angeschwemmte Klötze. Der Seebach führt braunes Eisenwasser, aber so klar, daß im Sonnenscheine der weiße Grundsand glitzert wie lauter rötlich heraufflimmernde Goldkörner. Keine Spur von Menschenhand, jungfräuliches Schweigen.

Ein dichter Anflug junger Fichten nimmt uns nach einer Stunde Wanderung auf, und von dem schwarzen Samte seines Grundes herausgetreten, steht man an der noch schwärzern Seesfläche.

Ein Gefühl der tiefsten Einsamkeit überkam mich jedesmal unbesieglich, sooft und -gern ich zu dem märchenhaften See hinaufstieg. Ein gespanntes Tuch ohne eine einzige Falte, liegt er weich zwischen dem harten Geklippe, gesäumt von einem dichten Fichtenbande, dunkel und ernst, daraus manch einzelner Urstamm den ästelosen Schaft emporstreckt, wie eine einzelne altertümliche Säule. Gegenüber diesem Waldbande steigt ein

Felsentheater lotrecht auf, wie eine graue Mauer, nach jeder Richtung denselben Ernst der Farbe breitend, nur geschnitten durch zarte Streifen grünen Mooses und sparsam bewachsen von Schwarzföhren, die aber von solcher Höhe so klein herabsehen wie Rosmarinkräutlein. Auch brechen sie häufig aus Mangel des Grundes los und stürzen in den See hinab; daher man, über ihn hinschauend, der jenseitigen Wand entlang in gräßlicher Verwirrung die alten, ausgebleichten Stämme liegen sieht, in traurigem, weißleuchtendem Verhack die dunklen Wasser säumend. Rechts treibt die Seewand einen mächtigen Granitgiebel empor, Blockenstein geheißen; links schweift sie sich in ein sanftes Dach herum, von hohem Tannenwald bestanden und mit einem grünen Tuche des feinsten Mooses überhüllet.
Da in diesem Becken buchstäblich nie ein Wind weht, so ruht das Wasser unbeweglich, und der Wald und die grauen Felsen und der Himmel schauen aus seiner Tiefe heraus wie aus einem ungeheuern schwarzen Glasspiegel. Über ihm steht ein Fleckchen der tiefen, eintönigen Himmelsbläue. Man kann hier tagelang weilen und sinnen, und kein Laut stört die durch das Gemüt sinkenden Gedanken als etwa der Fall einer Tannenfrucht oder der kurze Schrei eines Geiers.
Oft entstieg mir ein und derselbe Gedanke, wenn ich an diesen Gestaden saß: als sei es ein unheimlich Naturauge, das mich hier ansehe – tiefschwarz – überragt von der Stirne und Braue der Felsen, gesäumt von der Wimper dunkler Tannen – drin das Wasser regungslos, wie eine versteinerte Träne.

Rings um diesen See, vorzüglich gegen Bayern ab, liegen schwere Wälder, manche nie besuchte, einsame Talkrümme samt ihren Bächlein zwischen den breiten Rücken führend, manche Felsenwand schiebend mit den tausend an der Sonne glänzenden Flittern und manche Waldwiese dem Tagesglanze unterbreitend, einen schimmernden Versammlungssaal des mannigfachsten Wildes. Dieses ist der eine der zwei obbemerkten Punkte. Lasset uns nun zu dem andern übergehen. Es ist auch ein Wasser, aber ein freundliches, nämlich das leuchtende Band der Moldau, wie es sich darstellt von einem Höhepunkt desselben Waldzuges angesehen, aber etwa zehn Wegestunden weiter gegen Sonnenaufgang. Durch die duftblauen Waldrücken noch glänzender, liegt es geklemmt in den Talwindungen, weithin sichtbar, erst ein Lichtfaden, dann ein flatternd Band und endlich ein breiter Silbergürtel, um die Wölbung dunkler Waldesbusen geschlungen – dann, bevor sie neuerdings schwarze Tannen- und Föhrenwurzeln netzt, quillt sie auf Augenblicke in ein lichtes Tal hervor, das wie ein zärtlich Auge aufgeschlagen ist in dem ringsum trauernden Waldesdunkel. – Das Tal trägt dem wandernden Waldwasser gastliche Felder entgegen und grüne Wiesen, und auf einer derselben, wie auf einem Sammetkissen, einen kleinen Ort mit dem schönen Namen Friedberg. – Von da, nach kurzem Glanze, schießt das Wellensilber wieder in die Schatten erst des Jesuiterwaldes, dann des Kienberges und wird endlich durch die Schlucht der Teufelsmauer verschlungen.
Der Punkt, von dem aus man fast so weit, als es hier be-

schrieben, den Lauf dieser Waldestochter übersehen kann, ist eine zerfallene Ritterburg, von dem Tale aus wie ein luftblauer Würfel anzusehen, der am obersten Rande eines breiten Waldbandes schwebet. Friedbergs Fenster sehen gegen Südwesten auf die Ruine, und dessen Bewohner nennen sie den Thomasgipfel oder Thomasturm oder schlechthin St. Thoma und sagen, es sei ein uraltes Herrenschloß, auf dem einst grausame Ritter wohnten, weshalb es jetzt verzaubert sei und in tausend Jahren nicht zusammenfallen könne, ob auch Wetter und Sonnenschein daran arbeite.
Oft saß ich in vergangenen Tagen in dem alten Mauerwerke, ein liebgewordenes Buch lesend oder bloß den lieben aufkeimenden Jugendgefühlen horchend, durch die ausgebröckelten Fenster zum blauen Himmel schauend oder die goldnen Tierchen betrachtend, die neben mir in den Halmen liefen, oder statt all dessen bloß müßig und sanft den stummen Sonnenschein empfindend, der sich auf Mauern und Steine legte – – oft und gern verweilte ich dort, selbst als ich das Schicksal derer noch nicht kannte, die zuletzt diese wehmütige Stätte bewohnten.
Ein grauer viereckiger Turm steht auf grünem Weidegrunde, von schweigendem, zerfallenem Außenwerke umgeben, tausend Gräser und schöne Waldblumen und weiße Steine im Hofraume hegend und von außen umringt mit vielen Platten, Knollen, Blöcken und andern wunderlichen Granitformen, die ausgesäet auf dem Rasen herumliegen. Keine Stube, kein Gemach ist mehr in wohnbarem Zustande, nur seine Mauern, jedes Mörtels und Anwurfes entkleidet, stehen zu dem reinen Himmel

empor und tragen hoch oben manche einsame Tür oder einen unzugänglichen Söller, nebst einer Fensterreihe, die jetzt in keinem Abendrot mehr glänzen, sondern eine Wildnis schöner Waldkräuter in ihren Simsen tragen. – Keine Waffen hängen an den Mauerbögen als die hundert goldenen Pfeile der schief einfallenden Sonnenstrahlen; keine Juwelen glänzen aus der Schmucknische als die schwarzen befreundeten Äuglein eines brütenden Rotkehlchens; kein Tragebalken führt vom Mauerrande sein Dach empor als manch ein Fichtenbäumchen, das hoch am Saume im Dunkelblau sein grünes Leben zu beginnen sucht. – Keller, Gänge, Stuben – alles Berge von Schutt, gesucht und geliebt von mancher dunkeläugigen Blume. Einer der Schutthügel reicht von innen bis gegen das Fenster des zweiten Stockwerks empor. Dem, der ihn erklimmt, wird ein Anblick, der, obwohl im geraden Gegensatze mit den Trauerdenkmalen ringsum, dennoch augenblicklich fühlen läßt, daß eben er die Vollendungslinie um das beginnende Empfinden lege, nämlich: über alle Wipfel der dunklen Tannen hin ergießt sich dir nach jeder Richtung eine unermeßne Aussicht, strömend in deine Augen und sie fast mit Glanz erdrückend. – Dein staunender und verwirrter Blick ergeht sich über viele, viele grüne Bergesgipfel, in webendem Sonnendufte schwebend, und gerät dann hinter ihnen in einen blauen Schleierstreifen – es ist das gesegnete Land jenseits der Donau mit seinen Getreidehängen und Obstwäldern –, bis der Blick endlich auf jenen ungeheuren Halbmond trifft, der den Gesichtskreis einfasset: die Norischen Alpen. – Der große Briel glänzt an heitern Tagen, wie eine lichte Flocke am Himmelsblaue hängend, der Traunstein zeichnet eine blasse Wolkenkontur in den Kristall des Firmaments. – Der Hauch der ganzen Alpenkette zieht wie ein luftiger Feengürtel um den Himmel, bis er hinausgeht in zarte, kaum sichtbare Lichtschleier, drinnen weiße Punkte zittern, wahrscheinlich die Schneeberge der ferneren Züge.

Dann wende den Blick auch nordwärts; da ruhen die breiten Waldesrücken und steigen lieblich, schwarzblau dämmernd, ab gegen den Silberblick der Moldau; – westlich blauer Forst an Forst in angenehmer Färbung, und manche zarte, schöne, blaue Rauchsäule steigt fern aus ihm zu dem heitern Himmel auf. Es wohnet unsäglich viel Liebes und Wehmütiges in diesem Anblicke.

Und nun, lieber Wanderer, wenn du dich satt gesehen hast, so gehe jetzt mit mir zwei Jahrhunderte zurück, denke weg aus dem Gemäuer die blauen Glocken und die Maßlieben und den Löwenzahn und die andern tausend Kräuter; streue dafür weißen Sand bis an die Vormauer, setze ein tüchtig Buchentor in den Eingang und ein sturmgerechtes Dach auf den Turm, spiegelnde Fenster in die Mauern, teile die Gemächer und ziere sie mit all dem lieben Hausrat und Flitter der Wohnlichkeit – dann, wenn alles ist wie in den Tagen des Glückes, blank, wie aus dem Gusse des Goldschmiedes kommend – – dann geh mit mir die mittlere Treppe hinauf in das erste Stockwerk, die Türen fliegen auf – – – Gefällt dir das holde Paar?

Es sind die Töchter Heinrichs des Wittinghausers, in dessen Wohnung du dich befindest – Wittinghausen hieß vorzeiten das Schloß, ehe es von einem in der Nähe er-

bauten und nun ebenfalls verfallenden Kirchlein den Namen St. Thoma erhielt.
Die jüngere sitzt am Fenster und stickt, und obwohl es noch früh am Morgen ist, so ist sie doch schon völlig angekleidet, und zwar mit einem mattblauen Kleide nach der so malerischen Art, wie wir sie noch hie und da auf Gemälden aus der Zeit des Dreißigjährigen Krieges sehen. Alles ist nett. Ärmel und Mieder schließen reinlich, jede Falte der Schleppe liegt bewußtvoll, jede Schleife sitzt wohlberechtigt, und jede Puffe gilt, und über dem Ganzen des Trachtenbaues schwebt als Giebel ein schönes Köpfchen, über und über blondlockig, und schaut fast wunderselig jung aus der altväterischen Kleiderwolke. Man sieht es offenbar, sie hat hohe Freude an ihrem Anzuge und hat ihn auch deswegen schon ganz und gar an. Zu den blonden Locken stehen seltsam die dunkelbraunen, fast schwarzen Augen, wenn sie mit ihnen gelegentlich erschrocken oder neugierig emporleuchtet – aber dann liegen sie so rein und rund in ihrem Rahmen, daß man sieht, wie die junge Seele, unberührt von Schmerz und Leidenschaft, noch so arglos zutäppisch durch ihre Fensterlein herausschaut, weil die Welt gar so groß und prächtig ist. Den Locken nach ist sie älter als achtzehn, den Augen nach jünger als vierzehn Jahre. Vielleicht steht sie mitten.
Die ältere ist noch nicht angezogen. Sie sitzt in einem weißen Nachtkleide auf einer Art von Ruhebett, auf dem sie viele Papiere und Pergamentrollen ausgebreitet hat, in denen sie herumsucht. Eine Fülle äußerst schwarzer Haare ist aufgelöst und schneidet in breitem, niederge-

hendem Strome den faltenreichen Schnee des Nachtgewandes. Das Gesicht ist fein und geistreich, nur etwas blaß, daher die Augen desto dunkler daraus vorleuchten, da sie den Haaren entsprechend sind, tiefschwarz und fast noch größer als die braunen der Schwester.

Das Zimmer ist das Wohn- und Schlafgemach der Mädchen; denn in seiner Tiefe stehen die zwei aus Eichenholz geschnitzten Bettgestelle, jedes überwölbt mit einem seidenen Baldachin und umlegt mit blühenden Teppichen; Sessel und Schemel stehen verschoben, als eben gebraucht und zum Teil bedeckt mit Stücken weißen Nachtzeuges. Die Betschemel stehen jeder in einer andern Fensterbrüstung, daß sich die betenden Schwestern nicht sehen können; denn die Andacht ist verschämt wie die Liebe. Auf dem Putztische ist nur ein hoher, schmaler Spiegel und echte Schmuckstücke. Es ist noch sehr früh am Morgen, wie die langen Schatten und die Silberblitze an den taufeuchten Tannen draußen zeigen. Der Tag ist ganz heiter, die Alpenkrone liegt in den zwei Fenstern wie in einem Rahmen, und ein glänzender Spiegel spannt sich darüber weg.

Die am Fenster stickt emsig fort und sieht nur manchmal auf die Schwester. Diese hat mit einmal ihr Suchen eingestellt und ihre Harfe ergriffen, aus der schon seit länger einzelne Töne wie träumend fallen, die nicht zusammenhängen oder Inselspitzen einer untergesunkenen Melodie sind.

Plötzlich sagte die jüngere: »Siehe, Clarissa, wenn du auch die Melodie verbergen willst, ich kenne doch das Lied, das du schon wieder singen möchtest. –«

Die Angeredete, ohne zu antworten, sang mit leiser Stimme die zwei Verse:

> »Da lagen weiße Gebeine,
> die goldne Kron dabei.«

Dann ließ sie ab vom Spiele, und ohne die Harfe wegzustellen, sah sie durch die Saiten in das unschuldige Angesicht der Schwester.

Diese erwiderte mit den guten, runden Augen den Blick und sagte dann fast schüchtern: »Ich weiß nicht, das Lied ist mir so unheimlich, es ahnt einen Unglückliches an – und der Inhalt ist so schauerlich – – auch weißt du ja, daß es der Vater nicht gern höret, daß du gerade dieses Lied singest – –«

»Sieh, und dennoch hat es einer gedichtet, der sehr sanft und gut war«, fiel die ältere Schwester ein.

»So hätte er gleich lieber ein sanfteres und freundlicheres dichten können«, erwiderte die jüngere, »denn ein Lied muß gut und hold sein, daß man es liebet und nicht fürchtet wie dieses.« Clarissa sah bei diesen Worten mit einer so gütigen Zärtlichkeit auf die Schwester, fast wie eine Mutter, und sagte: »O du gutes Ding, du treuherziges, wie bist du noch gar so jung! – – – Jene Furcht, jenes Schauern ist ja eben der Abgrund unseres Gewissens und versöhnt zuletzt zu gedoppelter Güte.«

»Nein, nein«, antwortete die andere, »ich bin lieber gleich vom Anfange gut. Ein Lied muß bei mir lieb und hell sein wie der heutige Tag, kein Wölkchen, so weit du schauen magst, lauter Blau und lauter Blau, das reinste und freundlichste Blau. Deine Melodien sind jetzt immer wie

Nebel und Wolken oder gar wie Mondschein, der wohl auch schön ist, aber bei dem man sich fürchtet.«

»O die vielgeliebten, schwebenden, webenden Wolken«, entgegnete Clarissa, »wie sie aufblühen in der Öde des Himmels, um die Berge glänzen und träumen, schimmernde Paläste bauen, massenweise sich sonnen und abends so liebrot entbrennen wie schlafmüde Kinder! – – – O Johanna, liebes Mädchen, wie bist du noch dein eigner Himmel, tief und schön und kühl! Aber es werden in ihm Düfte emporsteigen – der Mensch gibt ihnen den Mißnamen Leidenschaft –, du wirst wähnen, sie seien wonnevoll erschienen, Engel wirst du sie heißen, die sich in der Bläue wiegen – aber gerade aus ihnen kommen dann die heißen Blitze und die warmen Regen, deine Tränen – und doch auch wieder aus diesen Tränen baut sich jener Verheißungsbogen, der so schön schimmert und den man nie erreichen kann – – – der Mondschein ist dann hold und unsre Melodien weich. – – Kind, es gibt Freuden auf der Welt, von einer Überschwenglichkeit, daß sie unser Herz zerbrechen könnten – – und Leiden von einer Innigkeit – – – o sie sind so innig!! –«

Johanna stand schnell auf, ging zu ihrer Schwester und küßte sie unsäglich zärtlich auf den Mund, indem sie beide Arme um ihren Hals schlang und sagte: »So bist du, ich weiß es; dein Herz tut dir weh, liebe Schwester; aber denke, der Vater liebt dich, der Bruder, ich und gewiß alle Menschen, weil du so gut bist wie sonst gar kein Mensch; aber sprich nicht so – singe lieber, singe alles, selbst das von dem König. Ich weiß, daß du heute schon seit dem Aufstehen daran dachtest.«

Clarissa küßte sie zweimal recht innig entgegen auf die Kinderlippen, an deren unbewußter, schwellender Schönheit sie wie ein Liebender Freude hatte, und sagte dann lächelnd: »Schaffe dir keine Sorgen, liebes Herz, ich werde fleißig mit dir arbeiten, daß unser Vater Vergnügen an den schönen Blumen habe, die unter deinen Händen erwachsen.« Sie setzte sich an die entgegengesetzte Seite des Stickrahmens, und während Johanna an den Blumen arbeitete, begnügte sie sich, den Grund auszufüllen. Sie sprachen noch vielerlei, dann schwiegen sie – dann sprachen sie wieder, aber immer blieb als Grundton die Innigkeit zweier herzlieben Geschwister, wobei jedoch die ältere eine Art sanfter Vormundschaft ausübte. Die Kleine hatte etwas auf dem Herzen, so schien es; denn sie holte schon einige Male aus – aber jetzt nahm sie sich einen Anlauf und brachte einen kühnen Wildschützen daher, von dem sie gehört habe, daß er die westlichen Wälder zu seiner Wohnung erkoren, die damals ungleich größer waren als jetzt. Es seien von ihm die sonderbarsten Gerüchte im Umlaufe. Sie erzählte, daß sie gestern gehört habe, daß er mit keiner andern Kugel als einer geweihten erschossen werden könne und daß er in der Nacht mit Männern Unterredungen habe, die gar nicht von Fleisch und Blut sind.
Clarissa widersprach diesem und meinte, derlei dichte der Aberglaube dazu, wahrscheinlich gäbe es gar nicht einmal einen solchen Mann, da sich das Volk nur so gern in schaurigen Berichten gefalle.
»Wohl, wohl gibt es einen solchen«, fiel Johanna eifrig ein.

»Und wenn auch«, antwortete Clarissa, »so ist er gewiß nicht das, wofür man ihn hält.«
»O vielleicht ist er etwas noch viel Argeres – weißt du von jenem unglücklichen Müller in Spitzenberg – den hat er erschossen.«
»Rede doch nicht so freventlich nach, was nicht erwiesen ist. Jener Müller ließ sich zu Kundschaft in dem schwedischen Heere gebrauchen, deshalb ist er erschossen worden.«
»Ja, so hat man vermutet, aber niemand kann es erweisen – und daß ich es dir nur gestehe – ich habe gestern abends zugehört, als der Jägerbursche, der dem Vater den Brief vom Ritter brachte, in der Gesindestube von diesem Manne erzählte. Er ist groß und stark wie ein Baum, trägt einen wilden Bart und geht Tagereisen weit mit seiner langen Flinte durch die Wälder. Von den Menschen, die hier im flachen Lande wohnen, haben ihn noch wenige gesehen, aber der Jägerbursche sah ihn schon so nahe wie ich dich – und er und kein anderer hat den Mord verübt. Man fand den Müller im Parkfriedergehölze beim Muttergottesbild, wo sich die Wege teilen, und keine einzige Wunde an seinem Leibe als das Loch der kleinen Kugel durch die Schläfe, und kein Mensch als nur dieser Wildschütze gebraucht so kleine Kugeln. Dann sagte er noch etwas, das aber zu gottlos ist, als daß es wahr sein könnte.«
»Nun?«
»Daß dieser Mann sein Gewehr nur losschießen dürfe, und er treffe doch immer den, den er sich denke.«
»Wie magst du nur solchen Reden zuhören«, sagte Cla-

rissa sehr ernst, »das ist blinder, leerer Frevel. Wie könnte denn Gott, der allmächtige Herr des Weltalls, solche böse Wunder zulassen, wenn er wollte, daß wir noch fürder seinen Einrichtungen trauen sollten, wie es ja doch unsre Pflicht und unsre Freude ist.«

»Ich habe es ja auch nicht geglaubt«, sagte Johanna treuherzig; »aber da ich zuhörte und sah, wie unsere Mägde fast erbleichten, so schauderte es mich auch, und trotzdem, daß ich gehen wollte, horchte ich doch wieder auf seine Worte hin. Er hat alles so lebendig beschrieben, auch die Wälder alle dort oben, unermeßlich und undurchdringlich, so daß unsre nur Gärten dagegen sind. Ein schöner, schwarzer Zaubersee soll in ihrer Mitte ruhen und wunderbare Felsen und wunderbare Bäume um ihn stehen und ein Hochwald ringsherum sein, in dem seit der Schöpfung noch keine Axt erklungen. Der Jäger sagte, daß er wohl bisher noch nicht so tief hineingedrungen sei, um zu dem Wasser zu gelangen, aber nächstens würde er es tun, und da trägt er auch einen geweihten silbernen Knopf bei sich, um den Wildschützen und Mörder niederzuschießen, sobald er ihn ansichtig wird; denn gegen Blei ist er fest.«

»Warum tat er es denn nicht schon«, fragte Clarissa, »da er ihn, wie du sagst, schon öfters sah? – Siehst du, du bist ein argloses Närrchen, und der Bursche ist ein prahlender Schalk, der euch gern schaudern machte, daß er als desto größerer Held erscheine. An deiner Stelle hätte ich gar nicht zugehört. Jener Mann ist wohl nur ein harmloser Schütze – oder es existiert ganz und gar kein solcher; denn alle, die je in jene Wadländer gerieten, fanden eine schöne Wildnis voll gesunder Blumen, Kräuter und herrlicher Bäume, die Wohnung unzähliger fremder Vögel und Tiere, aber nicht das mindeste Verdächtige.«

»Aber in den Glöckelbergen schwemmte der Bach erst neulich die Knochen eines Eberkopfes aus, in denen die kleine Kugel steckte.«

»Nun laß gehen«, sagte Clarissa lächelnd; »über dem Gewimmel deiner Wälder, Seen und Knochen und Jäger hat dir diese Rose ein häßlich Eck bekommen.«

Johanna, eben in dem Alter des größten Wucherns der Räuber- und Zauberphantasien, wollte nicht so leicht ablassen, jedoch Clarissa ließ sich nicht mehr hinlenken, und so kam das Gespräch auf die Stickerei, da Johanna die angegriffene Rose verteidigte, und wurde mit jener Folgerichtigkeit fortgeführt, die sie jetzt auf Tanz und Sterbefälle bringt, jetzt auf Kriegsrüstungen, Lavendel, Eingesottenes und Kometen. Wie des Blutes Welle aus dem Herzen hüpfet, springt das leichte Gedankenschwader mit, die Kinderzunge plaudert sie heraus, das runde Auge schaut uns groß und freundlich an – und unser Herz muß sie mehr lieben als alle Weisheit der Weisen. So über alle Maßen kostbar ist das reine Werk des Schöpfers, die Menschenseele, daß sie, noch unbefleckt und ahnungslos des Argen, das es umschwebt, uns unsäglich heiliger ist als jede mit größter Kraft sich abgezwungene Besserung; denn nimmermehr tilgt ein solcher aus seinem Antlitz unsern Schmerz über die einstige Zerstörung – und die Kraft, die er anwendet, sein Böses zu besiegen, zeigt uns fast drohend, wie gern er es beginge; wir bewundern ihn, aber mit der natürlichen Liebe quillt das

Herz nur dem entgegen, in dem kein Arges existiert. Daher sagte vor zweitausend Jahren jener Eine: »Wehe dem, der eines dieser Kleinen ärgert!« Und wenn wir so die zwei schönen Angesichte gegenübersehen, ihre Worte hören, jedes ein durchsichtiger Demant, gefaßt in das Silberklar der Blicke, so deucht uns das einfache Gemach, obgleich umlegt mit Geräten täglichen Gebrauches, dennoch geweiht und rein wie eine Kirche.

Die Sonne hatte sich allbereits über den Wald geschwungen, der Vormittag glänzte und funkelte über den schweigenden Wipfeln, und ein lichter Sonnenstreifen begann sich gemach über die Stickerei zu legen – siehe, da pochte es draußen ehrbar leise an der Tür, Einlaß heischend. Johanna sprang auf und öffnete eilig den noch vorgeschobenen Riegel. Es trat sofort ein Mann herein, freundlich Willkommen bringend – der Vater der Mädchen, der in ihr Morgengemach so bescheiden und ehrfürchtig eintrat wie ein Fremder. Er war damals schon hoch in den Jahren, aber ein wunderschöner Greis, eine Gestalt, als träte sie aus einem Rahmen van Dycks – in schwarzen Samt gekleidet, hoch und stattlich, weißen Haupthaares und eines Bartes, der glänzend auf die schöne, breite Greisenbrust herniederwallte – ein Auge, stark gewölbt und sprechend, unter einer felsigen, gefurchten Stirne – so hob sich die Erscheinung fast in jene Zeit der Seher und Propheten hinüber, eine Ruine gewaltiger Männerkraft und Männergröße, eine Ruine, jetzt nur noch beschienen von der milden Abendsonne der Güte, wie ein stummer Nachsommer nach schweren, lärmenden Gewittern – wie der müde Vollmond auf den Garben des Erntefeldes – – die stille, milde, tiefe Güte. Er war eine der wenigen damals noch sichtbaren Figuren des abgeblühten Rittertums, so unpassend für seine Mitwelt wie eine Zeitlose auf der plattgeschornen Herbstwiese, da die andern Blumen alle längst in die Scheunen gesammelt sind.

Beide Kinder hängen an seinen Augen. Er heißt sie fortsticken – und da sie es tun, weilt sein Blick ungesehen auf ihnen mit Ernst und Liebe. Er besieht die Arbeit und lobt sie, fragt dieses und jenes und weiß immer eine Antwort, die wie Öl in ihre Herzen fließet.

Da die Mutter der Mädchen schon vor zehn Jahren gestorben war, so war es um so rührender, den alten Mann unter den mutterlosen Töchtern zu sehen – es ist eine Art von Zartheit darinnen, wie er mit ihnen umgeht, um ihnen das verlorene Mutterherz zu ersetzen. Vorzugsweise beschäftigt er sich mit der jüngeren, als sei sie es noch am bedürftigsten.

Nachdem er sie befragt, ob sie in ihrem kleinen Haushalte etwas benötigten, ob keine Farbe der Stickerei auszugehen drohe, ob ihre Kleider und Stoffe in gutem und prunkendem Stande seien, ob keine Magd oder Zofe etwas verschuldet oder ob sie sonst nichts vermißten oder wünschten – und als er auf all dies lauter »Nein« oder lauter »Guter, lieber Vater« zur Antwort erhielt, so lächelte er und sagte, er habe gleichwohl die schönsten und seltensten Dinge aus der Stadt Augsburg zum Ansehen und Aussuchen verschrieben und wie er der festen Hoffnung sei, daß sie binnen jetzt und acht Tagen dasein müssen und daß er Ehre und Freude damit einlegen werde. Sie mögen sich bis dahin nur recht mit Wünschen und Vorspiegelungen rüsten, was not täte und was man vielleicht, wäre es dabei, wählen würde und was nicht. Ferner, als ob er ein Bitteres und Ungewünschtes vor seinem eigenen Herzen noch hinausschieben möchte, ging er in all ihre Kleinigkeiten ein und nahm ernsthaften Anteil – – an Johannens Hühnern, an ihrem Rehe und Schwarzkehlchen, an ihren Fensterblumen – an Clarissens Harfe und Zeichenbüchern, an Briefen und am Befinden entfernter Freundinnen – und zuletzt tat er an Blondköpflein die Frage, ob sie wohl nie ihr Abendgebet verschlummere wie noch vor wenig Jahren, wo man sie oft vom Söller oder Gartenanger rotgeschlafen auflas und bei noch schimmernder Abendsonne mühselig entkleidete – und als er endlich gar beide mit Rührung fragte, ob sie denn auch allemal im Gebete der verstorbenen Mutter gedächten: so ahnte es ihnen wohl, daß er etwas auf dem Herzen trage, was er sich scheue, ihnen zu eröffnen; denn es war eine der holdesten Blüten an dem kraftvollen Greise, daß er, wie ganze und starke Menschen so oft, mit der Sorge des Vaters um seine Töchter auch fast eine Scheu vor ihnen darlegte wie ein Geliebter, und da ihre Verehrung und Hochachtung noch unbegrenzter war, so hingen ihre Augen wohl mit Ängstlichkeit an seinen Mienen, aber keine getraute sich zu fragen. Die Liebe, in jeder Gestalt, ist scheu wie die Tugend und die Ehrfurcht zaghafter als selbst die Furcht. Er verstand sie, wie sie ihn verstanden hatten.

Mit Sorgsamkeit, daß er es nicht zerknittere, nahm er ein

Stück eines gefalteten Weißzeuges von einem Sessel, rückte denselben näher an Fenster und Stickrahmen und setzte sich den Mädchen gegenüber, scheinbar noch immer, als täte er es der Behaglichkeit willen, weniger die Mädchen als vielmehr sich selbst mit einem Anscheine von Unbefangenheit täuschend.

»Ich glaube«, begann er, »ihr habt schon vernommen, daß der Ritter gestern von seinem Jagdausfluge zwar nicht selbst zurückgekommen, aber einen Boten mit einem Schreiben gesandt habe. Sie waren sehr glücklich, und eine ganze Fracht von Wild ist unterwegs; auch kann er nicht genug Lobes sagen, wie schön und still und wie abgeschlossen und unzugänglich jene Waldesgärten sind, in denen er nun schon über vier Wochen dem Jagdvergnügen obliegt. Es ist fast wehmütig zu lesen, wie schwer sie Abschied davon nehmen – er sagt: Kein Hauch, keine Ahnung von der Welt draußen dringt hinein, und wenn man sieht, wie die prachtvolle Ruhe Tagereisen weit immer dieselbe, immer ununterbrochen, immer freundlich in Laub und Zweigen hängt, daß das schwächste Gräschen ungestört gedeihen mag, so hat man schwere Mühe, daran zu glauben, daß in der Welt der Menschen schon die vielen Jahre her der Lärm des Krieges und der Zerstörung tobe, wo das kostbarste und kunstreichste Gewächs, das Menschenleben, mit ebensolcher Eil und Leichtfertigkeit zerstört wird, mit welcher Müh und Sorgfalt der Wald die kleinste seiner Blumen hegt und auferziehet. Denkt nur, einen schönen Felsenberg haben sie gefunden, der über den Wald emporragt, von wo aus man unser Schloß erblicken kann; sie meinen, von unserm roten Eckzimmer müssen wir denselben sehen können. Wir wollen heute noch in demselben das Sehrohr aufstellen und sehen, ob wir den Felsenstock entdecken können, der der Blockenstein heißt – oder wäre es nicht gar noch schöner, ehe der Winter kommt, geradewegs selber einen Spaziergang in jene anmutigen Wildnisse zu machen?«

Ein zu Tode erschrockener Blick schlug aus den Augen Johannas gegen den Vater empor und traf auf das freundlich fragende Vaterauge. Er stand auf und ging einige Male unruhig im Zimmer auf und nieder, dann vor sie tretend, die mit Angst jede seiner Bewegungen hütete, sagte er ernst und liebreich: »Johanna, liebes, furchtsames Reh – – und dennoch muß es sein, wir werden alle zusammen jene Wälder besuchen – – – antworte noch nicht; es tut not, Kinder, daß ich euch eröffne, was wir diesen Sommer fürgesorgt haben. Dieser Brief ist aus Rosenberg – hier einer aus Goldenkron – dieser von Prag – dieser aus Meißen und endlich einer aus Bayern. Ich habe euch stets mit Nachrichten aus den Kriegsfeldern verschont, daß euer Herz nicht mit Dingen beleidiget werde, die ihr lieber nicht wisset; aber ich habe ein Netz über alle Kriegsplätze gesponnen, daß ich stets Kenntnis der schwebenden Sache behielt und Voraussicht der künftigen – es geschah zu Frommen des Vaterlandes und zu eurem Schutze, wie es ja Gott zu meiner lieben väterlichen Pflicht gemacht. Man bereitet noch vor Winter eine Unternehmung gegen die obern Donauländer vor, deren rechter Flügel bestimmt ist, über unsere Berge zu gehen – diese Schweden kennen meinen Namen gar wohl

– und auch, wenn sie ihn nicht kennten, so ist aller Grund, zu glauben, daß sie unser Haus mitfegen werden, und die ersten Schneeflocken des künftigen Winters werden wahrscheinlich auf seine schwarzgebrannten Mauertrümmer fallen – mag es – das Haus werden wir wieder aufbauen, und für euch habe ich nach bester Meinung gesorgt. Wie ich es mit Geld und Geldeswert veranstaltet, werde ich später darlegen – jetzt, was wichtiger – von euch. Es liegt ein Platz im Hochwalde, ich kenne ihn längst, so einsam, so abseits alles menschlichen Verkehrs, daß kein Pfad, kein Fußtritt, keine Spur davon erspählich ist, überdem unzugänglich an allen Seiten, außer einer, die zu verwahren ist – sonst aber wundersam lieblich und anmutsreich, gleichsam ein freundliches Lächeln der Wildnis, ein beruhigender Schutz- und Willkommensbrief. Auf diesem Platze steht ein Haus, das ich diesen Sommer zimmern ließ, allbereits schön und wohnlich für euch eingerichtet; denn dort werdet ihr wohnen, bis es hier wiederhergestellt und gefahrlos ist. Kein Mensch kennt dessen Dasein; denn die es zimmerten, sind mir dreifach verbunden: vorerst weil ich sie in Eid und Pflicht nahm, dann weil sie mir als Untertanen seit Jahren mit Liebe zugetan gewesen, und endlich, weil ich nur solche Leute wählte, die mir zufällig vor längerer Zeit schon ihre ganze Barschaft eingehändigt, daß ich sie als Aufbewahrtes neben meinem Eigentume schütze, bis die Kriegsgefahr vorüber. Diese werden sich wohl hüten, durch Verletzung ihres Eides mir Schaden zuzuwenden. Sie wurden alle über einen sehr steilen Felsenweg dahingeführt, der aber nun durch gesprengte Steine unzugänglich ist. Wir werden einen weitern Weg durch bisher unbetretenen Wald einschlagen, wo ich es viel bequemer vermute, da der Boden eben ist, und der Ritter meint, der Wald müsse dort sehr dünne sein, daß man sogar vielleicht reiten könne. Wo es sodann beschwerlicher wird, dort werden wir von einem Führer, der eines andern Weges von seiner Heimat herüberkommen wird, erwartet werden, und für euch wird eine Sänfte bereitet sein. Der Wald, wenn auch Urwald, ist so schön und traulich wie bei uns, und Menschen werdet ihr die ganze Zeit eures Aufenthaltes daselbst nicht sehen, außer die zu euch gehören. So habe ich gesorgt, und ich glaube, daß es gut sei. – – – Und nun, Kinder, redet.«

Beide, totenstill, sahen ihn an.

»Nun, Johanna«, sagte er lächelnd, »tut es dir so leid um deine Stube hier? Sieh, die dortige ist geradeso gebaut und so eingerichtet wie die – – Nun?«

Mit ordentlicher Mühe preßte sie schüchtern die Worte heraus: »Aber ein Mörder und Wildschütze ist dort.«

Der Vater zuckte unwillig auf bei diesen Worten, sagte aber dann sehr gelassen und fest: »Es ist keiner dort. Leid ist es mir aber sehr, äußerst unangenehm ist es mir, daß das widersinnige Gerücht auch in eure Stube Eingang gefunden. Es ist keiner dort, glaubt es mir; denn die drei ganzen Monate, die der Ritter abwesend war, hat er mit Felix den Wald weit und breit durchsucht und bei allen seinen Randwohnern und in allen Köhler-, Holzschläger- und Forsthütten um Grund oder Ungrund jener Gerüchte geforscht – es war überflüssige, aber zu unsrer eignen Beruhigung unternommene Vorsicht; kein Gedanke irgendeines solchen Mannes ist dort, selbst nicht die Sage von ihm, die nur müßig in unsrer Gegend schweifte – aber sehr unlieb ist es mir um euch, denn es wird unnötig eure Phantasie beschweren. Glaubst du denn, Johanna, du abtrünnig Mädchen, dein Vater werde dich zu Räubern und Mördern führen? Und wenn ein Wildschütze dort ist, so ist es ein schöner alter Mann, der zu eurer Bedienung gehören wird und den du bald so lieben wirst wie deinen eignen Vater. Seid wohlgemut, meine Kinder, ihr werdet von eurem neuen Wohnorte sehr traurig scheiden, und wenn wir euch verkünden werden, daß dieses Schloß wieder neu und blank herausgeputzt ist wie vorher nie, so wird wohl auch aus dem freudigen Auge ein Tränlein auf die holde Stelle fallen, von der ihr scheidet. Werfet das Unkraut getrost aus eurem Herzen und bedenket, daß in einem Monate hier die Kriegslager rauchen und Waffentosen und wüstes Handwerk statt der Harfenklänge in diesem Gemache schallen werden. Seid heiter und rüstet euch. In acht Tagen wollen wir den Weg antreten. Oder wüßtet ihr noch etwas gegen den Vorschlag?«

Sie wußten wohl beide nichts, aber wohlgemut waren sie auch nicht, sondern, wie immer, erkannten sie seine Absicht als gut und versprachen, in einigen Tagen zur Reise vollkommen vorbereitet zu sein. In dem schönen und heitern Morgenzimmer, schwimmend im sanften Glanze der Vormittagssonne, geweiht durch die Anwesenheit zweier Engel und angeschaut von der ruhigen Naturfeier draußen, war nunmehr mit einem Male ein düstrer Flor herniedergelassen, hinter dem drei beklommene Gesich-

ter standen: der Vater wegen der Mädchen, diese wegen der Sache, und wie auch jedes rang nach Unbefangenheit, so war sie eben deshalb ungewinnbar.
Demgemäß trat er an das Fenster und schaute emsig nach dem Wetter, damit nur die erste Befangenheit der Mädchen sich etwas lüften möge, und als sollte er die Himmelsschäfchen zählen, die eben vom Süd heraufzukommen begannen, so lange und sorglich sah er nach ihnen, die Hand ob den Augen haltend. Die Mädchen – es ist wunderbar, was für ein Zauber der Beruhigung in geliebten treuen Augen liegt – zwei Blicke waren es nur in die gegenseitige Güte derselben – – und Johannens Angst, eben noch riesig und unbesiegbar, war alle ganz und gar verflogen. Der Vater kam lächelnd von dem Fenster herüber und sagte, wenn sie heute den Waldfelsen und nebstbei auch die schöne, ferne anstrebende Waldmauer sehen wollten, in der, wie in einer Nische, ihr hölzern Waldschloß stehe, so müßte dies bald geschehen, und er werde auch deshalb das Sehrohr vorläufig im roten Zimmer aufstellen; denn, trügen nicht alle Zeichen, so käme gewiß heute noch ein Gewitter – er sah schelmisch nach Johanna, deren Lippen, schon wieder in allem Purpur prangend, ein leises Lächeln zu hegen und zu bergen suchten, das er gleichwohl sah und kannte. Es gehörte nämlich zu seinen Schwächen, Gewitter zu prophezeien, und wenn nach zehn ausgebliebenen eines eintraf, so überzeugte sich niemand fester von der Untrüglichkeit seiner Symptome als er selber. Ob er aber heute solche Symptome an dem spiegelreinen Himmel entdeckte oder sich in der Trefflichkeit seines Herzens nur

derlei vorgelogen, um Reiz zur Heiterkeit zu wecken – – wer könnte es entscheiden? – Genug, er war vergnügt, daß er die Pein der ersten Spannung aus den ihm lieben Angesichtern schwinden sah, und wohl wissend, daß, wenn er sie verlassen, er sie eben gegenseitig in die besten Hände gebe, schritt er heiter und scherzend der Tür zu; »Clarissa«, rief er, noch die Klinke in der Hand haltend, »du wirst wieder mit deinem Anzuge die Ewigkeit brauchen – übereil dich deshalb nicht – ich habe vorher noch ein Geschäft, und wenn ihr fertig seid, mögt ihr gelegentlich in die rote Stube kommen und es mir sagen lassen – aber eilt deshalb nicht.«

Und somit zog er die Tür hinter sich zu.

Einzige geliebte Menschen! Ob ihnen auch der Vater die Ewigkeit ihres Anziehens selbst in den Mund legte, als Gelegenheit, sich zu vertrauen und zu besprechen, so waren sie doch zu unschuldig, ihn zu verstehen, sondern sputeten sich maßlos, um nur irgendeinen Anzug zustande zu bringen, daß er nicht zu lange warten dürfe.

Nur ein einziges Mal hatten sich die Schwestern, als er fort war, umarmt und zwei, drei heiße Küsse auf die Lippen gedrückt als feste, kräftige, unzerreißbare Versicherungen und Siegel gegenseitigen Schutzes und Beisammenbleibens.

So wundergleich ist die Macht der Liebe, daß ihr Strahl, wenn er bei Gefahr und Not aus dem andern Auge bricht, sogleich eine eherne Mauer von Zuversicht um unser Herz erbauet, wenn er gleich aus den Augen eines zagen Mädchens kommt, das selber alles Schutzes bar und bedürftig ist.

Freudigkeit, Zutrauen, ja sogar Lustigkeit, Scherzen und Neugierde war aus jenen Küssen in die Herzen der Mädchen gekommen, und sie lachten, wenn sie in der übertriebenen Eile des Anziehens etwas verhasteten und abgeschmackt erzielten.
Sie eilten, da sie endlich fertig waren, in das rote Zimmer und trafen dort den jungen Jäger, dem der Freiherr eben eine Strafpredigt über sein gestriges Prahlen und Haselieren hielt – »jetzt geh«, schloß er, da er die Mädchen eintreten sah, »geh und trolle dich – – – nun, nun, Sebastian, bin ich denn so furchtbar«, rief er in sanfterem Tone dem Burschen nach, »daß du dich so eilig und linkisch fortsputest? Lasse dir unten einen Becher Wein geben oder meinetwegen zwei. Jetzt geh.«
Der Jäger ging, und der Vater wendete sich äußerst vergnügt an die Mädchen. »Ei, ei, ihr seid ja sehr bald fertig geworden; schau, wie schön – jetzt wollen wir das Rohr aufstellen und durchsehen.«
Und so geschah es.

Waldwanderung

Es sind noch heutzutage ausgebreitete Wälder und Forste um das Quellengebiet der Moldau, daß ein Bär keine Seltenheit ist und wohl auch noch Luchse getroffen werden: aber in der Zeit unserer Erzählung waren diese Wälder über alle jene bergigen Landstriche gedeckt, auf denen jetzt gereutet ist, und die Walddörfer stehen mit ihren kleingeteilten Feldern, weißen Kirchen, roten

Kreuzen und Gärtchen voll blühender Waldbüsche. Wohl acht bis zehn Wegestunden gingen sie damals in die Breite, ihre Länge beträgt heute noch viele Tagreisen. An dem Laufe eines frischen Waldwassers, das so klar wie flüssiges Glas unter naßgrünen Erlenbüschen hervorschießt, führt ein gewundenes Tal entlang, und in dem Tale geht heutzutage ein reinlicher Weg gegen das Holzdorf Hirschbergen, das seine malerischen hölzernen Waldhäuser zu beiden Seiten des Baches auf die Abhänge herumgestreut hat. Diese Abhänge prangen mit Matten der schönsten Bergkräuter und mit mancher Herde, deren Geläute mit einzelnen Klängen sanft emporschlägt zu der oben harrenden Stille der Wälder. Damals aber war weder Dorf noch Weg, sondern nur das Tal und der Bach, jedoch diese noch schöner, noch frischer, noch jungfräulicher als jetzt, besetzt mit hohen Bäumen der verschiedensten Art. In der einen Seite des Wassers standen sie so dünne, daß sich der grüne Rasen wie ein reines Tuch zwischen den Stämmen dahinzog, ein Teppich, weich genug selbst für den Fuß einer Königstochter. Aber kein Fuß, schien es, hat seit seinem Beginne diesen Boden berührt als etwa der leichte Tritt eines Rehes, wenn es zu dem Bache trinken kam oder sonst zwischen den Stämmen und Sonnenstrahlen lustwandeln ging. Heute aber war der Tag gekommen, wo die Heerschar der Gräser und Blümlein dieses Rasens, ungleich ihren tausendjährig stillen und einsamen Ahnherren, zum ersten Male etwas anderes sehen sollten als Laubgrün und Himmelsblau und etwas anderes hören als das Gemurmel der Wellen.

Klare, liebliche, silberhelle Menschenstimmen – Mädchenstimmen – drangen zwischen den Stämmen vor, unterbrochen von dem teilweisen Anschlage eines feinen Glöckleins. – – Gleichsam wie lauschend dem neuen Wunder hielt die Wildnis den Atem an, kein Zweig, kein Läubchen, kein Halm rührte sich – die Sonnenstrahlen traten ungehört auf das Gras und prägten grüngoldne Spuren – die Luft war unbeweglich, blank und dunkelblau – nur der Bach von seinem Gesetze gezwungen sprach unaufhörlich fort, flüchtig über den Schmelz seiner Kiesel schlüpfend wie über eine bunte Glasur. – Näher und näher klangen Stimmen und Glöcklein. – Plötzlich sprang eine Gestalt vor – elfig, wie einst Libussas Mutter, in schneeweißem Kleide saß sie auf schneeweißem Pferdlein, das so zartfüßig wie ein Reh kaum den Rasen eindrückend, halb hüpfend, halb spielend seine Last wie eine schwebende Feder zwischen den Stämmen hervortrug; zwei Demanten leuchteten voran, neugierig das fernere Geheimnis des Waldes suchend – Johannens Augen waren es, die heiter, glänzend, freudig vorausflogen, um die Schönheit des Tages und die ausnehmende Lieblichkeit des Plätzchens vorweg zu genießen – auch das Pferdchen, Luft gewinnend zwischen den hochschaftigen, weit stehenden Bäumen, spielte neckisch vorwärts, baumelnd und neigend mit Kopf und Hals, als wollte es zu eigener Freude recht oft das silberne Glöcklein erklingen lassen, das es an himmelblauem Bande um den Nacken trug. Hinter Johanna erschien nun auch Clarissa, auf einem ähnlich gezäumten Pferde, das aber hellbraun und ohne den kindischen

Schmuck des Glöckleins war. Sie trug ebenfalls ein weißes Kleid.
Auch der stattliche Ritter wurde sofort sichtbar, und ihm zur Seite ein schöner blonder Jüngling oder vielmehr fast noch ein Knabe, der oben angeführte Felix, der Bruder der Mädchen, beide zu Pferde, und endlich noch ein fünfter Reiter, ein hoher Mann mit sprechendem Antlitze, nachlässig edel sein Pferd zwischen den schlanken Waldsäulen vorwärts geleitend – und, wie es schien, in seine dunklen Augen nachdenklich einprägend die so schönen vor ihm schwebenden schuldlosen Gestalten.
Die Waldblumen horchten empor, das Eichhörnchen hielt auf seinem Buchenast inne, die Tagfalter schwebten seitwärts, als sie vordrangen, und die Zweiggewölbe warfen blitzende grüne Karfunkel und fliegende Schatten auf die weißen Gewänder, wie sie vorüberkamen; der Specht schoß in die Zweige, Stamm an Stamm trat rückwärts, bis nach und nach nur mehr weiße Stückchen zwischen dem grünen Gitter wankten – und endlich selbst die nicht mehr – aber auch der Reiter tauchte in die Tiefe des Waldes und verschwand, und wieder nur der glänzende Rasen, die lichtbetupften Stämme, die alte Stille und Einöde und der dareinredende Bach blieben zurück, nur die zerquetschten Kräutlein suchten sich aufzurichten, und der Rasen zeigte seine zarte Verwunderung. – Vorüber war der Zug – unser lieblich Waldplätzchen hatte die ersten Menschen gesehen.
Immer entlang dem Waldbache, aber seinen Wassern entgegen geht der Zug, sich vielfach windend und biegend, um den tiefer hängenden Ästen und dem dichteren

Stande der Bäume auszuweichen. – Sie betrachten und vergnügen sich an den mancherlei Gestaltungen des Waldes. Die vielzweigige Erle geht am Wasser hin, die leichte Buche mit den schönfarbigen Schaften, die feste Eiche, die schwanken Halme der Fichten stehen gesellig und plaudern bei gelegentlichen Windhauchen, die Espe rührt hiebei gleich alle ihre Blätter, daß ein Gezitter von Grün und Silber wird, das die Länge lang nicht auszutaumeln und auszuschwingen vermag – der alte Ahorn steht einsam und greift langarmig in die Luft – die Tannen wollen erhabne Säulengänge bilden, und die Büsche, Beeren und Ranken, gleichsam die Kinder, sind abseits und zurück in die Winkel gedrängt, daß mitten Raum bleibe für hohe Gäste. Und diese sind auch gekommen. Frei und fröhlich ziehen sie das Tal entlang.

Wer die Gesichter der Mädchen ansieht, wie sie doppelt rein und zart neben dem dunkeln Grunde des Waldlaubes dahinschweben, wie sie blühend und vergnügt aus dem wallenden weißen Schleier des Kopfschmuckes herausblicken – der hätte nicht gedacht, daß sie sich noch kürzlich so sehr vor diesen Wäldern fürchteten und scheuten. Johanna blieb fast immer an der Spitze; wie sie ihrer Natur gemäß sich vorher unmäßig fürchtete, so freute sie sich auch jetzt unmäßig – und von dem zarten Rot, das sie sich beim Abschiede vom Hause in die Augen geweint hatte, war keine Spur mehr sichtbar.

Die Pracht und Feier des Waldes mit allem Reichtume und aller Majestät drang in ihr Auge und legte sich an ihr kleines Herz, das so schnell in Angst, aber auch so schnell in Liebe überfloß – und jeder Schritt gab ihrer

Einbildungskraft neuen Stoff, war es nun ein seltsamer Strauch, mit fremden glühend-roten Beeren überschüttet, oder war es ein mächtiger Baum von ungeahnter Größe – oder die schönen buntfarbigen Schwämme, die sich an Stellen schoben und drängten, oder war es ein plötzlich um eine Ecke brechender Sonnenstrahl, der die Büsche vor ihr in seltsames grünes Feuer setzte und aus unsichtbaren Waldwässerchen silberne Funken lockte – oder war es endlich dieser oder jener Ton, der als Schmelz oder Klage, als Ruf oder Mahnung aus der Kehle eines Waldvogels tief aus den ferneren geahneten Waldschoßen drang. – Alles fiel in ein schon aufgeregtes empfangendes Gemüt. Clarissas edles Angesicht lag liebreich ruhevoll dem Himmel offen, der zwischen den Ästen festlich wallend sein Blau hereinhängen ließ und erquicklich seine Luft um ihre lieben, sich färbenden Wangen goß; wie ein schöner Gedanke Gottes senkte sich gemach die Weite des Waldes in ihre Seele, die dessen unbewußt in einem stillen und schönen und sanften Fühlen dahinwogte. Selbst der alte Freiherr empfand sich in der freien Luft wie gestählt und von einem frischen Hauche seiner Jugend angeweht.
So ritten sie alle vorwärts, und wenn auch die Bäume und Gesträuche oft stellenweise sich zusammendrängten und sich ihnen entgegenstellten, so fanden sie doch immer wieder einen Ausweg, der sie vorwärts geleitete, tiefer und tiefer in das Tal hinein, das die Wiege des ihnen begegnenden Baches war.
Der Vater, wo es die Stellen zuließen, ritt gerne an die Seite der Mädchen und sprach und kosete mancherlei

mit ihnen. Felix war bald vorne bei den Schwestern, bald hinten bei dem nachdenklichen Reiter.

Endlich wurde der Boden so ansteigend und der Waldbestand so dichte, daß das Weitervordringen immer beschwerlicher ward, bis sie zuletzt zu einem Felsen gelangten, der jede weitere Aussicht zu verstellen schien: Aber eben dieser Felsen war auch das glücklich erreichte Ziel, das sie vorderhand mit ihrer Wanderung anstrebten; auch war der Gegenstand, den sie hier antreffen sollten, bereits allen Augen sichtbar. Ein alter Mann saß in der Nachmittagssonne an dem glänzenden Gesteine und hatte den Kopf in seine Hände gestützt, als schlummere er oder denke nach. Zu seiner Seite lag ein Feuergewehr und ein langer Waldstock. Die Mädchen stutzten, und eine heftige Furcht schien Johannen zu fassen, obwohl sie wußte, daß man einen Führer erwarte. Bei dem Annähern der Reitergesellschaft, insbesondere der zögernden Mädchen, stand er auf und entblößte sein Haupt, indem er den breiten beschattenden Hut von demselben herabzog – schneeweiße Haare wallten den Blicken der Mädchen entgegen, zurückweichend von einer Stirne, die hoch und schön gewölbt, aber tiefbraun und von den Linien des Hochalters gefurcht war – zwei große, treuherzige Augen sahen zu ihnen hinauf, in ihrer Schwärze seltsam abstechend gegen die zwei schneeweißen Bogen, die sich über ihnen spannten. – Auf den harten Wangen lag Sonnenbrand, Alter und Gesundheit. Von aller Furcht erlöset, erwiderte Johanna zierlich seinen Gruß, und bei dem zweiten und dritten Blick mußte sie ihm schon gut sein – eine solche eherne Einfalt und

Güte prägte sich in der ganzen Gestalt aus, wie er dastand und sie alle mit den klugen Augen ansah.
Man war nach und nach abgestiegen, und der alte Freiherr trat auf den Erwartenden zu, schüttelte ihm die Hand, die der andere ohne Zögern dargereicht hatte, und sagte freudig: »Gott grüße dich, Gregor, Gott grüße dich tausendmal; so haben wir uns doch noch einmal in diesem Leben gesehen – aber, Knabe, alt sind wir geworden, seit wir in dem Jungwalde zum letzten Male miteinander jagten – alt, alt –«
Freilich waren sie alt geworden, das sahen die jungen Begleiter alle, die seitwärts standen und sämtlich ihre Blicke auf die zwei Greise hefteten. – Es war ein schöner Anblick, wie sie dastanden, beide so ungeheuer verschieden und beide doch so gleich. Der Freiherr, wie gewöhnlich, im schwarzsamtnen Kleide, der andere in dem gröbsten grauen Tuche; der Freiherr, obwohl gebräunten und gefurchten Antlitzes, doch fast mädchenhaft weiß gegen die dunkle Sonnenfarbe des andern, ein Stubenbewohner gegen den Genossen des Mittagsbrandes und des Sturmes; der eine ein Sohn der Waffen, die er einst geführt mit Grazie und Kraft, jetzt zum Danke von ihnen geschmückt; der andere ein Bruder des Felsens neben ihm. Siebzig Jahre sind Regen und Sonnenschein vergeblich auf beide gefallen, sie sind beide nur ein wenig verwittert – der eine mit dem Anstande der Säle, der andere mit dem der Natur; aber schön sind sie beide, und ehrwürdig beide, beide der Abglanz einer großgearteten Seele, und das Haarsilber liegt mit all der Unschuld des Alters auf ihrem Haupte.

»Ja«, erwiderte Gregor, »wir mögen wohl um eine Handvoll Jahre gealtert sein, Herr. – Eure braunen Haare sind seitdem auch alle ganz weiß geworden. Ich bin sehr erfreut, Euch noch einmal zu sehen, Ihr waret damals ein freundlicher, zugänglicher Herr.«

»Und du ein lustiger, goldtreuer Jäger. Siehe, das habe ich nie vergessen, und wie mir der Knabe da von dir erzählte, daß er dich in dem Walde gefunden und daß du ihn so liebhabest, so erfreute sich mein altes Herz darüber, und ich dachte, er wird wohl des Vaters nicht vergessen haben, und deshalb, Gregor, gebe ich dir meine Kinder in den Schutz – Gott gab mir den Gedanken, dich dazu auszuwählen, als alten wohlbekannten Freund und Kameraden. Siehe, diese zwei Mädchen sind mein; sie werden dir recht gut sein und die Hand und das Haupt ehren, so über ihnen wacht.«

Des alten Mannes Augen erglänzten, wie von einem melancholischen Strahle der Freude, als er dieses hörte, und seine Blicke wie zwei Adler gegen die Mädchen kehrend, sagte er: »Sie sind zwei schöne Waldblumen; es wäre schade, wenn sie verkämen.« – Und er konnte seine Augen ordentlich gar nicht zurückziehen, als ihm die sanften, glänzenden Blicke der zwei schönen Wesen vor ihm begegneten.

»Tritt näher, Johanna«, sagte der Freiherr, »und reiche diesem Manne die Hand; er wird nun längere Zeit bei euch leben.«

Johanna tat es augenblicklich. Der alte Mann reichte die seine fast verschämt zögernd hin, und es war eine seltsame Vermählung, ein lieblicher Gegensatz, als sich ihre weiche, kleine Hand wie eine Taube in die Felsen seiner Finger duckte – auch Clarissa reichte ihm ungeheißen ihre schöne Rechte, und auch Felix und der fremde Ritter hießen ihn willkommen.

Der alte Jäger hatte sichtliche Freude an den Mädchen; das sah man an der Art, wie er dem Freiherrn alle die Anstalten auseinandersetzte, die er zum Weiterkommen getroffen habe. Von hier aus sollen die Pferde zurückgeschickt werden, sobald des Freiherrn Beauftragter eingetroffen, dann gehe man über den Hirschfelsen zu Fuß, und jenseits warte schon eine zweisitzige Sänfte für die Jungfrauen. Die Männer müssen sie alle zu Fuße begleiten.

Als er noch sprach, kamen drei Männer über den Felsen herüber, die den Freiherrn ehrerbietig grüßten. Sie waren die Bestellten. Sofort wurden ihnen die Pferde übergeben mit der Weisung, sie zurückzuführen bis Pernek, um dort auf weitere Verordnung zu warten. Johanna umarmte fast ihr kleines, weißes Rößlein, und dieses, als betrübe es sich um seine Herrin, ging traurigen Auges und gesenkten Hauptes hinter seinem Führer.

Man nahm an dem Felsen ein kleines Mahl, und eine andere Wanderung begann nun. Der Schutz des Vaters und des fremden Reiters, den der Freiherr immer bloß mit dem Namen »Ritter« anredete, hörte auf, und es begann der des alten Jägers, dem der Freiherr mit vielem Lachen erzählte, wie ihn seine törichte Tochter Johanna für einen furchtbaren Wildschützen gehalten, der in dem entsetzlichen Walde sein Unwesen treibe – und wie sie ihn nun mit so freundlichen Augen ansehe und in den Wald nun begierig wie in eine liebliche grüne Fabel eindringe. Nur ein kurzer, für Sänften ungangbarer Felsensteig war zu erklimmen, und sie traten wieder auf einen Rasenplatz hinaus, wo zwei Männer mit einer Sänfte harrten. Die Mädchen stiegen ein, und mit dem alten Jäger an der Spitze schlug die Gesellschaft einen Weg ein, der mit dem Tale der Hirschberge einen rechten Winkel bildete.

Die Nachmittagssonne war schon ziemlich tief zu Rüste gegangen und spann schon manchen roten Faden zwischen den dunklen Tannenzweigen herein, von Ast zu Ast springend, zitternd und spinnend durch die vielzweigigen Augen der Himbeer- und Brombeergesträuche – daneben zog ein Hänfling sein Lied wie ein anderes dünnes Goldfädchen von Zweig zu Zweig, entfernte Berghäupter sonnten sich ruhig, die vielen Morgenstimmen des Waldes waren verstummt, denn die meisten der Vögel arbeiteten oder suchten schweigend in den Zweigen herum. Manche Waldlichtung nahm sie auf und gewährte Blicke auf die rechts und links sich dehnenden Waldrücken und ihre Täler, alles in wehmütig feierlichem Nachmittagsdufte schwimmend, getaucht in jenen sanftblauen Waldhauch, den Verkünder heiterer Tage, daraus manche junge Buchenstände oder die Waldwiesen mit dem sanften Sonnengrün der Ferne vorleuchteten. Soweit das Auge ging, sah es kein ander Bild als denselben Schmelz der Forste, über Hügel und Täler gebreitet, hinausgehend bis zur feinsten Linie des Gesichtskreises, der draußen am Himmel lag, glänzend und blauend, wie seine Schwester, die Wolke. Selbst als sie jetzt einen ganz baumfreien Waldhügel erstiegen hatten und der alte Gregor der wundervollen Umsicht halber sogar die Sänfte etwas halten ließ, ging der Blick wohl noch mehr ins Weite und Breite, aber kein Streifchen, nur linienbreit, wurde draußen sichtbar, das nicht dieselbe Jungfräulichkeit des Waldes trug. – Ein Unmaß von Lieblichkeit und Ernst schwebte und webte über den ruhenden dämmerblauen Massen. – Man stand einen Augenblick stumm, die Herzen der Menschen schienen die Feier und Ruhe mitzufühlen; denn es liegt ein Anstand, ich möchte sagen ein Ausdruck von Tugend in dem von Menschenhänden noch nicht berührten Antlitze der Natur, dem sich die Seele beugen muß, als etwas Keuschem und Göttlichem – – und doch ist es zuletzt wieder die Seele allein, die all ihre innere Größe hinaus in das Gleichnis der Natur legt. Die Gemüter der Mädchen, wie sie so dasaßen in ihrer Sänfte und wie zwei Engelsbilder aus einem Rahmen herausschauten, erweiterten sich und hoben sich, und fast war alle Sorge um zu Hause verlassene Erdengüter von ihnen abgefallen – die Blumen ihrer Herzen, die Augen, schauten glänzend hinaus in die schöne Welt und waren selbst schöner als sie – auf ihrem schmalen Brettchen mußten sie jede den einen Arm um die andere schlingen, und die Herzen, die sich fast gegenseitig schlagen hörten, hätten sich gerne noch fester aneinandergedrückt, um sie nur zeigen zu können, die unbegrenzte Fülle von Liebe und Güte, die sie zueinander hatten.

Der alte Gregor tupfte endlich mit der Hand an den Sänftenrand und zeigte rechts hinüber auf einen machtvollen schwarzblau hereingehenden Waldrücken, von grauen Felsenbändern schräge gestreift, die aber kaum sichtbar waren in dem Funkeln und Dämmern der Luft. – »Seht«, sagte er, »das ist das Ziel unserer Reise, und wir müssen heute noch fast bis auf zwei Drittel gegen seine Schneidelinie hinauf. Der Platz hier hat etwas wunderlich Zutunliches, und ich wußte, daß er euch gefallen müsse, aber die Sonne neigt sich der Wand zu, und wir müssen weiter.«

»Ja, ja«, fuhr er fort, als man die Sänfte wieder aufgenommen hatte und die andere Seite des Waldhügels hinabging, »ja, ja, schöne Jungfrauen, der Wald ist auch schön, und mich dünkt manches Mal, als sei er noch schöner als die schönen Gärten und Felder, welche die Menschen machen, weil er auch ein Garten ist, aber ein Garten eines reichen und großen Herrn, der ihn durch tausend Diener bestellen läßt; in ihm ist gar kein Unkraut, weil der Herr jedes Kräutlein liebet und schätzt – er braucht auch ein jedes für seine vielen Tausend Gäste, deren manche lecker sind und ganz Besonderes verlangen. – Sehet, da habe ich draußen – es sind wohl einige Wegestunden von hier –, da habe ich auch ein paar Kühe, viele Ziegen, auch Hafer- und Gerstenfelder – jetzt gehört alles meinem Enkel – der pflegt und hegt es aber wenn ich damals, vor zwanzig, dreißig Jahren von meinem Hauswesen so des Sonntags in den Wald heraufging in die Länge und Weite immer tiefer, so allerlei sinnend, oft auf das Wild gar nicht einmal achthabend, so war das ein lieblicherer, anmutigerer Tag als die ganze andere Woche, und öfter wollte es mich bedünken, als hätte ich da eine schönere Vesper gefeiert als die hinaus in die Nachmittagskirche, aber auch in das Schenkhaus gegangen sind;

denn seht, ich habe mir immer mehr und mehr ein gutes Gewissen aus dem Walde heimgetragen. Es kann ja auch nicht anders sein; denn wie ich nachgerade mutiger wurde und weiter und weiter hereinkam, auch mehr Zeit hatte, da mein Sohn Lambrecht das Hauswesen überkam – sehet, da fing ich an, allgemach die Reden des Waldes zu hören, und ich horchte ihnen auch, und der Sinn ward mir aufgetan, seine Anzeichen zu verstehen, und das war lauter Prachtvolles und Geheimnisreiches und Liebevolles von dem großen Gärtner, von dem es mir oft war, als müsse ich ihn jetzt und jetzt irgendwo zwischen den Bäumen wandeln sehen. – – Ihr schaut mich mit den schönen Augen seltsam an, Jungfrau – aber Ihr werdet, wenn Ihr länger hierbleibt, schon auch etwas lernen; denn Eure Augen sind schön und klug. In allem hier ist Sinn und Empfindung; der Stein selber legt sich um seinen Schwesterstein und hält ihn fest, alles schiebt und drängt sich, alles spricht, alles erzählt, und nur der Mensch erschaudert, wenn ihm einmal ein Wort vernehmlich wird. – Aber er soll nur warten, und da wird er sehen, wie es doch nur lauter liebe, gute Worte sind.« – –

Johanna sah mit unverhohlnem Erstaunen in das Antlitz des alten Waldsohnes, und es begann ihr ordentlich immer schöner zu werden. Man war mittlerweile wieder ins Tal zu einem rauschenden, springenden Bach gekommen, und Gregor mußte sein Gespräch abbrechen, weil er hier wieder Anordnungen behufs des Weitergehens zu machen hatte.

»Vater, Vater«, sagte Johanna leise, »welch einen seltsamen Menschen habt Ihr uns hier beigegeben!«

»Kind, dies ist ein Kleinod der Wüste«, erwiderte der Vater, »niemand weiß dies weniger als er selber; du wirst oft auf seine Worte horchen wie auf Klänge silberner Glocken, du wirst von ihnen vieles lernen – und er wird euch eine Stimme der Wüste sein, wenn ihr fern von der Heimat in der Einsamkeit leben müsset. Wir haben vor Jahren manche Tage miteinander verlebt, damals war er kühner und feuriger, aber die wunderlichen Gedanken seines Herzens spannen sich schon damals, wie ein seltsamer ausländischer Frühling, aus ihm heraus, und wenn wir so oft einen langen Nachmittag miteinander allein zu einem fernen Jagdzuge gingen und er zutraulich wurde und das Band seiner Reden und Phantasien löste, so warf er Blüten und Bäume, Sonne und Wolken durcheinander und abenteuerlich Glauben und Grübeln, daß es mir oft nicht anders war, als würde aus einem alten schönen Dichtungsbuche gelesen. Manche höhnten ihn, und gegen diese verschloß er wie mit Felsen den Quell seiner Rede, aber ich habe ihn jederzeit geliebt, und er mich auch. Er war es, der mir einst den schönen einsamen Platz zeigte, zu dem wir eben auf der Wanderung sind und den vielleicht kein Mensch weiß, und er ist es auch, der nicht um Geld und Geldeswert, sondern ebenfalls aus alter Liebe zu mir und neuer zu euch, wenn ihr sie nicht verscherzet, sich entschlossen hat, die Zeit eures Waldaufenthaltes bei euch zu wohnen, um mit dem Reichtume seiner Erfahrungen zu eurem Schutze behülflich zu sein.«

Der Gegenstand, von dem die Rede war, trat indessen wieder hervor, als ziehe es ihn zu der Gegenwart der lieblichen Wesen, die ihm anvertraut werden sollten. Der Bach, an dem man jetzt entlang- und ihm entgegenstieg, war nicht das klare Waldwasser aus dem Tale der Hirschberge, sondern ein wild einherstürzender, schäumender Bergbach mit goldbraunem, durchsichtigem Wasser. Man ging immer an seinen Ufern, und die Männer mit der Sänfte stiegen rüstig von Stein auf Stein, wie sie so weiß auf dem schwarzmoorigen Grunde umherlagen, von dem Wasser geschlemmt und gebleicht. Das Land hob sich sanft der blauen Waldwand entgegen, auf die Gregor gezeigt hatte. Man eilte sichtlich; denn am Rande der Wand, die, wie man ihr näher kam, immer größer und kühler emporstieg, spielten schon die Strahlen der Abendsonne in breiten Strömen herein und legten einen mattroten Goldschein weithin auf die gegenüberliegenden Waldlehnen. Am kühlblauen Osthimmel wartete schon der Halbmond. Der Boden fing an, sehr merklich emporzusteigen und wilder und wilder zu werden. Manch zerrißner Baumstamm stand an ihrem Wege – mancher Klotz war in das Wirrsal der Ranken und Schlingkräuter geschleudert, um dort zu vermodern, oder auch öfters kamen sie zwischen manneshohen Farrenkräutern durch, oder Himbeergesträuchen, die oft mit Beeren bedeckt waren, von ferne zu sehen, als hätte man ein rotes Tuch über sie gebreitet.

Da sie gelegentlich wieder an einer Espe vorüberkamen, deren Blätter, obwohl sich kein Hauch im ganzen Walde rührte, dennoch alle unaufhörlich zitterten, so sagte Clarissa zu dem Alten, wenn er die Zeichen und die Sprache der Wälder kenne und erforsche, so wisse er vielleicht auch, warum denn gerade dieser Baum nie zu einer Ruhe gelangen könne und seine Blätter immer taumeln und baumeln müssen.

»Es sind da zwei Meinungen«, entgegnete er, »ich will sie euch beide sagen. Meine Großmutter, als ich noch ein kleiner Knabe war, erzählte mir, daß, als noch der Herr auf Erden wandelte, sich alle Bäume vor ihm beugten, nur die Espe nicht, darum wurde sie gestraft mit ewiger Unruhe, daß sie bei jedem Windhauche erschrickt und zittert, wie jener ewige Jude, der nie rasten kann, so daß die Enkel und Urenkel jenes übermütigen Baumes in alle Welt gestreut sind, ein zaghaft Geschlecht, ewig bebend und flüsternd in der übrigen Ruhe und Einsamkeit der Wälder. Darum schaute ich als Knabe jenen gestraften Baum immer mit einer Art Scheu an, und seine ewige Unruhe war mir wie Pein. Aber einmal, es war pfingstsonntags nachmittag vor einem Gewitter, sah ich (ich war schon ein erwachsener Mann) einen ungemein großen Baum dieser Art auf einer sonnigen Waldblöße stehen, und alle seine Blätter standen stille; sie waren so ruhig, so grauenhaft unbeweglich, als wären sie in die Luft eingemauert und sie selber zu festem Glase erstarrt – es war auch im ganzen Walde kein Lüftchen zu spüren und keine Vogelstimme zu hören, nur das Gesumme der Waldfliegen ging um die sonnenheißen Baumstämme herum. Da sah ich mir denn verwundert den Baum an, und wie er mir seine glatten Blätter wie Herzen entgegenstreckte auf den dünnen, langen, schwanken Stielen, so kam mir mit eins ein anderer Gedanke: wenn alle Bäume, dacht ich, sich vor dem Herrn geneigt haben, so

tat es gewiß auch dieser und seine Brüder; denn alle sind seine Geschöpfe, und in den Gewächsen der Erde ist kein Trotz und Laster wie in dem Menschen, sondern sie folgen einfältig den Gesetzen des Herrn und gedeihen nach ihnen zu Blüte und Frucht – darum ist nicht Strafe und Lohn für sie, sondern sie sind von ihm alle geliebt – und das Zittern der Espe kommt gewiß nur von den gar langen und feinen Stielen, auf die sie ihre Blätter wie Täfelchen stellt, daß sie jeder Hauch lüftet und wendet, worauf sie ausweichen und sich drehen, um die alte Stellung wiederzugewinnen. Und so ist es auch; denn oft habe ich nachher noch ganz ruhige Espen an windstillen Tagen angetroffen und darum an andern, wo sie zitterten, ihrem Geplauder mit Vorliebe zugehört, weil ich es gutzumachen hatte, daß ich einstens so schlecht von ihnen gedacht. Darum ist es auch ein sehr feierlicher Augenblick, wenn selbst sie, die so leichtfertige, schweigt; es geschieht meistens vor einem Gewitter, wenn der Wald schon harret auf die Stimme Gottes, welche kommen und ihnen Nahrung herabschütten wird. – Sehet nur, liebe Jungfrauen, wie schmal der Fuß ist, womit der Stiel am Holze und das Blatt am Stiele steht, und wie zäh und drehbar dieser ist – – sonst ist es ein sehr schönes Blatt.«
Bei diesen letzten Worten hatte er einen Zweig von einer der Espen gerissen und ihn Clarissen hingereicht.
»Es ist ein Zeichen, daß wir eine schöne Nacht bekommen«, fuhr er fort, »da diese Zweige so munter sind; vor dem Nachtregen werden sie gern ruhiger.«
»Kommen wir denn in die Nacht?« fragte Johanna.
»Wenn es auch geschähe«, antwortete der Jäger, »so steht

ja schon dort am Himmel der aufnehmende Mond, der so viel Licht gibt, daß gute und achtsame Augen genug haben. Aber ich denke, daß wir ihn gar nicht mehr brauchen werden.«

Das Laubholz wurde seltener, und die ernste Tanne und Fichte zog ständeweis gegen die Bergbreiten – der rote Sterbeglanz des Tages auf dem jenseitigen Joche ging langsam gegen die Bergscheide empor, und aus dem Tale hoben sich die blauen Abendschatten – der Halbmond wurde jede Minute sichtlich glänzender an seinem bereits stahlblauen Osthimmel. Der Freiherr drängte sich durch Farrenkraut und Schlinggewächse, um an der Seite der Sänfte zu bleiben.

Felix war mit dem Ritter in tiefem Gespräche begriffen und ziemlich weit hinten geblieben. Der Bach war stellenweise gar nicht mehr sichtbar und hörbar, weil er unter übergewälzten Felsenstücken hinfloß.

So mochte die Wanderung noch eine halbe Stunde gedauert haben, und eine dichtere Finsternis blickte schon aus den Tiefen der Fichtenzweige, die sich so nahe drängten, daß sie häufig die Sänfte streiften – da blitzte es sie mit einem Male durch die Bäume wie glänzendes Silber an. Sie stiegen einen ganz kleinen Hang nieder und standen an der weitgedehnten Fläche eines flimmernden Wassers, in dessen Schoße bereits das zarte Nachtbild des Mondes wie ein blödes Wölklein schwamm. Ein leises Ach des Erstaunens entfuhr den Mädchen, als sie den schönen See erblickten, da sie derlei in dieser Höhe, die sie erstiegen zu haben meinten, gar nicht vermuteten – ein flüchtig Schauern rieselte durch Johannas Glieder, da dies ohne Zweifel jener Zaubersee sei, von dem sie gehört hatte. – Die hohen Tannen, die dem Ufer entlangschritten, schienen ihr ordentlich immer größer zu werden, da sie gemach und feierlich den einfärbigen Talar der Abenddämmerung angetan und von ihren Häuptern fallen ließen, wodurch sie massenhafter und somit größer wurden. – Die jenseitige Felsenwand zeichnete sich schwach silbergrau, wie ein zartes Phantasiebild, in die Luft, zweifelhaft, ob sie nicht selbst aus Luft gewoben sei; denn sie schien zu schwanken und sich nach dem Takte zu neigen, aber es waren nur die Wasser, die sich abendlich bewegten.

Der Vater hieß die Mädchen aussteigen, und mit Freuden verließen sie das enge tragbare Gefängnis. Ein Floß lag am Gestade und trug ein erhobenes Gerüste mit Sitzen für die Gesellschaft. Man bestieg ihn, und die zwei Sänftenträger und noch zwei andere Männer, die man bei dem Floße stehend vorgefunden, lenkten das Fahrzeug in den See hinaus, gerade auf die Felsenwand zu. Die Waldmassen traten zurück und verschränkten sich dem Auge nach und nach zu einer hohen, dichten, schwarzgrünen Mauer, die das Wasser umfängt – die Felsenwand trat näher und stieg so mauerrecht aus dem See empor, daß man nicht absah, wie zu landen sein werde, da wohl kein handgroß Steinchen dort liegen möge, um darauf stehen zu können: allein zur größten Überraschung in diesem Lande der Wunder tat sich den Mädchen auch hier wieder eines auf. Wie man der Wand sich näherte, wich sie zurück und legte ein liebliches Rasenland zwischen sich und den See, und auf dem schönen Grün des-

selben sahen die Mädchen nun auch ein geräumiges hölzernes Haus stehen, nach Art der Gebirgshäuser gebaut – und alle seine Fenster schimmerten sie gastlich silbern an, schwach erglänzend von dem Scheine der weißen aufblühenden Rosenknospe des Mondes.
Das Reiseziel war erreicht. Weibliche Diener der Mädchen stürzten gegen das Ufer, Hand und Kleider ihrer holden Gebieterinnen küssend und voll Freude, daß sie endlich gekommen. Das sämtliche Dienstgesinde, das aus zwei Mägden und drei Knechten bestand, wurde einige Tage vorher mit der größten Mühseligkeit über die Felsenrücken herübergebracht, da man den weiteren, aber leichteren Weg durch den Urwald noch nicht wußte, den Gregor erst für den Freiherrn ausgekundschaftet hatte. Mit freundlichen Worten dankten die Mädchen den Sänftenträgern und Ruderern, und dann, der Freiherr Johannen, der Ritter Clarissen am Arme nehmend, führten sie dieselben die Treppe hinan in eine Art Tafelzimmer, wo für alle, die Diener und Träger mit eingeschlossen, ein Abendmahl bereitet stand. Nach Beendigung desselben und tausend Gutenachtwünschen führte der Freiherr mit schmerzlich freudigen Gefühlen seine Töchter in die zwei für sie bestimmten Gemächer. Ein Ruf der Überraschung und ein doppeltes Umschlingen der schönen Arme lohnte ihn; denn bis zum Erschrecken ähnlich waren die Zimmer denen, die sie zu Wittinghausen bewohnt hatten. Der Vater küßte beide auf die Stirne, wünschte ihnen eine friedensreiche, gute erste Nacht und ging zur Tür hinaus – die Mägde wurden sogleich entlassen – und nun, als die Tür verriegelt war, gleichsam als

hätte ein Hemmnis bisher die Flut gewaltsam zurückgehalten, brach sie vor: die Mädchen stürzten sich in die Arme, Herz an Herz verbergend, ja fast vergrabend ineinander und sich die zarten Siegel der Lippen anpressend, so heiß, so inbrünstig, so schmerzlich süß wie zwei unglückselig Liebende, und fast ebenso trennungslos. – – Also ist es wahr, die Heimat, das gute Vaterhaus ist preisgegeben und verloren, all ihr früher Leben ist abgeschnitten, sie selbst wie Mitspieler in ein buntes Märchen gezogen, alles neu, alles fremd, alles seltsam und dräuend – in dem drohenden Wirrsal kein Halt als gegenseitig die warmen Lippen, das treue Auge und das klopfende Herz. Aber als bei den Mädchen Tränen und Kosen in Ruhe übergegangen, traten sie auf den hölzernen Söller, der vor ihren Fenstern lief, heraus und blickten noch, ehe sie schlafen gingen, in die kühle beruhigende Nacht. Der See lag zu ihren Füßen, Stücke schwarzer Schatten und glänzenden Himmels unbeweglich haltend, wie erstarrte Schlacken – der Wald dehnte seine Glieder weithin im Nachtschlummer, die feuchten Mondesstrahlen spannen von Berg zu Berg, und in dem Tale, woher die Wanderer gekommen sein mochten, blickte ruhender Nebel auf. Gute Nacht, ihr lieben, schönen, fürchtenden Herzen, gute Nacht!

Waldhaus

Des andern Tages morgens nahm der Vater, der Bruder und der Ritter Abschied. Der Freiherr erklärte, daß er es für Pflicht halte, zu seinem Schlosse zurückzukehren, um es, falls es nur eine streifende Rotte berührte, gegen selbe zu halten oder, wenn ein Hauptschlachthaufe einträfe, es ehrenvoll und vielleicht vorteilhaft zu übergeben und dadurch, daß er sich der kriegerischen Ehre der Schweden als Gefangenen überliefere, die Forschung nach andern Bewohnern des Schlosses zu vereiteln, da es niemanden einfallen werde, weiter nach Mädchen zu fragen, wenn der Gebieter der Burg in ihren Händen sei. Felix, trotz der Bitten der Schwestern und des Vaters, konnte nicht bewogen werden, sich von letzterem zu trennen. Was die beweglichen Güter, Geld und Geldeswert, anlangte, eröffnete ihnen der Freiherr, daß er dasselbe dem Schoße der Erde anvertraut habe und daß, wenn man von dem Muttergottesbilde an der großen Buche im Wittinghauser Forste abwärts stiege und den Stein der neunten Stufe aufhöbe, dort in einer blechernen Kapsel sich Auskunft darüber vorfände. Er eröffnete ihnen dieses, falls Gott etwas Menschliches über ihn verhänge. – Mitwisser seien übrigens nur noch Felix und der Ritter.

Und somit, schloß er, mögen sie ihn durch unmäßige Trauer nicht betrüben: ihr größter Schutz sei ihre Einsamkeit. Er lasse ihnen drei Knechte zurück, welchen sie jede Art Aufträge hinsichtlich des Herbeischaffens von Lebensmitteln erteilen könnten, Gregors zweiter Enkel werde von Zeit zu Zeit Botschaften zwischen hier und Wittinghausen tragen und nebst andern unter der Leitung Gregors stehen, daß, sobald sich etwas Verdächtiges an der Waldgrenze ereigne, es demselben sogleich angezeigt werde; denn er besitze Mittel in seiner Kenntnis der Wälder, sie immerhin zeitweise an Orte zu führen, wo sie vor einer vorübergehenden Gefahr sicher wären. Zu ihrer noch größeren Beruhigung lege er ihnen außer der gänzlichen Abgeschiedenheit noch die feste Lage ihres Hauses vor Augen: rückwärts ist die unzugängliche Seewand, links des Hauses stürzt der Blockenstein mit einem vorspringenden Pfeiler senkrecht in das Wasser, und rechts, wo der See umgangen werden könne, ist der Paß durch eine künstliche Seebucht abgegraben und noch durch einen Verhau der größten Tannen geschützt, so daß der Zugang nur über den See möglich ist. Selbst für den Fall, daß sich ein Haufe bis in diese Einöden verschlüge, wisse Gregor einige Stunden von hier in den höchsten Klippen, nur ihm zugänglich, eine Höhle, wo er sie verbergen könnte, bis die Gefahr vorüber. Zwei Flöße, ein größerer und kleinerer, auf jedem ein kugeldichtes Häuschen, stehen zu ihrer Verfügung, aber nie soll einer am jenseitigen Ufer selbst nicht für Augenblicke liegenbleiben, auch sollen sie die Spaziergänge nie über ihren Rasenplatz zwischen See und Felsenwand ausdehnen, ohne daß sie Gregor davon in Kenntnis setzen oder er sie begleitet. Sei auch alle diese Vorsicht übertrieben, so diene sie zu seiner Beruhigung, daß er sich nicht sagen dürfe, er habe etwas vergessen, was vielleicht not täte. Gegen wilde Tiere brauchten sie ohne Furcht zu sein; das sei das Merkwürdige dieser Wälder, daß man nie in ihnen einen Wolf getroffen; Luchse seien höchst selten und nur in den dichtesten Beständen – und wenn je ein Bär sie ansichtig würde, so sei er ein zu gut geartet Tier, als daß er nicht vor ihnen auf das eiligste davonliefe, dies habe er selbst in seinem langen Leben wohl ein dutzendmal gesehen – zudem sei ihnen Gregors Büchse immer zur Hand. So, denke er, seien sie hinlänglich geschützt, wenn nicht ein Wunder geschieht, und dieses stehe in Gottes Hand, die uns hier und überall erreichen kann. Dann trug er ihnen noch auf, vorsichtig mit dem Lichte umzugehen, da alles von Holz sei; deswegen habe er auch die Küche abseit des Hauses in das steinerne Häuschen verlegt, damit von dieser Seite keine Gefahr entstehe. In der Kiste, die noch im Speisezimmer stehe, finden sie Stoffe von Seide, Wolle und Linnen; sie mögen zerschneiden und verarbeiten, wieviel sie wollen; Nadeln und Nähzeug liege auch im Vorrate dabei, nebstdem Bänder und Schleifen, auch Bücher, Papiere, Farben und bunte Tinte – in der dreieckigen Kiste ist die Harfe. Er hoffe, daß sie keinen Schaden gelitten haben werde, als man sie mit Stricken über Felsen herablassen mußte – zurück wolle er sie über das Hirschental bringen lassen –, der Ritter lasse auch sein Fernrohr da, daß sie zuweilen auf den Blockenstein steigen und damit gegen Wittinghausen sehen, ob es noch auf seinem Waldrande schwebe und vom Vater herübergrüße.

Bei diesen Worten traten ihm fast die Tränen in die Augen, er küßte und segnete sie – Felix, mit krampfhaftem Zucken seines Gesichtes, umarmte und drückte sie ans Herz – seitwärts stand der rätselhafte Begleiter ihrer Reise, der Ritter, der Clarissa düster anstarrte. Diese aber wand sich aus der Umarmung des Bruders, und das edle, wahre Auge, so schwarz oder schwärzer als seines, freundlich-lieb und fest auf ihn richtend, reichte sie ihm die Hand und sagte, sie danke ihm recht herzlich und recht

vielmal, daß er seine Kraft und Zeit so lange her verwendet habe, um das sicher und gut ins Werk zu führen, was ihnen jetzt Schutz gewähren werde – sie wünsche sehnlich, ihm durch Taten ihren Dank zeigen zu können – – – »wenn es in ihrer Macht wäre«, setzte sie sehr leise hinzu. – – Johannens Augen ruhten mit höchster Spannung auf den Lippen des Ritters, allein diese öffneten sich ruhig und sagten die schönen Worte: »Ich tat, was ich tat, weil Ihr und Johanna gut seid; es würde mich betrüben, sännet Ihr auf Vergeltung. Handelt so oder so, es wird immer das Rechte sein.«
Man schwieg einen Augenblick von allen Seiten, dann reichte Johanna dem Ritter gleichsam, als ob er sie dauerte, auch die Hand mit den Worten: »Lebt recht wohl, guter und freundlicher Mann, und kommt sehr bald wieder.«
»Ich dank Euch, schöne Muhme«, antwortete er lächelnd, »aber das Bald liegt in Gottes Hand, da ich wieder zu dem kaiserlichen Heere abgehe und erst kommen kann, wenn wir den Feldzug fröhlich beendet.«
Noch ein Umarmen, ein Schütteln der Hände zwischen Vater und Geschwistern – die Männer verließen das Gemach – im nächsten Augenblicke waren sie am Strande, und die Mädchen sahen lange vom Söller nach, wie die drei Gestalten, auf dem Floße stehend, langsam dem Wasser entlangschwebten, bis sie im entgegenliegenden Tannenwalde verschwanden und gleich darauf die zwei Knechte mit dem leeren Floße zurückfuhren. – –
Seltsam und beklemmend mußte es ihnen freilich sein, wenn sie die ersten Tage aufwachten und die Morgenröte

ihre frühesten Lichtströme hereingoß über lauter Wald und lauter Wald – erbrausend von der Musik des Morgens, darunter nicht ein Ton, wie wir sie von Kindheit an gewohnt sind, unter Menschenwohnungen zu hören, sondern ein Getue und Gepränge, ein Rufen, ein Heischen, ein Erzählen und Jauchzen – und darein oft plötzlich von dem nächsten Tannenaste wie ein gesprochen Wort herabfallend, daß man erschrocken hinsah, aber nur ein fremdartiger Vogel schritt auf seinem Aste, mit dem Kopfe blödsinnig nickend, wie zum Einverständnisse mit dem Hinaufschauenden. – Aus den Tälern nahe und ferne stiegen indessen wie Rauchsäulen die Opfer der Morgennebel empor und zerschnitten die schwarzen, breitgelagerten Massen. – Etwas Seltsames geschah Johannen schon am ersten Tage nach ihrer Ankunft: Sie erwachte nämlich schon bei dem frühesten Tagesgrauen, und neugierig, den See auch bei Tage zu betrachten, schlich sie sich bei dem Lager der noch tief schlummernden Schwester leise vorbei und ging auf die hölzerne Brüstung des Hauses hinaus – da zum Erschrecken nahe stand ein Hirsch am Fichtensaume in dem seichten Wasser, ein schöner, großer Hirsch, ihr gerade gegenüber am Ufer, wo der Verhau war. Verwundert betroffen und wohlgefällig sah sie auf das edle Tier, das seinerseits auch mit den unbeweglichen, neugierigen Augen herüberglotzte auf das neue Wunderwerk der Wildnis, auf die weiße in der Morgenluft schwebende Gestalt und ihre bannenden Augen – das Haus mochte ihn weniger beirrt haben. – Mehrere Augenblicke dauerte die Szene, bis Johanna sich regte, worauf er den Kopf leicht erschrocken zurückwarf, sich langsam wendete und zurück in die Gebüsche schritt, die Tautropfen von ihnen in den See schüttelnd.

Ihren Garten, so hießen sie nämlich den großen Rasenplatz um das Haus, hatten sie bald durchwandert und durchforscht. Es war eine glänzendgrüne natürliche Waldwiese, wie ein halber Mond herausgeschnitten aus dem See und der Felsenwand, der Morgen- und Mittagssonne offenliegend und nur im späten Nachmittage von der Seewand beschattet, wenn die Fichtengehäge jenseits des Sees in düsterm Spätlichte glänzten. Landwärts stieg diese Wiese sanft auf, bis die ungeheuren senkrechten Felsen aus ihr emporwuchsen, zwischen ihren Schluchten ein paar mächtige Ströme von Steingerölle hervorschiebend gegen den weichen grünen Teppich des Rasens. In der Nähe des Hauses gegen die Wand schreitend, stand eine Gruppe von Buchen und riesenhaften Ahornen, deren Grün sehr hold abstach gegen das Düster der Fichten und Schwarzföhren. In ihrem Schatten waren Tischchen und Bänke angebracht. Zu erwähnen ist noch eine eiskalte Quelle, in einer Felsenvertiefung stehend, von solcher Durchsichtigkeit, daß, wenn das Gestein naß war, man nicht wußte, wo die Luft aufhöre und das Wasser beginne. Ihr Abfluß ging als kleines Bächlein unter einem Steine hervor und durchschnitt quer die Wiese, dem See zueilend.

So war diese Stelle nicht umsonst von dem Vater »wundersam lieblich und anmutsreich« geheißen, eine warme, windstille Oase, geschützt von Felsen und See und bewacht von der ringsum liegenden heiligen Einöde der Wildnis.

Das Haus war, wie man sie noch heute in jenen Gegenden sieht, aus Holz, hatte ein Erdgeschoß und ein Stockwerk, eine ringsum laufende Brüstung und ein flaches Dach. Sonst war es viel geräumiger als die, welche die heutigen Walddörfer bilden. Gleich neben dem Eingange lag Gregors Stube, der auch die Schlüssel führte, weiterhin die der Knechte und die Kammern der Vorräte. Im ersten Stocke war ein Speisezimmer und zwei Zimmer der Mädchen, nebst einem Vorzimmer für die Mägde. Alles war auf das vorsorglichste eingerichtet, nicht die kleinste Kleinigkeit, von Männern oft selten beachtet, aber für Mädchen von großem Werte, fehlte hier, und täglich entdeckten sie neuerdings, daß der Vater oft dahin vorgesehen hatte, wohin sie selbst bisher noch nicht gedacht. Der Schmerz, die Furcht, das Ungewohnte ihrer Lage in den ersten Tagen stellte und fügte sich allgemach, und somit begannen sie schüchtern und vorsichtig nach und nach die Entdeckungsreisen in ihrem Gebiete und fingen an, für dasselbe Neigung und Herz zu gewinnen. Ihr erstes Unternehmen über die Grenze ihres Besitztumes hinaus, und zwar über den See, war, um den Blockenstein zu besteigen und mit dem Rohre gen Wittinghausen zu sehen. Gregor und die drei Knechte, alle bewaffnet, mußten mitfahren, dann, als sie ausgestiegen, einer mit dem Floße zwanzig Schritte weit vom Ufer harren, die übrigen sie begleiten. Gregor lächelte gutmütig über diese kriegerischen Anstalten und ließ sie gewähren. Er führte sie um den Seebusen herum und von rückwärts auf den Blockenstein, so daß sie, als sie nach einer Stunde seinen Gipfel erreichten, meinten, ihr Haus liege ihnen gerade zu Füßen und ein losgelassenes Steinchen müsse auf sein Dach fallen. – Das Fernrohr wurde ausgepackt und an dem Stumpfe einer verkrüppelten Birke befestiget – – Aller Augen aber waren schon vorher in die Weite gegangen – wie eine glänzende Wüste zog der heitere Himmel hinaus über alle Wälder weg, die wie riesenbreite, dunkle, blähende Wogen hinauslagen, nur am äußersten Gesichtskreise gesäumt von einem Hauche eines fahlen Streifens – es waren die bereits reifenden Kornfelder der Menschen – und endlich geschlossen von einem rechts in das Firmament ablaufenden Duftsaume – – – siehe, der geliebte kleine Würfel, wie ein blauer Punkt schwebt er auf seinem Rande! Johannas Herz wogte in Freude und Schmerz. – – Clarissa kniete mittlerweile vor dem Rohre und rückte und rückte; das sah sie gleich, daß es ein ungleich besseres sei als das des Vaters, jedoch finden konnte sie damit nichts. Bis zum Erschrecken klar und nahe stand alles vor sie gezaubert, aber es war alles wildfremd. – Abenteuerliche Rücken und Linien und Vorsprünge gingen wie Träume durch das Glas – dann farbige Blitze – dann blau und blau und blau – sie rührte die Schraube, um es zu verlängern – dann führte sie es dem Saume eines dunklen Bandes entlang – plötzlich ein schwacher Schrei – zitternd im Runde des wunderbaren Glases stand das ganze Vaterhaus, klein und zart, wie gemalt, aber zum Staunen erkennbar an Mauern, Erkern, Dächern – ja die Fenster meinte man durchaus sehen zu müssen. Johanna sah auch hinein – blank, unversehrt, mit glänzendem Dache stand es in der Ruhe des Himmels. O wie schön, wie freundlich!

Auch der alte Gregor sah durch das zaubernde, ihm unerklärbare Rohr, und in seinen Mienen war erkennbar, wie er höchlich darnach rang, das Ding begreifen zu können. Auch die Knechte ließ man hineinsehen und freute sich an ihrem Erschrecken und Staunen. Man getraute sich fast nicht, etwas zu rücken, aus Furcht, das teure Bild zu verlieren, aber Clarissa zeigte ihnen bald, wie man es machen müsse, um es immer wieder zu finden. Sie konnten sich nicht ersättigen, immer das eine und das eine anzusehen. – So wie es ihren Augen, schien es auch ihrem Herzen näher, und sie waren fast zu Hause – so ruhig und so lieb stand es da und so unverletzt. – Freude, Wehmut, Sehnsucht stiegen so hoch, daß man sich das Versprechen gab, sehr oft, ja jeden ganz heitern Tag heraufsteigen und durchsehen zu wollen. Endlich fing man doch an, auch anderes zu suchen und zu prüfen. Der fahle Streifen am Gesichtssaume war das erste, und deutlich zeigte sich, daß es angebautes Land mit Erntefeldern war – dann wurden die Waldberge, dann der See und endlich gar das Haus versucht. Alles war gar so schön und gar so reinlich.

Nach langem Aufenthalte auf dem Felsen beschloß man die Rückkehr, und das Rohr wurde von Gregor mit Achtsamkeit und sogar mit einer Art Scheu in sein ledernes Fach gepackt und mit der größten Obhut getragen. Auf dem Rückwege trug sich nichts Merkwürdiges zu. Sie fanden ihren Floß warten, stiegen ein, fuhren über, und der Tag endete, wie alle seine bisher erlebten Vorgänger, mit einer glühenden Abendröte, die sie nie anders als auf den gegenüberliegenden Wäldern flammen sahen, während

der See eine ganz schwarze Tafel vor ihre Fenster legte; nur zeitweise von einem roten Blitze durchzuckt.
Dieser ersten Wanderung folgten bald mehrere und mehrere, die immer kühner und weitschichtiger wurden, je mehr sie die Ruhe und Sicherheit des Waldes kennenlernten. Von dem Vater war bereits zweimal beruhigende Botschaft gekommen; auch, wenn sie den Blockenstein bestiegen und durch das Rohr sahen, das ihnen das liebste Kleinod geworden – stand immer dasselbe schöne, reine, unverletzte Bild des väterlichen Hauses darinnen, so daß Johanna einmal den kindischen Wunsch äußerte, wenn man es doch auch von der anderen Seite sehen könnte. Zuweilen, wie Kinder, kehrten sie das Rohr um und freuten sich, wenn ihr Haus, winzig wie ein Stecknadelkopf, meilenweit draußen lag und der See wie ein kleines Glastäfelchen daneben.
Ein paar Gewitter hatten sie erlebt, denen einige traurige graue Regentage folgten. Sie brachten dieselben im Zimmer zu, an all ihren Stoffen und Kleidern schneidend und nähend und ändernd, und da schon Tage und Wochen vergangen waren, ohne daß sich das mindeste Böse einstellte, ja, da draußen alles so schön und ruhig lag, als wäre nirgends in der Welt ein Krieg, und sogar nach des Vaters letzter Nachricht der Anschein war, als würde über Wittinghausen gar niemal etwas kommen: so erheiterten und stillten sich wieder ihre Gemüter, so daß die Erhabenheit ihrer Umgebung Raum gewann, sachte ein Blatt nach dem andern vorzulegen, daß sie auch gemach zu verstehen begannen, wie es ihnen Gregor oft vorhergesagt. – Auch Scherz und Mutwille stellte sich ein: Jo-

hanna beredete einmal die Schwester, ihren schönsten Kleiderschmuck sich gegenseitig anzulegen – und wie sie es getan und nun sich vor den Spiegel stellten, so überkam ein leichtes Rot die edlen feinen Züge Clarissens wegen dieser mädchenhaften Schwäche, während die Augen Johannens vor Vergnügen funkelten.

Der alte Gregor hatte seine Freude an ihrem Mute; er begann sie von Tag zu Tag lieber zu gewinnen, und wie sich ihre Herzen, wie zwei Sterne des Waldhimmels, immer lieber und freundlicher gegen ihn neigten, so ging auch das seine in diesen sanften Strahlen immer mehr und mehr auf – bis es dastand, großartig schön, wie das eines Jünglings, ruhend in einer Dichtungs- und Phantasiefülle, üppig wuchernd, schimmernd, wie jene Tropenwildnisse, aber ebenso unbewußt, so ungepflegt, so naturroh und so unheimlich wie sie. Seinen ganzen Lebenslauf, seine ganze Seele hatte er dem Walde nachgedichtet und paßte umgekehrt auch wieder so zu ihm, daß man sich ihn auf einem andern Schauplatze gar nicht denken konnte. Daher dichtete er auch seinen Schutzbefohlenen sich und ihre Einöde in solch wunderlicher, zauberhafter Art und Gestalt vor, daß sie auch ihnen zu reden begann und sie sich immer wie inmitten eines Märchens zu schweben schienen.

Aber vielmehr sie waren ein Märchen für die ringsum staunende Wildnis. Wenn sie zum Beispiele an dem See saßen, lange weiße Streifen als flatternde Spiegel ihrer Gewänder in ihn sendend, der gleichsam seine Wasser herandrängte, um ihr Nachbild aufzufassen – so glichen sie eher zwei zart gedichteten Wesen aus einer nordischen

Runensage als menschlichen Bewohnern dieses Ortes – – oder wenn sie an heißen Nachmittagen zwischen den Stämmen wandelten, angeschaut von den langstieligen Schattenblumen des Waldes, leise umsummt von seltsamen Fliegen und Bienen, umwallt von den stummen Harzdüften der Fichten, jetzt eine Beere pflückend, jetzt auf einen fernen Waldruf horchend, jetzt vor einem sonnigen Steine stehenbleibend, auf dem ein fremder Falter saß und seine Flügel breitete – so hätte er sie für Elfen der Einöde gehalten, um so mehr, wenn er die Geister- und Zaubergeschichten gewußt hätte, die ihnen Gregor von manchen Stellen des Waldes erzählte, wodurch vor ihrer Phantasie er, sie und die Umgebung in ein Gewirre von Zauberfäden geriet – – oder wenn sie in der bereits milder werdenden Herbstsonne auf ihrer Wiese am Rande des Gerölles saßen, auf irgendeinem grauen Felsblocke ausruhend, Johanna das kinderlockige Haupt auf den Schoß ihrer Schwester gelegt und diese, mit klarem, liebreichem Mutterauge übergeneigt, in einem Gespräche des sichersten Vertrauens versunken – und wenn dem Siegel des Mundes das Herz nachfloß und sie schweigend saßen, die schönen Hände ineinandergelegt, wie zwei Liebende, bewußtvoll ruhend in der grenzenlosen Neigung des andern, und wenn Johanna meinte, nichts auf Erden sei so schön als ihre Schwester, und Clarissa, nichts sei so schuldlos als Johanna: so ist es, als schweige die prangende Wüste um sie aus Ehrfurcht, und die tausend kleinen Glimmertäfelchen der Steinwand glänzen und blitzen nur so emsig, um einen Sternenbogen um die geliebten Häupter zu spannen.

Oder noch märchenhafter war es, wenn eine schöne Vollmondnacht über dem ungeheuren dunklen Schlummerkissen des Waldes stand und leise, daß nichts erwache, die weißen Traumkörner ihres Lichtes darauf niederfallen ließ, und nun Clarissens Harfe plötzlich ertönte – man wußte nicht, woher, denn das lichtgraue Haus lag auf diesen großen Massen nur wie ein silberner Punkt – und wenn die leichten einzelnen Töne wie ein süßer Pulsschlag durch die schlafende Mitternachtluft gingen, die weithin glänzend, elektrisch, unbeweglich auf den weiten schwarzen Forsten lag: so war es nicht anders, als ginge sachte ein neues Fühlen durch den ganzen Wald, und die Töne waren, als rühre er hie und da ein klingend Glied – das Reh trat heraus, die schlummernden Vögel nickten auf ihren Zweigen und träumten von neuen Himmelsmelodien, die sie morgen nicht werden singen können – und das Echo versuchte sogleich das goldne Rätsel nachzulallen. – – Und als die Harfe längst schwieg, das schöne Haupt schon auf seinem Kissen ruhte – – horchte noch die Nacht; der senkrecht stehende Vollmond hing lange Strahlen in die Fichtenzweige und säumte das Wasser mit stummen Blitzen – indessen ging die Wucht und Wölbung der Erde, unempfunden und ungehört von ihren Bewohnern, stürmend dem Osten zu – der Mond wurde gegen Westen geschleudert, die alten Sterne mit, neue zogen im Osten auf – – – und so immer fort, bis endlich mitten unter ihnen am Waldrande ein blasser milchiger Lichtstreifen aufblühte – ein frisches Lüftchen an die Wipfel stieß – und der erste Morgenschrei aus der Kehle eines Vogels drang! – – –

Es waren schon viele Tage und Wochen vergangen – Erwarten und Fürchten, keines war um die Breite eines Haares vorgerückt! – In gleicher Schönheit, sooft sie es suchten, stand das Vaterhaus in dem Glase ihres Rohres, in gleichem tiefem Frieden lagen die an ihren Wald grenzenden bewohnten Länder, obgleich sie recht gut wußten, daß draußen, wohin ihr Blick nicht mehr reiche, der Qualm des Krieges liege, der jeden Augenblick an ihrem Gesichtskreise sichtbar werden könne.
Ihr Garten, der Wald, unbekümmert um das, was draußen vorging, förderte sein Werk für diesen Sommer, ja er hatte es fast abgetan; denn die milde Spätsonne goß schon ihr Licht trübselig auf die bunten, gelben und roten Herbststreifen, die sich durch das Duftblau der Wälder hinzogen. – – Da geschah es eines Tages, daß die zwei Mädchen und Gregor jenseits des Sees am Ufer saßen, ihrem Hause gegenüber. Sie waren ziemlich weit von demselben entfernt und sahen auf jene Stelle, wo der Blockenstein in den See stürzt, ihre Waldwiese von dem andern Lande trennend. Die Knechte waren schon seit drei Tagen um Lebensmittel aus und wurden abends zurückerwartet. Die Sonne des Nachsommers war so rein, so warm und einladend, daß das Herz sich traulich hingab – die zwei Mägde waren in das Gebirg gegangen, um Brombeeren zu suchen, und unsre kleine Gesellschaft, nachdem sie Gregor über den See geschifft und dann an schönen Stellen herumgeführt hatte, saß jetzt der lauen Luft genießend in angenehmer Müdigkeit auf

einem großen Steine, um den die Glut roten Herbstgestrippes und dichter Preiselbeeren zu ihren Füßen prangte und die langen Fäden des Nachsommers glänzten. Sie sahen auf ihr leeres Haus und auf die graue Steinwand hinüber, während ihnen Gregor erzählte, der ebenfalls von der feierlich stillen Pracht, mit der, wie gewöhnlich, der Nachsommer über die Wälder gekommen war, befangen, in immer romantischere und schwermütigere Weisen versank.

Johanna fragte ihn, wie es denn gekommen, daß er diesen See entdeckt habe, den so hoch oben gewiß niemand vermute und von dem er ihnen auch sage, daß wenige Menschen von seinem Dasein wissen.

»Es wissen ihn auch wenige«, erwiderte der alte Mann, »und suchen ihn auch nicht, da sie nicht Grund dazu haben, und die von ihm Ahnung bekommen, hüten sich wohl, ihn aufzusuchen, da sie ihn für ein Zauberwasser halten, das Gott mit schwarzer Höllenfarbe gezeichnet und in die Einöde gelegt hat. Nun, was die schwarze Farbe betrifft, so mag es wohl damit nur die Ursache haben, daß die dunklen Tannen und Berghäupter aus ihm widerscheinen – wäre er draußen im ebenen Lande, so wäre er so blau wie ihre Teiche, auf die nichts als der leere Himmel schaut –, und was die Einöde anlangt, so weiß ich nicht, oh ihn Gott an ein schöner Plätzchen hätte legen können als dieses. Ich kenne ihn schon über vierzig Jahre und habe ihn in dieser Zeit nur zwei Menschen gezeigt; da wir beide noch jung waren, Eurem Vater und, da ich alt geworden bin, einem jungen Manne, den ich liebgewonnen und mit dem ich manches Wild geschossen habe. In Hinsicht seiner Entdeckung aber, liebe Jungfrau, war es so: Seht, da ich ein Bube war von zwölf, dreizehn Jahren oder darüber, da waren noch größere und schönere Wälder als jetzt. – Holzschläge waren gar nicht zu sehen, diese traurigen Baumkirchhöfe, weil nächst dem Waldlande wenig Hütten standen und diese ihr Brennholz noch an den Feldern bald in diesem, bald in jenem Baume fanden, den sie umhieben – und man merkte nicht, daß einer fehle. Damals gingen auch die Hirsche oft in Herden gegen unsere Wiesen, und man brauchte sie nicht in den Wäldern aufzusuchen, wenn man einen schießen wollte – –«

Bei diesen Worten unterbrach er sich, und plötzlich, zu Clarissa gewendet, sagte er: »Wollt Ihr, Jungfrau, eine der schönen, gelbgestreiften Schwungfedern, so schieße ich Euch das Tier herab, ich glaube, ich werde es erreichen.« Er zeigte hiebei in die Luft, und die Mädchen sahen einen schönen Geier mit gespannten Flügeln hoch über dem See schweben. Er schien gleichfalls ohne alle andere Absicht zu sein, als sich in der ausnehmend klaren, lauen, sonnigen Herbstluft zu ergehen; denn auf seinen Schwingen ruhend, die Gabel des Schweifes wie einen Fächer ausgebreitet, ließ er sich gleiten auf dem Busen seines Elementes, langsame Kreise und Figuren beschreibend, während Schwung- und Ruderfedern oft zierlich gedreht im Sonnenscheine spielten und die Fittiche nur nach langen Zwischenräumen zwei bis drei leichte Schläge taten. Die Mädchen bewunderten die zarte Majestät dieses Naturspieles; sie hatten nie dieses mächtige Tier in solcher

Nähe gesehen und baten daher einmütig, dem schönen Vogel nichts zuleide zu tun.
»Freilich ist er ein schönes Tier«, antwortete der Jäger, »und daß sie ihn draußen ein Raubtier heißen, daran ist er unschuldig wie das Lamm; er ißt Fleisch, wie wir alle auch, und er sucht sich seine Nahrung auf wie das Lamm, das die unschuldigen Kräuter und Blumen ausrauft. Es muß wohl so Verordnung sein in der Welt, daß das eine durch das andere lebt. Nun seht ihn nur recht an, wie er sich langsam dreht und wendet und wie er stolzieret – er wird nicht so bald dieses Wasser verlassen; ich sah es öfter, daß sie gerne über solchen Stellen schweben, als schauten sie sich in einem Spiegel. In der Tat aber wartet er bloß auf die verschiedenen Tiere und Vögel, die an das Wasser trinken kommen.«
Sie sahen nun eine Zeitlang den Vogel schweigend an, wie er in großem Bogen langsam dem See entlangschwebte und immer kleiner ward – wie ihn rechts hohe Tannen ihrem Auge entrückten – und wie er dann wieder groß und breit dicht ob ihnen durch die dunkle Luft hervorschwamm. Endlich, da sich seine Kreise und Linien näher an die gegenüberliegende verloren, schwächte sich auch der Anteil an ihm, und Johanna fragte wieder, wie es sich mit der Entdeckung des Sees ergeben.
»Das war nun so«, entgegnete Gregor; »ich habe Euch schon gesagt, daß weit von hier ein Haus und ein Feld sei, wo ich und meine Enkel leben und wo mein Vater und Großvater gelebt haben, und das sagte ich auch, daß einmal viel größere Wälder waren als heute. Damals kam nie einer herauf; denn sie fürchteten die Einöde und ent-

setzten sich vor der Sprache der Wildnis – da waren nun solche, bei denen die Sage ging, es sei irgendwo ein schwarzes Zauberwasser in dem Walde, in welchem unnatürliche Fische schwimmen und um das eine verwunschene graue Steinwand stehe, und es seien lange Gänge darinnen. Alles flimmert von Gold und Silber, schönen Geschirren und roten Karfunkeln, wie ein Kopf so groß. Vor vielen hundert und hundert Jahren hat ein heidnischer König aus Sachsen, der vor dem frommen Kaiser Karl floh, sich und seine Schätze in diese Felsen vergraben und bei seinem Tode sie verzaubert, daß man weder Tor noch Eingang sehen kann – nur während der Passionszeit, so lange in irgendeiner Kirche der Christenheit noch ein Wörtlein davon gelesen wird, stehen sie offen – da mag jeder hineingehen und nehmen, was er will; aber ist die Zeit um, dann schließen sie sich und behalten jeden innen, der sie versäumt.«

Johanna sah hinüber auf die Wand, und es war ihr, als rührten sich die Felsen.

»Nun, sagte man nicht, daß sich jemand einmal hineingewagt habe?« fragte Clarissa.

»Ei, freilich«, erwiderte der Jäger, »da erzählte mir meine eigne Großmutter, daß es wirklich wahr sei, daß nicht weit von dem Berge, wo die drei Sessel stehen, ein solcher See liege, und daß auch einmal vor vielen hundert Jahren ein Mann, der auf dem Schestauer Hause zu Salnau wirtschaftete, aber viel Fluchens und arge Werke trieb, deswegen auch sein Gut nicht vor sich bringen konnte, am Karfreitage, als alle Christen vor dem Grabe des Herrn beteten, heraufgestiegen sei, und damit sie mehr Schätze tragen können, auch sein Söhnlein mitgenommen habe. – Wie sie nun eintraten, befiel das unschuldige Kind ein Grausen, daß es rief: ›Vater, Vater, sieh die glühenden Kohlen, geh heraus!‹ – – Aber diesen hatte der böse Feind geblendet, daß er unter den Karfunkeln wählend und wühlend seiner Zeit nicht wahrnahm, bis der Knabe wie mit einem Windesruck an dem See stand und gerade sah, wie der Fels mit Schlagen und Krachen sich schloß und den unseligen Vater lebendig darinnen behielt. Den Knaben befiel Entsetzen, er lief, als ob alle Bäume hinter ihm her wären, bergab, und die Heilige Jungfrau lenkte seine Schritte auch so, daß er sich glücklich nach Hause fand. Er wuchs heran, wurde gottesfürchtig und fastete jeden Karfreitag, bis die Sterne am Himmel standen – war auch gesegnet in seinen Feldern und in seinem Stalle. Seitdem hat man nirgends gehört, daß einer in den Berg gedrungen.«

Man sah schweigend auf die graue Wand hinüber, und auch Clarissen war es jetzt, als rühre sie sich, und die grünen Tannen stehen als Wächter und flüstern miteinander.

Der Geier war noch immer in der Luft sichtbar, sanft kreisend und schwimmend, oder oft sekundenlang so unbeweglich stehend, als wäre er eine in diesem Dome aufgehängte geflügelte Ampel.

Gregor fuhr fort: »Ich war damals ein Bube, und meine Großmutter wußte viele solche Geschichten. Da steht auch ein Berg drei Stunden von hier. – In der uralten Heidenzeit saßen auf ihm einmal drei Könige und bestimmten die Grenzen der drei Lande: Böheim, Bayern und Österreich – es waren drei Sessel in den Felsen gehauen, und jeder saß in seinem eigenen Lande. Sie hatten vieles Gefolge, und man ergötzte sich mit der Jagd, da geschah es, daß drei Männer zu dem See gerieten und im Mutwill versuchten Fische zu fangen, und siehe, Forellen, rot um den Mund und gefleckt wie mit glühenden Funken, drängten sich an ihre Hände, daß sie deren eine Menge ans Land warfen. Wie es nun Zwielicht wurde, machten sie Feuer, taten die Fische in zwei Pfannen mit Wasser und stellten sie über. Und wie die Männer so herumlagen und wie der Mond aufgegangen war und eine schöne Nacht entstand, so wurde das Wasser in den Pfannen heißer und heißer und brodelte und sott, und die Fische wurden darinnen nicht tot, sondern lustiger und lustiger – und auf einmal entstand ein Sausen und ein Brausen in den Bäumen, daß sie meinten, der Wald falle zusammen, und der See rauschte, als wäre Wind auf ihm, und doch rührte sich kein Zweig und keine Welle, und am Himmel stand keine Wolke, und unter dem See ging es wie murmelnde Stimmen: es sind nicht alle zu Hause – zu Hause ... Da kam den Männern eine Furcht an, und sie warfen alle die Fische ins Wasser. Im Augenblicke war Stille, und der Mond stand recht schön an dem Himmel. Sie aber blieben die ganze Nacht auf einem Stein sitzen und sprachen nichts, denn sie fürchteten sich sehr, und als es Tag geworden, gingen sie eilig von dannen und berichteten alles den Königen, die sofort abzogen und den Wald verwünschten, daß er eine Einöde bleibe auf ewige Zeiten.«

Er schwieg, und die Mädchen auch.

»Sehet, schöne Jungfrauen«, fuhr er nach einer Weile fort, »dies alles rieselte mir damals gar sonderbar durch die Gebeine, und mit Grauen und mit Begierde sah ich immer seitdem auf den blauen Wald hinauf, wie er geheimnisvoll und unabsehlich längs dem schönen lichten Himmel dahinzog. Ich nahm mir vor, sobald ich ein Mann sein würde, den schönen zauberhaften See und die Heidenwand aufzusuchen. Mein Vater und die Leute lachten mich aus und meinten, das sei eitel Fabel und Narrheit mit diesem Wasser; aber sehet, da ich den Wald nach und nach kennenlernte und einsah, wie wunderbar er sei, ohne daß die Menschen erst nötig hätten, ihre Fabeln hineinzuweben – und da mir viele klare Wässerlein auf meinen Wanderungen begegneten, alle von einem Punkt der Höhen herabfließend und deutlich mit kindlichem Rieseln und Schwätzen von ihrem Vater erzählend – so stieg ich herauf, und sehet, an dem Platze, wo wir eben sitzen, kam ich heraus und fand mit eins das schöne, liebliche Wasser.«

»Und hat es Euch nicht geängstet und gegraut?« fragte Johanna.

»Geängstet?« entgegnete der Alte, »geängstet? Gefreuet habe ich mich der schönen Stelle; denn ich wußte dazumal schon sehr gut, daß der Wald keine frevlen Wunder wirke, wie es gehässige und gallige Menschen gern täten, hätten sie Allmacht, sondern lauter stille und unscheinbare, aber darum doch viel ungeheuerere, als die Menschen begreifen, die ihm deshalb ihre ungeschlachten andichten. Er wirkt sie mit ein wenig Wasser und Erde und mit Luft und Sonnenschein. Sonst ist kein anderes da, noch je dagewesen, glaubet es mir nur. Auch auf dem Berge der drei Sessel war ich oben – nie saß ein König dort, sowenig als hier jemand gefischt hat. Wohl stehen die drei steinernen Stühle, aber nicht etwa einfältig eben und geglättet wie die hölzernen in Eurem Hause, sondern riesengroß und gefurcht und geklüftet; die leichten Finger des Regens haben daran gearbeitet, und das weiche, aber unablässige Schreinerzeug der Luft und der Sonne haben sie gezimmert. – Ich saß darauf und schaute wohl stundenlang in die Länder der Menschen hinaus – und wie ich öfter hier und dort war, erkannte ich gar wohl, daß dies alles nur Gottes Werk sei und nicht der Menschen, zu denen sich nur die Sage davon verlor. Sie können nichts bewundern, als was sie selber gemacht haben, und nichts betrachten als in der Meinung, es sei für sie gebildet. Hat Gott der Herr dem Menschen größere Gaben gegeben, so fordert er auch mehr von ihm – aber darum liebt er doch auch nicht minder dessen andere Geschwister, die Tiere und Gewächse; er hat ihnen Wohnungen gegeben, die dem Menschen versagt sind, die Höhen der Gebirge, die Größe der Wälder, das ungeheure Meer und die weiten Wüsten – dort, ob auch nie ein Auge hinkomme, hängt er ob ihnen seine Sterne auf, gibt ihnen die Pracht ihrer Gewänder, deckt ihren Tisch, schmückt sie mit allerlei Gaben und kommt und wandelt unter ihnen, gerade wie er es hier und unter den Menschen macht, die er auch liebt, obwohl sie ihm, wie es mir oft gedeucht hat, seine Tiere und Pflanzen mißbrauchen, weil sie im Hochmute sich die einzigen wähnen und in ihrer Einfalt nie hinausgehen in die Reiche und Wohnungen derselben, um ihre Sprache und Wesenheit zu lernen – –«

Während er noch so redete, fuhr jenseits von der Wand des Heidenkönigs ein leichter Blitz auf, und der Geier stürzte pfeilgerade in das Wasser – im Augenblicke rollte auch der Schuß die klippige Wand entlang und murmelte von Wald zu Wald.

Die Mädchen sprangen erschrocken auf, und Gregor schaute starren Auges hinüber, als wollte er die harte Wand durchbohren.

In der Totenstille der Wälder war die Lufterschütterung fast grauenhaft gewesen – – und wieder war es nun totenstille und reglos wie vorher; selbst die Leiche des Geiers lag ruhig auf ein und derselben Stelle des Wassers. Es vergingen angstvolle Minuten der Erwartung; denn wer konnte das sein?!

»Seht Ihr etwas?« flüsterte Johanna mit zitternder Stimme.

»Nein«, antwortete der Jäger, »der Schuß kam dort von den Stämmen, die von der Seewand gebrochen sind und am Ufer liegen, aber ich sehe niemanden.«

»Laßt uns eilig überfahren«, meinte Clarissa, »das Haus steht ganz leer – auch nicht eine Seele ist darinnen.«

»Mitnichten, Kind«, sagte der Jäger; »wenn Gefahr ist, wären wir eine schlechte Besatzung des Hauses. Geht in Euer Floßhäuschen, ich werde das Fahrzeug ein Stück in den See hinausfahren, und dort bleiben wir stehen. Niedergelegt längs dem Baume der Schutzwehre will ich hinübersehen, und da wollen wir abwarten, wie er es beginnen wird, das Tier aus dem Wasser zu holen.«

Aber sie warteten vergeblich. Minute an Minute verging. Ruhig, mit verschobenem Gewande und geklebtem Federschmucke lag der Geier auf dem Wasser – der Rauch des Schusses hatte sich längst verzogen, und im lieblichen Nachmittagslichte glänzend, schaute ihr verlassenes Wohnhaus herüber. Kein Laut regte sich, und wie die Augen auch angestrengt an dem Blockensteiner Vorsprung hafteten – nichts war dort ersichtlich als das Gewirre der bleichen herabgestürzten Bäume, wie ihre Äste lange weiße Scheine in den dunklen Wasserspiegel sandten.

Gregor begann nach und nach die Hand nach dem Ruder zu heben, um dem Vogel langsam näher zu fahren.

»Etwa sind die Knechte schon zurück«, meinte Clarissa.

»Das war kein Knall aus einer unsrigen Büchse«, sagte Gregor.

In dem Augenblicke wurden die zwei Mägde auf dem hölzernen Söller des Hauses sichtbar, die in dem Geklippe der Wand und an den Ufern der Gerölle Brombeeren gesucht hatten. Sie hielten wahrscheinlich den Schuß für Gregors und winkten häufig auf eine Stelle, vielleicht weil sie meinten, man sehe vom Schiffe aus den Vogel nicht.

Mittlerweile blieb der See und Wald ruhig, wie sie es den ganzen Tag waren. Die Sonne, eine weißglühende Lichtkugel, lag schon am Rande der Felswand; breite Schatten rückten über Haus und Rasenplatz auf den See heraus, dieser war glatt und schwarz, nur auf dem Schiffe lag das müde Nachmittagslicht, ebenso war der tote Vogel wie ein weißer Punkt beleuchtet, und im grünroten Schimmer floß es um das Gehäge der Fichten. Indes war man, dem Tiere näher rückend, auch bereits dem sumpfigen Ufer, wo das Gewirre der Baumstämme lag, so nahe gekommen, daß man jeden kleinsten Zweig ausnehmen konnte, ja, in der Stille der Luft und des Wassers sah man es sogar deutlich, wenn ein Frosch, der sich sonnte, von einem Stamme in das Wasser sprang und die leichten Wellenringe fast bis auf den Floß auseinandertrieb. Aber nicht das geringste Anzeichen eines Menschen wurde sichtbar, so daß der Glaube immer mehr Wahrscheinlichkeit gewann, es sei nur irgendein Schütze durch Zufall so tief in den Wald geraten und an den See verschlagen worden, habe sein gutes Auge an dem Federtier versucht und habe dann, da er das Fahrzeug und das Haus erblickte, aus Aberglauben die Flucht ergriffen, namentlich, da er mußte gesehen haben, wie sich das Schiff bewegte, ohne daß er Menschen darauf wahrgenommen. Endlich mit einigen langsamen Ruderschlägen war man dem Tiere so nahe gekommen, daß es Gregor mit der Hakenstange des Floßes herbeifischen konnte. Es war ein sonderbarer Anblick, wie die langen triefenden Schwingen hinabhingen, wie die nassen, klebenden Federn den sehnigen Körperbau bloßlegten und die Wunde zeigten, die mitten in die Brust ging. Gregor untersuchte sogleich dieselbe und zog mit einem Werkzeuge seiner Weidtasche eine sehr kleine Kugel daraus hervor. Johanna fuhr vor Schreck zusammen – und auch Clarissa sah gespannten Auges und klopfenden Herzens auf das Angesicht des Jägers – dieser aber, nicht eine Miene verziehend, steckte die Kugel gelassen zu andern in seinen

ledernen Beutel – ja er stand sogar seiner Länge nach auf dem Floße auf und fuhr unbefangen dem Landungsplatze am Hause zu, wo man abends anlangte.
Als sie ausgestiegen waren, fragte Clarissa geradewegs, was er von der Sache halte.
»Freilich kenne ich den Schützen«, sagte er; »es sind allerlei Toren auf der Welt – und er mag ein großer unter ihnen sein – – von ihm ist Euch keine Gefahr – – ich irre mich nicht, ich kenne die Kugel – aber es ist grundlos töricht, warum er hiersein mag – – die Sonne scheint auf Eitelei und Torheit. – Ich habe viele Tage gesehen, und so ist der Mensch: er sucht den Schimmer und will das Irrlicht greifen –«
»O Gott! Ihr wißt mehr, als Ihr uns sagen wollet«, rief Johanna angstvoll.
»Ich habe Euch gesagt, Jungfrau, daß Ihr möget ohne Sorgen sein – ja, ich kenne vielleicht den Mann, obwohl mir seine Anwesenheit unbegreiflich ist – er begeht lauter Dinge, die ohne Ziel und Zweck sind, und strebt nach Unerreichbarem. Er hat manchmal wollen den Sonnenschein auf seinen Hut stecken und die Abendröte umarmen; es regnet viele Tropfen, ehe man Einsicht gewinnt, und Jahre vergehen, ehe man weise wird. Dringt nicht, Kinder, ihr habt keine Gefahr – und wenn ich etwas wüßte und euch verbergen wollte, so würden meine Zähne verschlossener sein als die Steintore des Heidenschatzes, die kein eiserner Balken aufzuzwingen vermag. Schlafet ruhig; jedes Haar meines Scheitels ist ein Wächter für euch – ich liebe euch, ihr seid gut und unschuldig und fast so schön als Martha.« – – –

Ein erkennbares Zucken spielte bei dieser Erinnerung um seinen alten, harten Mund, aber sogleich fuhr er fort: »Ich liebe euren Vater und werde in Zukunft das Plätzchen hier noch mehr lieben als früher, wenn ich wieder einmal heraufkomme, das Haus längst nicht mehr steht, der Krieg seine Endschaft erreicht und euer Schloß euch wieder aufgenommen hat. Seid sorgenlos, meine lieben Töchter, und schlafet süß, wie vor vielen Jahren in eurem Kinderbettlein.«

Die Mädchen sahen gerührt und ängstlich auf ihn, wie sie mit verschlungenen Armen vor ihm standen, und es mochte ihnen fast unheimlich dünken, daß er, an der äußersten Grenze menschlichen Hochalters stehend, dennoch von Planen und Zeiten rede, die weit in die Jahre hinauslagen. Johanna suchte vergeblich ihre aufsteigenden Furchtgedanken zu dämpfen, die sie sich nicht zu sagen getraute.

»Sehet, da geht der blutrote Vollmond auf«, begann er wieder, »sehet nur hin auf das düstre holde Licht, wie es am Waldesrand erglimmt und fast schon sichtbar die langen Schatten über den See streichen – ich hab es hundert und hundertmal gesehen; aber immer gefällt es mir – ich habe so stets meine eigenen Gedanken gehabt über das Mondlicht – es ist ein wundervolles Licht.«

»Ein schmerzlich schönes Licht«, sagte Clarissa.

»Und nirgends seht Ihr es so schön als im Walde«, fuhr Gregor fort; »manche Nacht habe ich es schlummern gesehen über den Forsten, wenn ich auf den Höhen gegangen bin – da glänzte alles und flimmerte und glitzerte so ruhevoll – daß ich so manche Gedanken hatte über diese Einrichtung, daß nachts an dem Himmel diese glänzenden Scheiben hingehen – aber zum Nutzen ist es sichtbarlich; denn seht, wenn er so oben steht, mitten über den Wäldern und weit und breit sein Licht niederrieselt in die Zweige – wie sie da so froh sind im Nachtlichte und Blätter und Nadeln auseinanderlegen, wie man eine Hand aufmacht, und in der Christnacht, wenn der Herr geboren wird, reden sie miteinander – – geht schlafen, Kinder, geht schlafen – es droht euch gar keine Gefahr; ich muß hier die Knechte erwarten, daß ich ihnen das Floß hinüberrudere, wenn sie das Zeichen geben. Und ihr«, sagte er zu den dastehenden Mägden, »nehmt das Federtier hinein und trocknet es sorglich, vielleicht, daß die Schönheit des Gefieders wieder etwas herzustellen ist.«

»Gute Nacht, Vater«, sagte Clarissa.

»Gute Nacht, Tochter«, erwiderte der Greis.

Und somit stiegen die Schwestern die Treppe zu ihrem Gemache hinan, angstvollen und harrenden Herzens, und als sie ihr mäßig Abendmahl verzehrt, sich entkleidet und die Magd entlassen hatten, schlossen sie besorgt doppelt Schloß und Riegel an den Türen, setzten sich auf ein Bette zusammen und redeten noch vieles und manches, sich tröstend und liebversichernd, auch daß sie morgen wieder nach Wittinghausen blicken und daß sie nie mehr ohne das Fernrohr einen Spaziergang machen wollten. So koseten sie noch lange, bis die rote Scheibe des Mondes, hoch ob dem Erdenrande schwebend, längst zur goldenen geworden und Johanna am Busen der Schwester wie ein Kind entschlafen war.

Clarissa ließ sie sanft auf die Kissen gleiten und suchte auch ihr Lager; noch hörte sie in ihre beginnenden Träume hinein das Jauchzen der zurückkehrenden Knechte jenseits des Sees herüber und das Plätschern des abfahrenden Gregors, der sie holte.
Dann sank tiefe, feste Ruhe über die schönen Augenlider.

Waldwiese

Des andern Tages stand schon die Sonne am Morgenhimmel, als Clarissa erwachte und an das Bett Johannens trat, die noch tief schlummerte und sich ein ganzes Morgenrot auf ihre unschuldigen Wangen geschlafen hatte. Da ging sie leise an das Fenster, das im Morgengold wallte, sah einige Augenblicke auf den Wald, der mit Reif bedeckt war und Funken warf, und kniete endlich auf ihren Schemel nieder, um ihr Morgengebet zu verrichten. Als sie aufstand, sah sie auch Johannen an ihrem Schemel knien; daher wartete sie ruhig, bis auch diese aufgestanden war, und dann, noch den Abglanz des gläubigen Gebetes in den Augen, grüßten sie sich heiter und freudig und scherzten fast über ihre gestrige Angst. Man ließ die klopfende Magd herein, und diese berichtete, daß die Knechte erzählt hätten, wie draußen bereits Kriegsvölker ziehen, und daß es über die Wasserscheide oft wie Ameisenzüge gehe, alles gegen die oberen Donauländer. An den Waldrändern ist es so einsam und stille wie immer. Von Wittinghausen wußten sie nichts.

Man beschloß, Gregor zu bitten, daß er sie, sobald die Gräser und Gebüsche etwas trocken geworden wären, auf den Blockenstein geleiten möge. Als sie angekleidet waren und die hohe Sonne schon Reif und Tau von ihrer Wiese gezogen hatte, wollten sie auf selber ein wenig lustwandeln gehen. Wie sie über die Treppe hinabkamen, fanden sie Gregor, wie er eben lockere Bretter und Balken festnagelte, auch befremdete es sie, daß das äußere Tor an den Pflöcken, das immer ganz und gar offengestanden, nicht nur eingeklinkt, sondern auch verriegelt war. Gregor ließ sogleich von seinem Geschäfte ab und zeigte ihnen den getrockneten Geier, dessen Federn er in schöne Ordnung gebracht habe und von denen er sie bat, sich die schönsten als ein Angedenken ihres Waldlebens auszusuchen; indes wolle er hineingehen und sich richten, um sie begleiten zu können. Er ging. Aber anstatt sich Federn auszulesen, standen die Mädchen und sahen sich befremdet an; denn heute war alles neu. Sonst hatte er sie ganz allein auf ihrer Wiese weit und breit bis an das Gerölle gehen lassen, ohne sich weiter zu bekümmern. Susanna, die Magd, die eben dastand, erzählte auch, daß, als sie erfahren, daß nicht Gregor den Geier geschossen, sondern ein anderer Schuß es war, man wisse nicht, woher, sie vor Angst fast die ganze Nacht nicht geschlafen, und da sei sie spät nach Mitternacht, als bereits die zurückgekommenen Knechte längst schliefen, durch ein seltsames Geräusch erschreckt worden, als ob ein Schloß raßle – und da sie nun behutsam zum Fenster hinausgesehen, habe sie wirklich gehört, wie das Schloß am äußeren Tore gesperrt werde und sodann eine Gestalt, die sie für Gregors hielt, dem Ahornwäldchen zuschritt. Fast eine Stunde verging, ehe die Gestalt wiederkam, aufsperrte und hereintrat, hinter sich sorgsam verriegelnd – es war nun, wie er zum Hause kam, deutlich erkennbar, daß es Gregor sei. Diese Tatsache war nun nicht geeignet, die Unruhe der Mädchen zu vermindern – allein wie Gregor die Tür heraustrat und sie den schönen Greis ansahen mit der aufrichtigen Stirne und darunter dem glänzenden dichterischen Augenpaare, so folgten sie ihm willig durch das Tor, das er hinter sich wieder schloß. Keine – wie durch Verabredung – tat der neuen auffallenden Vorkehrungen Erwähnung. Er schwieg auch darüber.

Nachmittags, das heißt nach damaliger Sitte schon um zwölf Uhr, stieg man auf den Blockenstein. Zwei bewaffnete Knechte begleiteten sie, der dritte hütete das Floß. Das Rohr wurde befestigt, und rein und klar, wie immer, stand das kleine Nachbild des Vaterhauses darinnen. Wie ein Vorgefühl, als sähen sie es zum letzten Male so, überkam es die Herzen der Mädchen, und es war ihnen, als könnten sie sich gar nicht davon trennen und als müßten sie den geliebten schönen Vater oder den unschuldigen Knaben Felix auf irgendeinem Vorsprunge stehen sehen. Wahrscheinlich waren es die neuen Anstalten Gregors, die ihnen dieses Unruhegefühl einflößten.

Endlich, da immer dasselbe längst bekannte und unbelebte Bild im Glase stand, und nach tausend Grüßen, die laut und heimlich hinübergesendet wurden, nahm man das Rohr ab und trat den Rückweg an. Zu Hause wählten sie sich noch einige Federn des Geiers und begaben sich wieder in ihre Zimmer.

Kein einziger Vorfall geschah diesen und die folgenden Tage, außer daß man wieder einmal wollte bemerkt haben, daß Gregor in der Nacht das Haus verlassen habe: Aber eine gewisse Schwüle und Angst lag über dem Tale und den Herzen, als müsse jetzt etwas geschehen. Seltsam – als ob die unsichtbaren Boten schon vorausgingen, wenn ein schweres Ereignis unserm Herzen naht. – –

Es war die fünfte Nacht nach dem Schusse des Geiers – der abnehmende Mond stand am blauen Nachthimmel und malte die Fenstergitter auf die Sessel und Bettvorhänge der Mädchen –, da saß Johanna am Rande des Bettes ihrer Schwester, und mit dem Finger sanft ihre entblößte Schulter betupfend, suchte sie dieselbe zu wecken, indem sie angstvoll leise die Worte hauchte: »Hörst du nichts?«

»Ich höre es schon lange«, antwortete Clarissa, »aber ich wollte dich nicht wecken, daß du keine Angst habest.«

Nun aber richtete sie sich auch in ihrem Bette auf, und von dem einen Arme Johannas gehalten, auf die Bettkante gestützt, saßen sie da, keinen andern Hauptschmuck als das schöne Haar, den Körper im Horchen sanft vorgebogen, unbeweglich, wie zwei tadellose Marmorbilder, um die das milde Licht der Herbstnacht fließet.

Es war, als hörten sie undeutlich in der Ferne eine Stimme, schwebend zwischen Rufen und Gesang – es war aber weder die eines Knechtes noch Gregors.

Sie horchten lautlos hin, aber hörten gerade jetzt nichts. Auf einmal ganz deutlich, wie herausfordernd – schwärmerisch wild kam ein Gesang einer Männerstimme herüber, folgende Worte tragend:

»Es war einmal ein König,
der trug 'ne goldne Kron.
Der mordete im Walde
sein Lieb – und ging davon.

Da kam ein grüner Jäger:
›Gelt, König, suchst ein Grab?
Sieh da die grauen Felsen,
ei, springe flugs hinab.‹

Und wieder war ein König,
der ritt am Stein vorbei:
Da lagen weiße Gebeine,
die goldne Kron dabei.«

Die Stimme schwieg, und die Stille des Todes war wieder in Luft und Wald und in den Herzen der Mädchen – und als es draußen schon längst geschwiegen, getrauten sie sich noch nicht, sich zu regen, als sei die Szene nicht aus und als müsse noch etwas kommen.
Aber sie war aus. Kein Laut, kein Atemzug regte sich in der stummen, funkelnden Mondluft. – Da, nach langem Warten, drückte sich Johanna sanft und langsam rückwärts aus der Umarmung und sah der Schwester in das Angesicht.
Es lag so bleich vor ihren Augen wie der Mond auf der Fensterscheibe.
Nicht eine Silbe sagten sie beide.
Johanna, wie im Instinkt des Guten und hier Zuständi-

gen, wendete ihre Augen wieder ab und barg ihr eigenes Antlitz in das Nachtgewand der Schwester – und so viele, viele Augenblicke lang aneinandergedrückt, wie zwei Tauben, hielten sie sich, daß Johanna Clarissens Herz pochen fühlte und diese das Zittern des Armes der andern auf ihrem Nacken empfand. – – Endlich furchtsam leise fragte die jüngere: »Clarissa, fürchtest du dich?«

»Fürchten?« sagte diese, indem sie sich sanft aus der Umarmung löste, »fürchten? Nein, Johanna – das Rätsel ist klar, dessen dunkler Schatten uns dieser Tage ängstete – – ich fürchte nichts mehr.«

Und dennoch bebte ihre Stimme, als sie diese Worte sagte, und Johanna konnte selbst bei dem schwachen Mondlichte bemerken, wie allgemach ein feines Rot in die vorher so blassen Wangen floß und darinnen sanft bis zur schönsten Morgenröte anschwoll. Ein ungeheuer Empfinden mußte in ihrer Seele emporwachsen, wechselnd in Wohl und Weh; denn ein fremder Geist lag auf diesen sonst so ruhigen Zügen und goß eine Seele darüber aus, als glühete und wallete sie in Leidenschaft.

»Johanna«, sprach sie, »es ist wunderbar, sehr wunderbar, wie die Wege der Vorsehung sind. Wer hätte gedacht, daß das, was ich neulich an der Felsenwand zu dir sprach, so nahe sei – in der schönen Einöde hat mich Gott der Herr gefunden – mag es sich erfüllen, wie es muß und wird – fürchte dich nicht, liebes Kind – auch mitten im Walde ist der Herr ob uns. Du kennst das Lied, du ahnest auch, wer es sang – er hat es gut gewählt – er wird mich sehen, ja, aber nicht in unserem heiligen Hause – Gregor und du werdet mich begleiten – sieh mich nicht so erschrocken an – wenn selbst die kleine Kugel von ihm kam und wie er auch mit diesem Wald zusammenhängt: Gefahr solcher Art droht uns nicht – – ja, ja, den Sonnenschein hat er wollen auf den Hut stecken und die Abendröte umarmen – – ja, es ist seine Art, so zu erscheinen, wie er hier tat, das Lied hat mich herausgefordert – gut, aber jetzt ist es kein Kind mehr, hilflos gegeben in die Allgewalt der eignen Empfindung: eine Jungfrau, stark und selbstbewußt – sie wird kommen, statt der Lilie das Schwert des Herrn in ihrer Rechten – ja, sie wird kommen!!«

Ihr Antlitz strahlte – eine solche Schönheit überging ihre Züge, daß selbst Johanna scheu zu ihr hinüberblickte – mit Inbrunst schwärmte ihr dunkles Auge hinaus, angeglänzt von dem Lichte der Nacht – – auf die Stirne flog es wie ungeheurer Stolz und Triumph – – so saß sie und badete das gehobne Antlitz in den Strahlen des Mondes – – – bis sie endlich in einen Strom siedendheißer Tränen ausbrach und sich wie ein Kind an das Herz der Schwester legte.

Wer sie in dieser Nacht gesehen hätte, der hätte begriffen, wie denn diese sanfte, ewig ruhige Gestalt zu den tiefschwarzen lodernden Augen gekommen.

Johanna schlang ihre beiden Arme um sie, und obgleich sie die Gewalt dieser Tränen nicht begriff, so wurde sie doch selbst bis zu dem heftigsten Schluchzen gerührt – und die Last der Herzen löste sich durch diese milden Perlen.

Der Morgen fand sie, Johannen an dem Busen der Schwester mit den müde geweinten Augen tief und fest

entschlummert. Clarissa wachte schon längst, aber da der Schwester Haupt ihr zum Teil auf Busen und Schultern lag, so regte sie sich nicht, um ihr nicht den Morgenschlaf zu stören, der mit so sichtbar süßer Hülle auf dem geängsteten Herzen lag. Endlich, da sich die braunen Augen langsam auftaten und befremdet auf Clarissen sahen, wie sie denn in ihr Bett geraten, so strich diese sanft mit der Hand über die Scheitel der goldblonden Locken und sagte: »Guten Morgen, liebes, liebes Kind.«
Aber mit einer Art Beschämung über die Lage, in der sie sich fand, sprang Johanna auf und begann sich anzukleiden, indem ihr nach und nach das Bewußtsein der vergangenen Nacht kam und der Wichtigkeit des heutigen Tages.
Auch Clarissa kleidete sich schweigend an und ließ dann durch die Magd den alten Gregor rufen.
Er kam.
»Ihr habt heute nacht singen gehört«, redete sie ihn an.
»Ja.«
»Ihr kennt den Mann sehr gut, welcher gesungen?«
»Ich kenne ihn sehr gut.«
»Er wünscht dringend mit uns zu reden.«
Der Jäger sah sie mit betroffenen Augen an. »Ich weiß es«, sagte er, »aber daß auch Ihr es wisset?!«
»Wir wissen es und wollen ihn auch sprechen, und zwar, wenn es möglich ist, noch heute; aber nicht hier – in unser Haus soll kein fremder Mann kommen –, sondern an der Steinwand bei den letzten Ahornen soll er uns erwarten. Johanna und ich werden kommen, und Ihr seid gewiß so freundlich, uns zu begleiten. Wenn der Schat-

ten der Tannen von dem See gewichen ist, möget Ihr uns abholen, wenn es bis dahin geschehen kann.«
»Es kann geschehen – aber bedenket, daß Ihr selbst es seid, die es so wollen.«
»Bereitet es nur, Gregor – ich kenne auch den Mann, und wir wollen ihn fragen, warum er unsere Ruhe und Zuflucht stört.« Gregor ging.
Der Vormittag war vorüber, der Schatten der Tannen war von dem See gewichen, und man sah Gregor mit der Büchse auf der Schulter die zwei Mädchen dem Ahornwäldchen zuführen. Johanna war, wie gewöhnlich, in ihrem weißen Kleide, aber Clarissa hatte all ihren Schmuck und ihre schönsten Kleider angetan, so daß sie wie eine hohe Frau war, die zu einem Königsfeste geführt wird. Es liegt etwas Fremdes und Abwehrendes in Schmuck und Feierkleid der Frauen; sie sind gleichsam der Hofstaat ihrer Seele, und selbst der alte Waldsohn, der nie andere Juwelen sah als die des Morgens in den Tannen, fühlte sich von Clarissens Schönheit gedrückt und fast untertänig; denn auch in ihrem Angesichte lag ein fremder Schimmer und ein strahlender Ernst.
Johannas Herz klopfte ungebändigt, und obwohl sie sich's zu sagen schämte – die kleine Kugel und der Jägerbursche, der von dem furchtbaren Wildschützen erzählt hatte, wollten ihr nicht aus dem Sinne kommen, und es war ihr dunkel drohend, als ob etwas Entsetzliches kommen würde.
So war man bis gegen die letzten Ahornen gelangt. Ein Mann, in einfache, ungebleichte Linnen gekleidet, einen breiten Hut auf dem Haupte, eine Flinte in dem Arme,

saß auf einem der grauen Steine. Wie man ganz in die Nähe gekommen, stand er auf, zog ehrerbietig den Hut und wies sein Antlitz. – Johanna hätte fast einen Schrei getan – so schön war er –, auch Clarissa wankte einen Augenblick. Wie er den Hut abgenommen und das Angesichte mit einem schnellen Ruck ihnen zugewendet, warf sich eine Flut von Haaren wie ein goldener Strom auf seine Schultern, darlegend das lichte Antlitz, fast knabenhaft schön und fein, daraus die zwei großen, dunkelblauen Augen hervorsahen, wie zwei Seelen, die auf Clarissen hafteten. – – Auch sie vergaß ihr dunkles Auge auf seinen Zügen, den wohlbekannten, vielgeliebten, vielgekränkten – bis sie plötzlich hoch errötend einen unbeholfenen Schritt seitwärts tat, gleichsam gegen die Bank hin, die in der Nähe stand, als wollte sie sich darauf setzen. Johanna, bloß diese Absicht vermutend, war ihr behülflich und setzte sich neben sie. Er, noch immer kein Wort redend, ließ unbewußt seine Blicke ihren Bewegungen folgen, als sei er betreten, daß eine ganz andere Gestalt gekommen, als er erwartet. Endlich legte er seine Flinte seitwärts und setzte sich den Mädchen gegenüber auf denselben grauen Stein, auf dem sie ihn gefunden.
Die hohen Bäume, die graue Felswand und die weißen Nachmittagswolken sahen stumm auf die seltsame, ebenfalls stumme Versammlung.
Gregor ging abseits von den Ahornen, anscheinend so hie und da das fortschreitende Vergelben der Blätter betrachtend. Endlich taten sich Clarissas Lippen auf, und sie sagte: »Ihr habt uns aufgefordert – – Ihr wolltet, mein ich, mit uns reden – wir sind gekommen – so redet.«

»Ja«, antwortete er, »ich bat Euch um eine Unterredung, aber nur Euch; denn ich kenne die andere Jungfrau nicht.«

»Es ist meine Schwester Johanna.«

Mit Verwunderung blickte er nun auf Johannen und sagte trübselig lächelnd: »Sie ist aus einem Kinde nun eine schöne Jungfrau geworden; – o Clarissa, wir haben uns sehr lange nicht gesehen – damals war sie ein Kind, das selten sichtbar wurde, daß ich ihrer schon ganz vergaß. – Kennet Ihr mich, Johanna?«

Sie schüttelte mit dem Kopfe.

»Nun, Clarissa«, fuhr er fort, »verzeihet, daß ich gekommen, und auch die Art, wie ich es tat. – Seht, ich wollte nicht plötzlich, wenn Ihr lustwandeln ginget, vor Euch treten – ich hätte es einige Male gekonnt –, sondern erst Euern Begleiter, den ich seit langem kenne, sprechen, aber er war stets an Eurer Seite und verließ sonst nie das Haus, daher sandte ich ihm durch den Geier meine Kugel, die er wohl kennt, auch suchte er mich sogleich und fand mich, aber keine Macht der Überredung konnte ihn dahin bringen, daß er Euch von mir eine Botschaft brächte – – ja, er verrammelte und bewachte das Haus nun vorsichtiger als je, so daß ich ihn, der mich einst so liebte, gar nicht begriff. Ich selbst mußte mir nun, sei es auch auf die Gefahr hin, daß mich einer Eurer Knechte erschieße, Gelegenheit verschaffen, Euch meine Anwesenheit kundzutun, ob Ihr etwa freiwillig gewähret, was ich nicht rauben wollte und von ihm nicht erbitten konnte. Ich sang das Lied, das Ihr kennen müsset.«

»Ich kannte es«, sagte Clarissa, »und sei es nun auch unrecht, daß ich kam, ich wollte Euch nicht fortweisen, da Ihr so viel Anstalt machtet, mich zu sprechen – – und nun redet, warum seid Ihr hier, die Zuflucht und Ruhe zweier Mädchen zu unterbrechen, die so kindisch sind, daß sie oft das unversehene Rauschen eines Blattes schreckt, sagt, warum seid Ihr hier?«

»Clarissa – Ihr fragt das«, sagte er, indem ein leichter Hauch von Rot über sein Gesicht flog, »wisset Ihr selber denn das nicht?«

»Nein, ich weiß es nicht«, antwortete sie mit unsicherer Stimme.

»Ihr wißt das nicht?« wiederholte er zweimal, »Ihr wißt das nicht?« – und er warf sein Haupt wie im Schmerz empor, so, daß auf einen Augenblick der Glanz der Herbstsonne auf die schwärmerischen Züge fiel – und sie verklärte – – »Ihr wißt das nicht?! Sehet, ich bin in Frankreich gewesen – ich war weiter, in dem neuen Lande war ich jenseits des großen glänzenden Meeres – ich kam wieder, ich suchte Euer Schloß, es ist bedroht, Ihr seid geflüchtet, niemand weiß, wohin – ich kundschaftete auf allen Straßen; eine führt gegen den Wald, sie sah Euch ziehen – ich suchte Gregors Hütte, er ist nicht da. – Durch alle Wälder und Schluchten, lebend von dem, was mir meine Büchse erwarb, ging ich tagelang, wochenlang, bis – es war eine lichte, schöne Stunde –, bis der Gedanke dieses Sees wie ein Blitz in meine Seele fuhr, wie ihn mir einst Gregor zeigte und die Worte sagte: Auf diesem Anger, an diesem Wasser ist der Herzschlag des Waldes; mir ist, als müßte ich ihn hören, so lieblich und treu und fester als die Burg eines Königs – ich kam hierher – am Rande jener Felsenmauer herüberkletternd, erblickte ich das hölzerne Haus, auf einem Felsensteige – Gregor weiß ihn – Euch wäre er tödlich – stieg ich nieder. – Dort, wo die Sandriesen beginnen, im Schatten des Felsens ruhte ich ermüdet aus, wischte mir das Blut von den Händen – und wie ich nach diesem Geschäfte aufblickte – kaum hundert Ellen von mir am Rande des Gerölles saßet Ihr mit Johannen, beide in weißen Gewändern und vertraulich redend – – ich erschrak, daß sich der See und die Bäume drehten – das schreiende Herz drücke ich nieder, ja, in meiner Torheit halte ich den Atem an, daß er Euch nicht erreiche, obwohl ich nicht einmal Eure Worte hören konnte – aber hold und süß müssen sie gewesen sein; denn Ihr saßet und sprachet lange, legtet endlich Eure Hände ineinander und sahet schweigend in die Luft hinaus, mir wollte es bedünken im Übermaß der Rührung und der Liebe und des Vertrauens – als es Abend wurde, ginget Ihr – diese Bäume hier verschlangen den letzten Schimmer Eures Gewandes – ich blieb sitzen und stillte meinen Hunger mit einer Handvoll Brombeeren. Wieder sah ich Euch – gehen durch den Wald, wandeln an dem See, ruhen auf diesem oder jenem Steine – ich war Euch oft so nahe, daß ich Euch greifen konnte; Eure Harfe hörte ich des Nachts. – – Seht Ihr, dort oben, wo der dürre Sandstrom um die zwei Felsenhäupter quillt, steht ein Baum, es ist nur mehr der Strunk einer Föhre, die der Blitz einst zerschlug, bei Tage ist er ein mißfärbiges Grau, aber in der Nacht beginnt er zu leuchten, blau und grün und weiß – stundenlang saß ich an dem Felsen und sah auf das stille, nächtliche Glimmen desselben – – Clarissa! und Ihr fragt, weshalb ich gekommen??«

»O übt ihn nicht«, sagte sie mit innig flehender Stimme, »o übt ihn nicht, den alten Zauber, dessen Gewalt Ihr kennt und einst erprobtet gegen ein törichtes Mädchen – o übt ihn nicht, es ist nicht redlich.«

Es war seltsam anzuschauen, wie die entschloßne Jungfrau zu schwanken begann und fast eingeschüchtert war einem Manne gegenüber, dessen Mienen doch so offen lagen wie die eines Kindes; aber wenn man ihn ansah, wie er auf ihre Rede schwieg und hinaussah in die Räume, so war es, als sähe man den Geist aufleben, dem sie sich beugte: eine wilde Hoheit, eine schwärmerische Dichtung lag in diesen Zügen, im Auge etwas, was fleht und herrschet – ein Schmelz von Zärtlichkeit, unsäglich bindend das geliebte Herz, es selbst unsäglich liebend und doch hinausverlangend ins Unbekannte, ein aufquellend Herz, nach Taten schmachtend. Und gerade das letzte, jeden Augenblick Liebeverlust drohend, war es, was sie so zauberisch band.

»Ja, ja«, begann er wieder sanft, »Clarissa, süßer Engel, es ist redlich; ich bin nicht töricht und ohne Zweck gekommen; denn wisset, seit jenem Tage, wo ich fortging, teils gedrängt, teils selbst hinausschwärmend, war es doch nur ein Gedanke, dem ich nachging, dem ich glühend nachstrebte – damals lebte er noch, der befehlen konnte: laß fahren das Scheinding; ich schlug es los, in alle Winde wollte ich es streuen; ich ging monatelang durch diese Wälder, dem wilden Hange folgend – da fand ich Gregor. – Wie ein Sohn liebte ich den Alten, obwohl er ein Kind

war gegen mich in Schwärmerei und Wagnis – das Scheinding aber trug ich im verschwiegenen Herzen – dann sah ich jene schimmernde Stadt, ich sah grenzenlose Wildnisse des neuen Landes – ich kam wieder, als er tot war, aber ich brachte das Scheinding, wie er es nannte, wieder mit – – Clarissa, nun aber ist alles gut – ein Jahr hab ich gearbeitet, ein mühselig Jahr, berghohe Hemmnisse hinweggewälzt – alles ist eben – ich bin frei. – Wie keine Mutter ihr Kind hab ich dich gesucht, die Geliebte, die Verlassene, die Unvergeßliche, um dir alles, alles mitzuteilen – – o Clarissa, ich bitte dich, denke zurück, blicke in dein Herz, und um der Güte Gottes willen frage nicht mehr, warum ich gekommen!«
Ehe sie es ahnen und hindern konnte, stand er auf, und auf die harten Steine zu ihren Füßen sinkend, nahm er ihre Hand, schloß sie in seine, die großen blauen Augen angstvoll auf ihr sterbebleiches Antlitz heftend.
»O steht auf«, sagte sie in der Ohnmacht ihrer Seele mit den Augen herumirrend, »so steht doch auf – – ich kam gewaffnet hierher, die Gewalt Eures Herzens soll mir diese Waffen nicht ablösen – nein, sie soll es gewiß nicht. – Denket nicht mehr, ich sei noch das Kind, das Ihr einst kanntet – – wie Ihr damals in unser Schloß kamet, wie der Vater Euch liebgewann; Ihr waret so schön, mein Auge konnte fast nicht ablassen von dem Euren, ein ganzes Meer von Seele und Gemüt gosset Ihr in mein dunkel bewußtes Herz, meine hülflose Kinderseele zwanget Ihr, an Eure Lippen zu fliegen – ich fragte nicht, woher Ihr kamet, wer Ihr seid – ich hing an Euch – im Wahnsinne von Seligkeit hing ich an Euch, sündhaft ver-

gessend meinen Vater, meine Mutter, meinen Gott – – da ginget Ihr fort – – – nun, es ist alles überstanden – ich erkannte die Sünde; Gott gab mir die Gnade, sie zu bereuen und zu vergessen. Die Seele wandte sich wieder ihrer reinen Liebe zu. Seht, dies unschuldige Mädchen hier, meine Schwester, dann mein Vater und der Bruder Felix zu Hause – diese sind meine Geliebten – und der Herr im Himmel, der ist mein Gott – – es ist überstanden.«
Tränen brachen aus ihren Augen und schimmerten neben den Diamanten des Stirnbandes.
»Nein, Clarissa, es ist nicht überstanden«, sagte er, zu ihr emporblickend, indem ein Entzücken durch den Himmel seines Auges ging, »nein, es ist nicht überstanden; goß ich auch ein Meer von Gemüt und Seele in dein Kinderherz, so goß ich es auch in meines. – Es ist wahr, anfangs reizte mich bloß die ungewohnte Fülle und Macht, aufsprossend in dem Kinderherzen, daß ich prüfend und probend an sie trat, daß ich die Kinderlippen an mich riß – aber eine Seele, tief, wild, groß und dichterisch wie meine, wuchs aus dem Kinde an mich, daß ich erschrak, aber nun auch mich im Sturme an sie warf, namenlos, untrennbar Glut um Glut tauschend, Seligkeit um Seligkeit. – – Weib! Du warst damals ein Kind, aber die Kinderlippen entzückten mich mehr als später jede Freude der Welt, sie glühten sich in mein Wesen unauslöschlich – ein Königreich warf ich weg um diese Kinderlippen; nicht Jahre, nicht Entfernung konnten sie vertilgen – und nun bin ich hier, abgeschlossen mit der Welt, um nichts auf der ganzen Erde mehr bittend als wieder um diese Kinderlippen.«

Er blieb knien, das geliebte Antlitz schaute zu ihr empor, vergessend seiner selbst und der Umgebung – sie aber fühlte sich verlieren; um ihre Stirne irrte es wie dunkle Wonne, wie Morgenröte des Gefühls. – Einen Augenblick noch sah sie hülflos umher, ringend mit dem eignen Herzen, das in so ganz anderer Absicht hergekommen war – dann überzog neuerdings ein feuchter Schleier ihr Auge, aber es war darinnen süße, düstre Zärtlichkeit, wie es auf ihn niedersank und sie fast unhörbar und zitternd die Worte sagte: »Und doch, Ronald, bist du fortgegangen!!«

»Ja«, rief er, indem eine schnelle, schwärmerische, fabelhafte Freude über seine Züge flog, »ja, ich ging fort, weil es einer befahl, der mächtiger war als ich und du und als dein Vater und dein König – aber nicht weil er es befahl, ging ich, sondern weil er bat, weil er sagte, es sei zu deinem und zu meinem Heile – – und, Clarissa, weil mein eigen tobend Herz mich hinausriß, töricht schweifend in das Leere, als seien draußen namenlose, ungeheure Dinge zu vollführen – – aber, bin ich gegangen, so bin ich ja auch wieder da, und ich gehe nie, nie mehr von dir; du bist mein Atem und mein Pulsschlag. – Draußen ist es dürre wie Sand und unersprießlich alle Welt gegen dein schlagendes Herz, gegen deine Güte und gegen deine Liebe; siehe, er hat mich großmachen wollen, wie einen seiner Helden oder gar wie sich selbst, er hat mich abgöttisch geliebt als das Ebenbild meiner Mutter. In unser schönes, fernes Land, sagte er, werden wir zurückkehren, dort wolle er es heben zu einem der ersten der Welt, ich werde ihm zunächst stehen, und an mir wolle er es gutmachen, was er an meiner armen Mutter verschuldet – er, der Starke gegen alle Welt, war schwach gegen mich, er ließ meine Jugend schwärmen, in die ganze Welt wollte ich fliegen, weit und breit; selbst in Feindeslande ging ich herum, auf Eurem Schlosse lebte ich monatelang. – – Als ich ihn glühend um dich bat, sagte er: Du bist noch ein Knabe, gehe fort, gehe in die Welt, gehe hin, wo du willst, selbst über das Meer, und wenn du wiederkommst und sie noch willst, sollst du sie haben und in unser Land führen – aber geh und laß lieber fahren das Scheinding – – – aber, o Clarissa, als ich wiederkam, war er längst tot – von all denen, die um ihn trauerten, waren zwei Augenpaare, die gewiß am heißesten weinten, meines und sicher auch das meiner fernen Mutter. Ich hab ihn noch einmal gesehen – ich brachte es dahin, daß mir Gruft und Sarg geöffnet wurde. – In den Busen des Kanzlers hatte er die Pläne über mich niedergelegt, mit diesem, den Führern und andern mußte ich ein Jahr kämpfen, ein mühselig schleppend Jahr, bis ich mir die Freiheit errang, zu tun, wie ich wollte – und dann mein erster Gang – nein, es war ein Fliegen: zu dir – zu dir, um zu fragen, ob du mich hassest – ob du verzeihest – – ob du noch liebtest, zu dir ging ich zuerst, dann aber muß ich meine Mutter suchen.«

Seine Augen schwammen in Tränen, welche die fernere Rede erstickten; er wischte mit der Hand darüber und sagte dann unsäglich mild: »Clarissa, du hast dich sehr verändert und bist größer und stattlicher geworden und fast schöner als damals, so daß ich beinahe den Mut verlor, da ich dich heute sah – Clarissa, tue ab den starren

Schmuck, der so traurig um dein liebes Antlitz funkelt, sei wieder das Kind, das mich einst so selig machte – nicht wahr, Clarissa, du liebst mich noch? – – – Liebst du mich noch – du, mein schüchtern, mein glühend Kind!« – – Er sah so treuherzig zu ihr hinan, und eine so weiche, unschuldige Seele lag in seinen Zügen, daß ihr ganzes Herz voll alter Liebe hinschmolz.

Wie schwach und wie herrlich ist der Mensch, wenn ein allmächtig Gefühl seine Seele bewegt und ihr mehr Schimmer und Macht verleiht, als im ganzen andern toten Weltall liegt! – Der ganze Wald, die lauschenden Ahornen, die glänzende Steinwand, selbst Johanna und Gregor versanken um Clarissa wie wesenlose Flitter, nichts war auf der Welt als zwei klopfende Herzen – allvergessen neigte sie das liebeschimmernde Antlitz und die dunklen, strömenden Augen immer mehr gegen ihn, und in Tönen, worüber Johanna erschrak, sagte sie: »O Ronald, ich liebe dich ja, ich kann mir nicht helfen, und hättest du tausend Fehler, ich liebte dich doch – ich lieb dich unermeßlich, mehr als Vater und Geschwister, mehr als mich selbst und alles, mehr als ich es begreifen kann …«

»Und ich«, erwiderte er, ihr in die Rede fallend, »siehe, tropfenweise will ich dieses Blut für dich vergießen, ich will gut werden und sanft, wie das Lamm des Feldes, daß ich dich nur verdiene – gehe mit mir in mein Vaterland oder bleibe hier, ich will auch bleiben – – nimm mir mein Leben, nimm mir die Seele aus dem Leibe, damit du nur siehest, wie ich dich liebe.« –

Er zog sie gegen sich – machtlos folgte sie – und beide, zitternd vor Übermacht des Gefühles, stürzten sich in die

Arme, so fest umschlingend und klammernd, daß seine blonden Locken auf das Samtkleid ihrer Schultern niederwallten.
Die beiden Zeugen dieser Szene sahen sich verwirrt und staunend an – aber Johanna, die bisher mit steigender Angst zugehört hatte, sprang plötzlich auf, und mit den zornesmutigen Tränenfunken in den Augen rief sie: »Clarissa, was tust du denn!?«
Diese, wie aufgeschreckt, fuhr empor, wendete sich um, und wie sie das Kind, dessen Lehrerin und Vorbild sie bisher war, vor sich stehen sah – nein, nicht mehr das Kind, sondern die Jungfrau mit der Purpurglut der Scham im Gesichte, so warf sie sich demütig und doch strahlend vom Triumphe an ihre Brust. – –
Es war eine stumme Pause, man hörte ihr Schluchzen und das sanfte Wehen des Waldes. –
Wie sie endlich das milde Haupt wieder aus der Umarmung hob, erleichtert und verschönert, und wie sie mit den selig schönen Augen Johannen voll Liebe in das Gesicht schaute, diese aber noch immer dastand, mit Tränen kämpfend, so trat Gregor hinzu und sagte zu ihr: »Beruhigt Euch nur, liebe Jungfrau, es ist in dem Ganzen kein Arg; denn es ist so der Wille Gottes – darum wird der Mensch Vater und Mutter verlassen und dem Weibe anhängen – es ist schon so Natur – beruhiget Euch nur und sehet sie freundlich an, die immer so mütterlich liebreich gegen Euch gewesen ist. – Aber du, Ronald, zu dir sage ich ein Wort, du weißt es, wie du in den Wald gekommen bist, wie du mich gefunden hast, wie ich dich liebhatte, wie wir jagten, Kräuter suchten, Felsen bestie-

gen, wie wir uns ergötzten, als draußen die Sage ging von dem furchtbaren Wildschützen und seiner kleinen Kugel – ich habe dich damals nur um deinen Namen gefragt, daß ich dich damit rufen könne – du hast mir nie von dieser gesagt, daß du ihr so in Liebe zugetan bist, es war auch keine Ursache dazu. Jeder Mensch hat sein Herz, wie jedes Kraut seine Blume, er mag es geheimhalten, die Blume tut es nicht – es macht nichts – du gingst fort von mir – ich habe deiner oft gedacht, und es war mir, als gingest du mir ab. Jahre vergingen – da kamest du plötzlich an diesen See und trachtetest stürmisch darnach, mich zu verlocken, daß ich dich mit den Jungfrauen sprechen ließe, auch da noch fragte ich nach keiner Ursache – ich dachte sie mir wohl, nämlich die Schönheit der Jungfrauen reize dich: aber jetzt, siehe einmal, der Vater dieser Mädchen ist ein hoch ansehnlicher Mann, ein Mann von gutem Herzen und trefflichen Gaben, er hat so weiße Haare wie ich; er ist mein Freund, und ein viel älterer als du – er hat mir diese Kinder gegeben, daß ich ihnen Vater sei, solange sie im Walde leben, bis er sein Schloß aus der Gefahr gerissen – und da will es mich nun bedünken, daß ich dich fragen müsse, wer bist du denn, daß du um diese freiest, wes Volkes und Geschlechtes, daß ich es ihm vermelden lassen kann, und wo steht deine Hütte?«

»Meine Hütte, Alter, hat tausend Fenster, und ihre Dächer könnten so viel Land beschatten, als jener See dort deckt, aber sie steht weit, weit von hier, und der sie mir gab und der mir alles gab, hat sich ein Grab ersiegt in Eurer Erde – diese ist nun mein Vaterland! – O Clarissa, dieser unheilvolle Krieg wird enden, muß bald enden, und dann ist kein Unterschied mehr zwischen schwedisch und deutsch, Eure Nordlandsbrüder werden Euch lieben und Ihr sie; denn alle sind sie Kinder desselben Namens – sieh mich an, trag ich nicht Zeichen und Abbild an meinem Körper, daß ich ein Germane bin, so rein vielleicht wie die, die uns jener Römerheld beschrieben hat – dein Vaterland wird fortan meines sein. – Schaue auf diesen schönen, ernsten, schweigenden Wald um uns – o wie lieb ich ihn, wie ergriff er schon, da ich ihn zum ersten Male betrat, mein Herz, das noch das dunkle, dämmerhafte Bild jener weiten Fichtenhaine in sich trug, in denen meine Mutter meine ersten Kindertage erzog – und nun mitten in seinen Schoßen erblüht mir die süße, zaubervolle, märchenhafte Waldblume meines Glückes: Du! – – O Clarissa, warme, dunkle Blume, wie neigt sich dir mein Herz! Oh, lehre es das Wort seiner Liebe aussprechen, daß es nicht daran verschmachte.«

Er war wieder ihr gegenüber gesessen, sein leuchtendes Antlitz zu ihr emporgewendet, umwallt von dem flüssigen Gold der Haare, angeschaut von den zwei vollen Sternen ihrer Liebe. – Sie war mit jener schönen Empfindung des Schicklichen, die Frauen selbst in der Glut des Gefühles nicht verläßt, zu Johannen gesessen und war fortwährend mehr ihr als ihm zugewendet. Bei seinem letzten Worte tat sie ihre Lippen auf und sagte halb zärtlich, halb schamvoll: »Ronald, schone Johannen.«

»Nur noch einen Augenblick, süße Blume, laß mich schauen in dein Auge«, entgegnete er, »nur einen Augenblick noch, daß ich mir mein Glück einpräge und nur ein Tausendstel davon mit forttragen kann – ich weiß nicht, geht von dir dieser Zauber der Verwandlung aus oder von dem Walde – mir ist, als wär ich ein anderer, als wäre draußen nicht der Sturm und die Verwüstung, sondern, wie hier, die stille, warme Herbstsonne. Siehe, die Steinwand schaut festlich flimmernd nieder, der Ahorn läßt Zeit um Zeit ein Blatt fallen, dort zirpt die Herbstheuschrecke, die sanfte Luft vermag nicht einmal jene glänzenden Fäden zu zerreißen, und die Wärme des Nachmittags sinkt zitternd längs dem grauen Gesteine nieder – – mir ist, als gäbe es gar kein Draußen, gar keine Menschen als die hier, die sich lieben und Unschuld lernen von der Unschuld des Waldes – lasse es mich noch einen Augenblick genießen, wer weiß, ob wieder ein solcher kommt; denn der Mensch ist vergänglich, wie das Blatt des Baumes, ja noch mehr als dies; denn dasselbe kann nur der Herbst abschütteln, den Menschen jeder Augenblick.«

Bei diesen Worten sah selbst Johanna, die liebevoll Wandelbare, mit Freundlichkeit und Teilnahme auf den schönen Jüngling, und selbst mit schwach aufsteigender Neugier, wo es denn liege, was ihren größten Schatz dieser Erde, Clarissas Herz, gewonnen.

»Laß diese Wiese«, fuhr er fort, »diese schöne Wiese, auf der wir sitzen, unbedeutende Geschöpfe vor dem Herrn, wie die andern, die da spielen und atmen in den Gräsern und Gesteinen, umweht von den Wäldern Gottes, in denen kein Rang und Stand ist – lasse sie den Verlobungssaal sein – und alles, was uns umringt, sei Zeuge – reiche mir die Hand, Clarissa, so mir Gott gnädig sein wolle, bin ich dein für alle Zeiten, in Leid und Freud, und sollte dies Auge unversehens der Schatten des Todes berühren, so weine ein kleines Tränlein als meine Witwe.«

Ein leichter Schauder ging über Clarissen; sie war in höchster Erschütterung aufgestanden, und unfähig, nur ein einzig Wort zu sagen, legte sie ernst, wie mit kirchlicher Andacht, ihre Hand in seine. Johanna atmete bange auf, daß sich ihr Busen hob und senkte, und die angerufenen Zeugen standen todesstumm herum, nur der Fichtenwald streute seinen Harzgeruch als Weihrauch darauf, und die Grillen zirpten leichtsinnig fort.

Der alte Jäger stand auf seine Büchse nach vorn gelehnt wie ein Standbild, und keine Fiber an ihm verriet, was in ihm vorgehen könne. Ronald griff mit der linken Hand umher, als suche er Johannas ihre; diese, in ein krampfhaftes Schluchzen ausbrechend, reichte sie ihm und drückte sie lange und fest, gar nicht loslassend, gleichsam eine stumme, hülflose Bitte um Clarissas Glück.

Nach einigen Sekunden sprachloser Gemütsbewegung löste sich sanft die Gruppe, und der schöne Schwedenjüngling trat an Clarissa, neigte seinen Mund auf ihre Stirne und küßte sie ernst und ruhig, die demütig wie eine erglühende Blume unter seinem Hauche dastand. Dann aber trat sie zu Johannen und nahm sie wie in den schönsten Tagen des vergangenen Schwesterglückes bei der Hand, wohl fühlend, was das unschuldige Herz neben ihr in diesem Augenblicke verlor. Zu ihm gewendet aber sagte sie beklommen die Worte: »Ronald, wird es gut sein, was wir taten – ach, ich dachte nicht an meinen Vater! – sage, wird es gut sein, und was wird nun ferner zu tun sein?«

»Höre mich, mein Herz«, antwortete er, »was längst beschloßne Sache war. Ich gehe fort, und zwar augenblicklich. Mit deinem Herzen bin ich verständigt, nun zu deinem Vater. Euer Schloß ist in Gefahr. Unter Torstensohns Befehlen steht die Abteilung, die bestimmt ist, bei Gelegenheit seines Durchzuges Wittinghausen zu nehmen. Torstensohn und ich lieben uns seit früher Zeit, und gewiß bringe ich es dahin, daß man euer harmlos Haus ganz unangetastet läßt und daß auf dem hochverehrten Haupte, das mir und dir heilig ist, kein einzig Härchen gelüftet werde. Ich weiß, daß in dieser Zeit der Übergang geschehen werde, und sollte doch eine Belagerung stattfinden, so werde ich dabeisein, um deine beiden Geliebten zu schützen. Wenn nicht alle Zeichen trügen, so naht dieser Krieg schnell seinem Ende; in der Zeit lege ich deinem Vater alles vor, was er über mich zu wissen braucht, und wenn sich die versöhnten Völker umarmen und ein Schrei des Jubels durch die Länder geht, dann, Clarissa, falle unser kleines Fest in das große allgemeine – ich suche meine Mutter, bringe sie in euer Land – – und, Clarissa, hier an dieser Stelle, auf dieser heiligen Insel des Waldes lasse ich uns ein lieblich Haus bauen, und wohnen wir gleich nicht immer da, so besuchen wir doch die zauberische Stelle oft und sind wieder, wie jetzt, die einsamen, losgebundenen Kinder des Waldes. – Und nun, du mein klopfend Herz, der Augenblick, daß du dich an dieser Blume noch erlaben wolltest, ist vorüber, rüste dich – – und, gebe Gott der Herr Gedeihen und ein frohes Wiedersehen – – noch in dieser Minute gehe ich. Die Zeit ist maßlos kostbar; darum drang ich so stürmend auf

diese Unterredung und führte sie mit Gewalt herbei. – – – Noch einen Blick in dein Auge! – – – So – ach, es deucht mir gar nicht möglich, daß ich fortgehen soll.«
Tränen umflorten seinen Blick, aber sich schnell fassend, reichte er die Hand an die Mädchen: »Lebewohl, Clarissa, Braut! Lebewohl, Johanna, und du, Gregor, Gott schütze dich; hüte diese beiden wie die Sterne deiner Augen« – und somit wollte er sich wenden, aber Gregor hielt ihn auf und sagte: »Ronald, in allem, was du sagtest, ist Vernunft, ich lobe dich deshalb, nur in einem ist Torheit, wie du sie öfter hattest; baue an dieser Stelle kein Haus – du tätest dem Walde in seinem Herzen damit wehe und tötetest sein Leben ab – ja sogar, wenn diese Kinder wieder in ihr Schloß gehen, dann zünde jenes hölzerne Haus an, streue Kräutersamen auf die Stelle, daß sie wieder so lieblich und schön werde, wie sie es war seit Anbeginn, und der Wald über euer Dasein nicht seufzen müsse. – So, jetzt gehe, halte dich von dem Seebache rechts durch die Buchenlehnen, du gewinnst an Weg – steige die Felsenleiter wieder hinauf. Ich ließe dich überführen, aber unsere Leute sollen nicht wissen, daß du da warest – so gehe einmal, Knabe!«
Dieser aber blickte wie aus Träumen auf, und noch ein Händedruck – ein sekundenlang Zögern – dann nahm er die Flinte und schritt entschlossen der Felswand zu.
Die Mädchen sahen ihn noch lange, wie sich die graue Gestalt in dem grauen Gesteine regte, winzig klein, bis nichts mehr sichtbar war als die ruhige, schon im Nachmittagsschatten stehende Wand.
Man sah sich wechselweise an. War's ein Traum, daß in

der Wildnis nur eben eine andere Stimme erklungen war als die ihre – die Sonne schien wie immer, die Vögel zwitscherten, und der blaue Waldhimmel sah hernieder. Gregors Stimme tönte plötzlich recht sanft in die Träumerei: »Der Mann muß euch sehr lieben.«
Ihr Auge schlug mit einem schönen Blicke auf zu ihm, dem väterlich Verehrten, aber Johanna sagte schmerzvoll: »Möge sich alles zum Glücke enden!«
Diese Worte waren die einzigen, die von der Gesellschaft über die seltsame Verlobung gesprochen wurden, die eben wie ein unheimlich Schattenspiel auf ihrer Wiese vorübergeglitten war, nichts zurücklassend als den schönen prangenden Boden, auf dem sie noch standen und über den sie drei sooft in Lieb und Eintracht geschritten. Aber heute ging man an den Ruhebänken, an den Ahornstämmen vorüber und dem Wasserfaden ihrer Quelle entlang, wie immer, aber mit Gedanken nicht wie immer.
Die im Hause sahen gegen Abend den Jäger und die Mädchen von ihrem Spaziergange aus dem Ahornwäldchen zurückkehren und wunderten sich nur über die eigensinnige Vorsicht des Alten, daß er sie alle zur Bewachung des Hauses innerhalb der Pflöcke hereingesperrt habe.
Sie traten von der Waldwiese in das Haus. – Clarissa war nicht mehr ruhig – Johanna nicht mehr glücklich.

Und die alte Ruhe war wieder über dem Walde. – – Zuweilen, wenn das silberne Schiff, die Wolke, einzeln durch die Bläue zieht, so geht unten ein Schatten über den Wald, und dann steht wieder dasselbe feste Licht auf seiner ganzen Breite – – oder wenn das Stahlgrau des Spätherbstes fest über die ganze Himmelskuppel gegossen liegt, so tritt ein Sonnenstrahl heraus und küsset aus dem fernen Buchenhange ein goldnes Fleckchen, das gegen den Rand zieht und von ihm unsichtbar in die Luft tritt, nachher ist dasselbe Grau über alle Weiten. Und so war es mit den Schwestern.

Sonnen waren wieder gekommen und waren wieder gegangen, aber sie wurden immer kürzer und kühler. Gregor traf allerlei Vorkehrungen. Das Tor an den Pflöcken stand nachgerade wieder offen, weder gesperrt noch eingeklinkt, und die Mädchen konnten wieder auf ihrer Wiese weit und breit gehen, und sie taten es auch. – Am Hause sammelte sich gemach eine Schicht Brennholzes nach der andern, von den Knechten aus den Gaben des Waldes gelesen; denn Gregor ließ nicht zu, daß ein frischer Baum gefällt werde – eine Mooshülle begann man über die Wände zu weben, das Winterkleid des Hauses. – Der zarte, schwerfällige Sohn des Spätjahres hatte sich bereits eingestellt, der Nebel, und oft, wenn die Schwestern an der noch immer sonnenwarmen Wand ihrer Felsen saßen, die einzelnen Glanzblicke des Tages genießend, so wogte und webte er draußen, entweder Spinnweben über den See und durch die Täler ziehend

oder silberne Inseln und Waldesstücke durcheinanderwälzend, ein wunderbar Farbengewühl von Weiß und Grau und der roten Herbstglut der Wälder; dazu mischte sich die Sonne und wob heiße, weißgeschmolzne Blitze und kalte, feuchte, blaue Schatten hinein, daß ein Schmelz quoll, schöner und inniger als alle Farben des Frühlings und Sommers. Und wenn die Mädchen dann so schweigend hinaussahen, so rieselte es neben ihnen leise, und ein oder zwei blutrote Blätter des Waldkirschbaumes fielen zu ihren Füßen. Sie saßen da und sahen selber herbstlich trauernd dem Schauspiele zu, ahnend, wie majestätisch der Winter hier sein müsse, da sich ihm ihre Wildnis mit solcher Feierlichkeit und Stille entgegenrüste. Im Hause wurden Hauen, Schaufeln, Schneereife, Schlitten und andere Geräte angehäuft, um nicht eingeschneit zu werden oder durch Schneemassen von der Welt abgeschnitten.
Seltsam ist der Mensch und seltsamer sein Herz. Wie einförmig waren vor Ronalds Ankunft die Tage einer um den andern im Walde hingegangen! Täglich dieselben Farben, dieselben Stimmen, dieselbe Feierlichkeit und auf dem See dieselbe Windstille, daß es öfters war, als hätten sie Langeweile; nun war eine Fülle, ja ein Schauer von Wonne über Clarissas Herz gegangen, ausströmend von jenem unbegreiflichen Gefühle, wodurch der Schöpfer die zwei Geschlechter bindet, daß sie selig seinem Zweck dienen – aber dennoch war ihr nicht, als sei sie selig, ja ihr war, als seien jene einförmigen Tage vorher glücklicher gewesen als die jetzigen und als habe sie sich damals mehr geachtet und geliebt. – Sie blickte fast mit Wehmut

darnach zurück, wie sie so gegangen war durch die Stellen des Waldes mit Gregor, mit Johannen, unschuldig plaudernd, selbst so unschuldig wie die Schwester und der Greis, die so schön an sie geglaubt hatten, dann abends kosend und lehrend und einschlafend mit Johannen, deren einfältigem Herzen sie Schatz und Reichtum dieser Erde gewesen – – und jetzt: ein schweres süßes Gefühl trug sie im Herzen, hinweggehend von den zwei Gestalten an ihrer Seite, den sonst geliebten, und suchend einen Fremden und suchend die Steigerung der eignen Seligkeit. – O du heiliges Gold des Gewissens, wie schnell und schön strafst du das Herz, das beginnet, selbstsüchtig zu werden.
Johanna, wie überschüttend auch die Liebesbeweise ihrer Schwester waren, und vielleicht eben darum, fühlte recht gut, daß sie etwas verloren – nicht die Liebe der Schwester, diese war ja noch größer und zarter, nicht ihr früher gegenseitig Tun und Wandeln, das war wie ehedem – was denn nun? Sie wußte es nicht; aber es war da, jenes Fremde und Unzuständige, das sich wie ein Totes in ihrem Herzen fortschleppte; sie liebte Clarissen noch heißer als früher, weil sie ihr erbarmte, aber oft überkam ihr Herz, wie ein Kind, ein Heimwehgefühl nach der Vergangenheit, und dies trat dann zuweilen bei den geringfügigsten Dingen hervor, die sich mit ein paar Fäden zurückspannen in die Zeit, die einzig schön und einfach war. So kamen sie eines Tages ob dem See über den Verhau herüber und traten auf ein Birkenplätzchen hinaus, das sie im Sommer seiner Hitze wegen geflohen hatten; denn es lag in eine Felsenbucht hinein, von der die Son-

nenstrahlen glühend widerprallten. Jetzt floß, wie süße Milch, der laue Nachsommer um die weißen Stämme und um ihre einzelnen goldgelben Blätter; er floß hier wärmer und schmeichelnder als an jeder andern Stelle, und wie sie vorwärts schritten, gewahrten sie, ordentlich sonderbar in so spätem Herbste, eine ganze Versammlung jener schönen großen Tagesfaltern, die von den vier dunklen, beinahe schwarzen Flügeln mit den gelben Randbändern den Namen Trauermantel erhalten haben, teils auf dem weißen Stamme sitzend, die dürftige Sonne suchend und nach Art dieser Tiere in derselben spielend, indem sie die Flügel sachte auf und zu legten – oder indem sie mit den unhörbaren Flügelschlägen um denselben Stamm herumflatterten, auf dem die andern saßen. Die Mädchen blieben überrascht stehen und betrachteten das seltsame Schauspiel. Die zarten Mäntel waren von so weichem unverletztem Samte, die Bänder von so frischem dunklem Gelb, daß Johanna augenblicklich ausrief: »O ihr armen betrogenen Dinger, ihr seid noch Kinder und alle noch in eurer Kinderstube vergammelt; die warme Herbstsonne dieses Platzes log euch heraus, und nun seid ihr da, unheimliche Fremdlinge dieser Sonne, trägen Flügelschlages in diesem Afterfrühlinge und gewiß sehr hungrig; denn wo sind die Blumen und die Lüfte und die summende Gesellschaft, die euch das Herz eures Raupenlebens versprach und von denen euer Puppenschlaf träumte. – Sie werden alle kommen, aber dann seid ihr längst erfroren.«
»Da irret Ihr Euch, Jungfrau«, fiel der alte Jäger ein, »es kommt nur darauf an, ob sie sich vermählen oder nicht.

Diese Tierchen sterben bald nach ihrer Hochzeit, und wie oft habe ich nicht eine Mutter tot an demselben Zweige hängen gefunden, um den sie ihre Eier gelegt hatte. Wenn sie sich aber nicht vermählen, so erstarren sie, und seht, in einer Felsenritze geduckt, oft in Eis und Schnee gefroren, überdauert dieses zerbrechliche Wesen den harten Winter des Waldes und erlebt dann seinen versprochenen Frühling. Habt Ihr noch nie schon beim ersten Sonnenblicke, wenn noch kaum Halm und Gras hervor ist, einen Falter fliegen gesehen mit ausgebleichten, zerfetzten Flügeln, wie ein vorjährig verwittert Blatt? – Dies ist so ein Überwinterer.«

Aber Johanna antwortete nicht; die Rede des Alten fiel ihr wie ein Stein auf das Herz; es wurde ihr fast so weh, daß sie nichts redete und der armen Schwester nachsah, die vorausging und ihre Gedanken längst schon von den Faltern abgewendet hatte.

»Die in unsrem Garten zu Hause sind aber auch viel lustiger und schöner«, sagte sie endlich zu Gregor, »sonst hätte Clarissa schon mehr auf sie und auf unsre Rede geachtet.«

Aber ein Tränentropfen kam ihr in die Augen.

Gregor schwieg und schüttelte den Kopf.

Schon früher einmal, da sie es selbst nicht wußte, hatte er ihr schweres Herz bemerkt. Zwei Sperlinge waren die Veranlassung gewesen. Als nämlich Johanna einmal nach dem Mittagessen auf den Söller trat, um den Hühnern die Brosamen hinabzuwerfen, so bemerkte sie unter ihnen zwei dieser menschenliebenden Vögel, mit hastigem Hunger von den Körnern pickend, die für die Hühner dalagen. Sie erschrak beinahe freudig, denn sie meinte, sie können nicht anders als vom Vaterhause gekommen sein, und eine solche Wehmut kam über sie, daß ihr fast ein Weinen ankam! –

»Gregor, verscheucht sie nicht«, rief sie hinab, »daß sie ihr Mittagsbrot verzehren können, ehe sie ihre weite Reise wieder antreten.«

»Sie reisen nicht«, antwortete er, »denn sie sind schon drei Tage hier. Dieser Vogel sucht den Menschen und findet ihn selbst in der Wildnis, um in seinem Hause zu wohnen. Wenn wir über Winter da sind, diese bleiben gewiß auch da.«

Johanna schaute zärtlich hinunter und ließ Brosamen und Tränen fallen – sie wußte nicht, warum ihr Herz bedrängt sei. – – Du ahnungsvolle Unschuld! – Der glänzendweiße Seraph deiner Schwesterliebe fühlt sich bedrückt durch den, der seine dunklen Schwingen im Herzen der Schwester reget.

Und dennoch ging sie hinein und zog Clarissen heraus, um ihr die Sperlinge zu zeigen.

Gregor führte »seine Kinder« wie vor und ehe durch die Wälder und zeigte ihnen das allgemache Winterrüsten, das langbärtige Moos der Birken- und Tannenäste, die fliegenden Waldsamen, unter die dürre Hülle der Gräser und Blätter schlüpfend, das Abfallen der letzten Himbeeren und das Verkümmern der noch nicht gezeitigten; er zeigte ihnen an den Laubzweigen schon jetzt die Vorbilder der künftigen Frühlingsknospen in ihren braunen Panzern. Die Fichtengeschlechter standen unverändert in düstergrüne Mäntel eingehüllt, auf Eis und Schnee

harrend, und der Eichbaum hielt sein raschelnd Laub fest in den tausend zähen Fingern. Ja, Gregor malte ihnen schon die künftige Winterschönheit vor: an heiteren Tagen das Glänzen und Flimmern, das Leuchten, Spiegeln hier und dort und oben und unten, ein durchbrochener Eispalast der ganze Wald, zart wie Spitzengewebe ihres Kleides, ja tausendmal zarter hängend von Zweig zu Zweig, dann das Krachen, wenn eine Schnee- oder Eislast bricht und die feste kalte Luft erschüttert – oder wenn sie nachts bei Lichte in der warmen Stube sitzen, kein Lüftchen um das Haus, oben aber Tauwind geht, daß die Wälder seufzen und sie das ferne Wehen und Sausen bis in ihr Bette hören, oder das Knarren und Girren der reibenden Stämme und vom Felsen das Brechen und Fallen der Lawine – oder im Frühlinge, wenn die neugebornen Bäche nächtlich allüberall von den Höhen rauschen und ahnungsreich ans Ohr schlagen – – – es ist keine Jahreszeit, in der er nicht die Pracht des Waldes gesehen.
Er dichtete und erzählte auf den Wanderungen wie früher und schwärmte sich in Phantasien und Gefühle der Einöde hinein wie früher, aber der dichterischen Rede fehlte jetzt das dichterische Ohr; denn er in seiner Einfalt wußte nicht, daß Clarissa viel öfter an Ronald dachte als er selber und Johanna an Clarissen. Dafür aber, wenn sich jetzt ein Ohr für ihn auftat, so fielen seine Worte in empfänglichere, schwülere Herzen und lockten aus ihnen Blumen empor, größer, dunkler, duftender als je zuvor.
Vom Vater war seit langem gar keine Botschaft gekommen, Gregors Enkel blieb aus, und zu ihrer Unruhe dau-

erte schon die Verschleierung des Himmels über vierzehn Tage, so daß man nicht gegen Wittinghausen sehen konnte.

Die Kohlmeise wurde nicht mehr gehört, der Krammetsvogel war fort, und fast täglich zog sich durch den grauen Himmel der graue Faden der Wandergänse, nach Süden ziehend.

Oft, wenn der Nachtnebel über den See sank, riesenarmige Schatten durcheinandergriffen, unten am Wasser gestaltlose schwarze Dinge standen und die sanfte Mondesscheibe über all den Perlenflor ein trübes, gehauchtes Gelb goß, saß das schöne Paar in dem bereits geheizten Zimmer, durch dessen Fenster ihr Lampenlicht goldne Fäden hinausspann in die Silbernacht des Nebels, und Clarissa goß all ihr Lieben und ihr Hoffen in die Harfentöne, und Johanna sah sie liebreich und erbarmend an, in ihrem Herzen denkend, oh, es ist nicht gut so – mir ahnt, es ist nicht gut so ...

»Wie schön er ist und wie hold er unsre Sprache redet«, sagte Clarissa plötzlich.

»Aber«, entgegnete Johanna, »eines Tages wird er fortgehen und ein Held werden, wie sie sagen, das heißt, er wird Menschenblut vergießen wie die anderen, ohne um den Grund zu fragen, wenn nur Abenteuer und Gefahr dabei ist, und da wird er sich erst groß und würdig dünken. Klebt auch, wie du sagst, noch kein Tröpflein deutsches Blut an seinen Händen, so wissen wir nicht, ob es nicht in dem Augenblicke der Fall sein kann, als wir hier reden, oder morgen oder übermorgen – – es ist ein hartes, gewalttätiges Geschlecht – o wie hasse ich sie, diese Männer!«

Clarissa lächelte selig und schüttelte sanft das Haupt.
Endlich war ein Abend gekommen, der ungleich seinen grauen Vorgängern so rein und kalt wie eine aus Gold gegoßne Kuppel über dem Walde stand und auch blieb, ja des Nachts sich mit einem Übermaß der Sterne füllte, daß man meinte, sie hätten nicht Platz und einer berühre den andern.
Eine sehr kalte Nacht folgte, und als die Sonne aufgegangen, stand der ganze Wald in weißem Reife da, in lauter weißen Funken brennend und glitzernd, so dicht, als wäre nachts der ganze Sternenhimmel auf ihn herabgesunken.
Gregor gab nicht zu, daß man im Reife und der Morgennässe aufbreche; sondern erst gegen Mittag, als der ungewöhnlich kalten Nacht eine ungewöhnlich heiße Sonne gefolgt war, traten sie den Weg auf den ersehnten Blockenfels an.
Sie waren jetzt lange nicht dort gewesen. Wie verändert war der Wald! – Bis ins fernste Blau zog sich das Fahlrot und Gelb des Herbstes, wie schwache, blutige Streifen durch das Dämmerdunkel der Nadelwälder gehend, und alles war ruhig, gleichsam ergeben harrend, daß es einschneie. Nur der Himmel, so lieb und rein wie einst, ohne ein einzig Wölklein, zog über die schweigsame Waldestrauer hinaus. Johanna fand durchaus den kleinen blauen Würfel nicht am Waldesrand, wie sehr sie ihr Auge auch anstrengte und wie klar und fast wesenlos die Herbstluft auch war. Clarissa, wie gewöhnlich, richtete das Rohr – – aber auch sie fand das Schloß nicht, sondern rückte und rückte am Waldessaume entlang und

wieder zurück, sie sah wohlbekannte Biegungen und Linien, in deren Nähe das Schloß sein sollte – – endlich erklärte sich das Rätsel: wenn auch nicht am ganzen Himmel, so lag doch an dem fernen Waldsaume ein kleines Wölklein gerade da, wo sie das Vaterhaus sehen sollten. Gregor glaubte, sie sollten ein wenig warten, etwa vergehe es bald, wenn es nicht sei, wie im Herbste so oft, daß der Nebel an einem einzigen kleinen Punkte anzuschießen beginne, wie ein unbedeutend Wölklein, das hereinhängt, bis er sich schnell vergrößert und endlich ganze Waldstrecken einhüllt. Wenn letzteres der Fall ist, wird morgen gewiß schlechtes Wetter sein, und dann harren sie vergebens.

Sie warteten. –

Aber weder vergrößerte sich das Wölklein sonderlich, noch auch verzog es sich, bis sogar der Greis darauf drang, die Sache für heute ganz aufzugeben, da der Nachmittag jetzt so kurz sei und sie doch bei zwei Stunden brauchen könnten, bis sie in ihr Haus kämen. Morgen sei gewiß allen Anzeichen nach ein noch schönerer Tag, und er werde sie sodann so früh als möglich heraufführen. Noch drei-, noch viermal sahen sie durch das Rohr, aber ohne Erfolg, und sie trennten sich endlich ungern und unruhig von dem Platze. – Man langte zu Hause an. Dieselbe goldne, wunderschöne Kuppel, wie gestern, baute sich auch heute abend über die dunklen, abendfrischen Waldhöhen auf, und dasselbe Wimmeln der Gestirne folgte, wie gestern, aber fast noch dichter, als sänke der ganze Himmel in einem leisen, lichten Schneeregen nieder, woraus der Alte einen noch klareren Tag prophezeite.

Alles suchte die Ruhe. Gregor verbrachte eine schwere, kummervolle Nacht.
Endlich kam der Morgen. Dieselbe spiegelreine Sonne stieg herauf wie gestern und beleuchtete den Reif, der schnell so Blatt als Gras der Veralterung und dem Verfalle entgegenführte. Die Mädchen drängten den Greis, aber er hieß sie die reine Mittagsluft erwarten.
Endlich brachen sie auf, wieder von einer fast heißen Sonne geleitet. Im Emporsteigen konnten sie recht die Verwüstungen des Frostes betrachten, wie noch rückgebliebene Blätter rostbraun oder blutrot oder vergelbt am Strauchwerke hingen und wie die Farrenkräuter und die Blätter der Beeren und die aufgeschoßnen Schafte gleichsam gesotten und schlapp herabhingen.
Johanna war die erste am Gipfel des Felsens und erhob ein lautes Jubeln; denn in der glasklaren Luft, so rein, als wäre sie gar nicht da, stand der geliebte kleine Würfel auf dem Waldesrande von keinem Wölklein mehr verdeckt, so deutlich stand er da, als müßte sie mit freiem Auge seine Teile unterscheiden, und der Himmel war von einem so sanften Glanze, als wäre er aus einem einzigen Edelsteine geschnitten.
Clarissa hatte inzwischen das Rohr befestigt und gerichtet. Auf einmal aber sah man sie zurücktreten und ihre Augen mit sonderbarem Ausdrucke auf Gregor heften. Sogleich trat Johanna vor das Glas, der Würfel stand darinnen, aber siehe, er hatte kein Dach, und auf dem Mauerwerke waren fremde schwarze Flecken. Auch sie fuhr zurück – aber als sei es ein lächerlich Luftbild, das im Augenblicke verschwunden sein müsse, drängte sie sogleich

ihr Auge wieder vor das Glas, jedoch in derselben milden Luft stand dasselbe Bild, angeleuchtet von der sanften Sonne, ruhig starr, zum Entsetzen deutlich – und der glänzende, heiter funkelnde Tag stand darüber – nur zitterte es ein wenig in der Luft, wie sie angestrengten Auges hineinsah; dies war aber daher, weil ihr Herz pochte und ihr Auge zu wanken begann.

Als sie sich nun ohnmächtig zurücklehnte, hörte sie eben, wie Clarissa mit schneebleichem Antlitze sagte: »Es ist geschehen.«

»Es ist geschehen«, erwiderte Gregor; »mir ahnete gestern schon aus dem sanften, unbeweglichen Wölklein – aber lasset mich es auch erblicken.«

Mit diesem Worte schaute er in das Rohr, aber ob auch sein Auge durch Übung vielmal schärfer war als das der Mädchen, so sah er doch auch nichts anders als sie: in schöner Klarheit einen gewaltigen Turm von dem Waldrande emporstehen ohne Dach und mit den schwarzen Brandflecken, nur schien es ihm, als schwebe noch eine ganz schwache blaue Dunstschicht über der Ruine. Es war ein unheimlicher Gedanke, daß in diesem Augenblicke dort vielleicht ein gewaltiges Kriegsgetümmel sei und Taten geschehen, die ein Menschenherz zerreißen können; aber in der Größe der Welt und des Waldes war der Turm selbst nur ein Punkt. Von Kriegsgetümmel ward man gar nichts inne, und nur die lächelnde schöne Ruhe stand am Himmel und über der ganzen Einöde.

Es ergriff hart das Herz des alten Mannes, daß er mit den Zähnen knirschte, jedoch er tat nicht den geringsten

Schmerzenslaut, sondern vom Rohre wegtretend, sagte er: »Da haben sie etwas davon, wenn sie das alte Dach abbrennen, wo man ohnedies bald ein neues hätte setzen müssen. – Was er doch für ein erfahrner Kriegsmann ist, euer Vater; er hat es geradeso vorausgesagt. Tröstet euch nur, meine Kinder – Clarissa, schaut nicht so schreckhaft auf einen Punkt hinaus!«

»Ja«, erwiderte sie langsam, »das Dach ist verbrannt worden, das sehen wir, aber was noch geschehen ist, das sehen wir mit diesem Rohre nicht – – sagt, warum kommt Euer Enkel Raimund nicht, warum keine Botschaft schon seit Wochen?«

»Weil nichts entschieden war«, fiel Gregor ein; »gestern, vorgestern kann der Brand erst stattgefunden haben, darum wird und muß morgen oder übermorgen Botschaft eintreffen, ja, wer weiß, ob sie nicht schon unser im Hause harret. Kommt – es geschah, was wir voraus wußten. – Daß ein Haus verbrannt von durchziehenden Heerhaufen wurde, ist nichts Absonderliches und wird oft in diesem Kriege geschehen sein.«

»Aber zwei Menschen waren in diesem Hause…«

»Und einer davon«, unterbrach er, »war einst ein großer Krieger, der gewiß für Abzug und Geleite oder für ehrliche Haft unterhandelt haben wird.«

»Und ein andrer war dabei«, fuhr Clarissa fort, »der sagte, daß auf dem hochverehrten Haupte kein einzig Härchen sollte gelüftet werden.«

»Und es wurde auch kein einziges gelüftet, wenn Ronald zugegen war…«

»Oder?«

»Es ist auch auf seinem Haupte kein einziges mehr lebendig.«
Zwei angstvolle Gesichter sahen in maßloser Bestürzung auf ihn.
»Macht mich nicht selbst zum Toren«, rief er unwillig aus, »und jagt mir nicht kindische Angst ein – ich sage euch ja, es ist nichts geschehen, weil's zu unvernünftig wäre – – darum gebt eure Sorge und euer Herz in Gottes Hand und harret nach eures Vaters Willen auf die Entscheidung. Kommt, nehmt weg das Rohr und lasset uns den Heimweg suchen.«
Aber sie nahmen das Rohr nicht weg. Clarissa warf sich neuerdings vor das Glas und sah lange hinein – aber dieselbe eine Botschaft war immer darinnen, doppelt ängstend durch dieselbe stumme Einförmigkeit und Klarheit. Auch Johanna sah hindurch, um ihn nur gewöhnen zu können, den drohenden, unheimlichen Anblick; denn sobald sie das Auge wegwendete und den schönen blauen Waldduft sah, wie sonst, und den lieblich blauen Würfel, wie sonst, und den lachenden blauen Himmel gar so prangend, so war es ihr, als könne es ja ganz und gar nicht möglich sein – und wenn sie wieder in das Glas sah, so war's, als sei selbst das heitre Firmament düster und schreckhaft und das Walddunkel ein riesig hinausgehendes schwarzes Bahrtuch.
Endlich – Clarissa faßte sich zuerst, und den Gedanken verwerfend, den die erste Fieberhaftigkeit eingegeben, nämlich alsogleich aufzubrechen und koste es, was es wolle, das Vaterhaus zu suchen, schlug sie vor, ohne Säumen in das Haus zu gehen und sogleich einen der

Knechte auf Kundschaft auszusenden und, bis er zurückkehre oder ein anderer Bote eintreffe, bei vorsichtigster Bewachung der Zugänge im Hause zu verharren. Sogleich nahm sie auch das Rohr ab und schob es ineinander, sich selbst und Johannen jeden ferneren Blick strenge versagend, um nicht länger den untätigen Schmerz und die vielleicht unnötige Angst zu nähren.

Johanna, mit einem Schmerzblick, ließ es geschehen; aber es loderte in ihr auch Bewunderung Clarissens auf, die wieder ihre schöne starke Schwester geworden, der sie sich sonst so gerne und so liebend unterworfen hatte.

Gregor billigte alles, nur nicht das Wegsenden eines Knechtes. »Euer Vater«, sagte er, »weiß, daß Ihr dies Rohr habt und von dem Stande der Dinge unterrichtet sein müsset; er wird daher keine Minute säumen, Euch das Nähere kundzutun. – Der Knecht könnte in Feindeshand geraten und in der Angst euren Aufenthalt offenbaren.«

Die Mädchen sahen ein und gaben nach.

Noch einen traurigen Blick taten sie über Weite und Breite ihrer herbstlichen Wildnis, und dann verließen sie den Gipfel ihres vielgeliebten Felsens mit Gefühlen, so ganz anders, als sie sonst immer herabgestiegen waren – mit Ahnungsgefühlen, die jede heimlich angstvoll wälzte und der andern verbarg und sie an ihr bekämpfte.

Am See standen die zwei ruhigen, dunklen Gestalten der Knechte, die auf sie warteten; man bestieg das Floß und fuhr über. Gregor ließ das Fahrzeug anbinden, und als man durch das Pfahltor eingegangen war, wurde es ein-

geklinkt und mit den Riegeln verschlossen. Nachts löseten sich die Knechte im Wachen ab.
Morgen erschien und verging, aber kein Bote war gekommen.
Ebenso übermorgen.
Und so verging Tag um Tag, bis ihrer elf vorüber waren, ohne daß Botschaft gekommen. Gregor gab nach und geleitete sie noch einmal auf den Felsen. Mit derselben starren Einfachheit stand die Ruine am Waldrande wie des ersten Tages, aber nicht ein Hauch einer andern Nachricht war von ihr herübergekommen. Die Angst mit breiten schwarzen Flügeln senkte sich auf Tal und Wald.
Endlich sanken die ersten weißen, zarten Schneeflocken in den dunklen See – und man hatte nun doch einen Knecht auf Kundschaft ausgesendet – –
Aber auch er ist nicht wiedergekommen.

Waldruine

Auf grünem Weidegrunde stand ein gewaltiger viereckiger Turm, von zerfallendem Außenwerke umgeben. Er hatte kein Dach, und seine Ringmauern hatten keine Tore, gerade, wie er noch heutzutage steht – aber er trug noch nicht die verwitterte Farbe seiner bloßgelegten Steinmauern wie heute; sondern war noch bekleidet mit Anwurf und Tünche, nur war deren Reinheit beschmutzt mit häßlichen Brandflecken, aus den Fenstern ausgehend und wie Kometenfahnen aufwärts zielend. Auch war in dem äußeren Mauerwerke manch tiefe Verwundung ersichtlich. Der Rasen umher war verschwunden und glich einer gestampften Tenne, von tiefen Räderspuren durchfurcht und hie und da mit einem verkohlten Baume oder Trümmern unbekannter Geräte bedeckt. Die größte Stille und ein reiner Himmel mit freundlicher Novembersonne schaute auf diese Todesstelle nieder. Kein Gedanke eines Feindes war ringsum zu erschauen, aber auch kein einzig anderes lebendes Wesen stundenweit in die Runde; die Hütten waren verbrannt, und der Ort Friedberg lag in Trümmern. Gleichwohl stieg ein dünner blauer Rauchfaden aus der Ruine zu dem dunklen Himmel hinauf, als wäre sie von irgendeinem menschlichen Wesen bewohnt. Ja, man sah sogar über den Weideboden, der zwar noch nicht beschneit, aber festgefroren war, einen Reiter eilig dem Trümmerwerke zu reiten. Er zwang das Pferd durch den weit klaffenden Torweg über herabgestürzte Steintrümmer hinein, band es, nachdem er abgestiegen, an die Stange eines eisernen Fenstergitters, von dessen Simse noch das geschmolzene Glas wie schmutziges Eis herabhing, wandte sich dann schnell weg und drang durch das halbverschüttete Tor in das Innere des Turmes. Hier durch ausgebrannte Türen und Fenster glotzten ihn Gänge und Gemächer an, die ihm schauerlich fremd vorkamen, und aus ihren Höhlungen wehte eine ungastliche Luft. Dennoch entdeckte er bald eine hölzerne Treppe, aus noch frischen Bäumen gezimmert und mit gehauenen Pfosten überdeckt. Er stieg sie hinan und gelangte in einen Gang und in ein Vorgemach, dessen Decke nicht eingestürzt war. Wie er durch den finstern Gang schritt, sah er einen alten Mann stehen, aber

er achtete dessen nicht, sondern pochte an das Gemach. Ein weibliches Gesicht wurde durch das geöffnete Schubfach der Türe sichtbar.
»Susanna«, sagte der Fremde mit sanfter Stimme, »darf ich eintreten?« Die Magd öffnete sogleich die Tür, führte ihn durch das Gemach und öffnete ihm gegenüber wieder eine Türe, die in ein weiteres erhaltenes Zimmer führtc. Er trat ein.
Eine der zwei darinnen sitzenden schwarzgekleideten Gestalten erhob sich sogleich und trat ihm mit den Worten entgegen: »Seid uns von ganzem Herzen willkommen, Ritter.«
Er heftete sein dunkles Auge mit traurigem Glanze auf ihre blassen Züge – – ja, es war Clarissa, die vor ihm stand und von deren schöner Gestalt das schwarze Trauerkleid herniederwallte. Seitwärts saß Johanna – ein Antlitz, weiß wie Alabaster, sah aus der schwarzen Florhülle zu dem Ritter herüber, und die Tropfen, die auf die Wangen flossen, jagten sich schneller, seit sie ihn sah und sich nach Sprache bemühte, ihn zu grüßen. Er mit dem duster-schönen Ausdrucke seines Wesens stand auch einige Augenblicke sprachlos und blickte auf das mit schlechtem Papiere verklebte Fenster, unfähig, ein einzig Wort herauszubringen, da auch Clarissa schwieg und ihr Mund und ihre Wimpern vergeblich zuckten, um die Tränen zurückzuhalten. Sie schob ihm einen Stuhl hin, er aber trat zu Johannen und ergriff ihre Hand, sie sanft und fest in seine drückend.
»Weil Ihr nur da seid«, sagte sie endlich schluchzend, »weil nur einmal ein Mensch da ist.«

»Zürnet mir nicht«, entgegnete er ihr, »es sind erst fünf Tage, seit ich frei bin, und diese bin ich fast unausgesetzt geritten, um Euch zu suchen.«
»So wäret Ihr gefangen?«
»Ich war gefangen, sonst wäret Ihr nicht so lange ohne Hülfe geblieben – nun aber bin ich da und bitte Euch inständig, nehmt alles, was ich bin und habe, zu Eurer Hülfe und Eurem Dienste. Meine Burg an der Donau ist zwar auch verbrannt und noch mehr zusammengestürzt als diese; es tut nichts, ich brauche sie nicht und baue sie auch nicht mehr, bis einmal Friede im Lande ist. Einige Mittel aber habe ich geborgen, und die wollen wir vorerst anwenden, um dieses Euer Haus in etwas wohnlicheren Stand zu setzen. Hierher wird nicht so leicht mehr ein Feind kommen; denn der Übergang war höchst schwierig und von unbedeutenden Folgen. Sie stehen jetzt alle in Winterquartieren.«
Mit einem schmerzhaft freundlichen Schimmer ihrer aufrichtigen Augen reichte ihm Clarissa die Hand hin, indem sie sagte: »So seid Ihr wieder der erste, wie immer, der da kommt zu helfen, Ihr, gegen den ich immer so undankbar gewesen bin.«
»Lasset das jetzt, Clarissa«, erwiderte er mit trüb funkelnden Augen, »lasset das, es ist vorüber, und ich bin nichts als Euer Vetter und Bruder – wie hätte ich auch ahnen können. – – Wäret Ihr von jeher vertrauender gegen alle gewesen, so hätte ich Euch nie mit Werbung gequält, und wahrscheinlich wäre das letzte auch nicht geschehen – –«
»So wisset Ihr – –?«

»Ich weiß, Clarissa, ich weiß – –«
»Auch er – ist es so – auch er!?«
»Auch er.«
Clarissas Antlitz zuckte jäh hinüber und haschte nach Atem; ein maßloser Schmerz lag darauf, ja sogar etwas wie Grimm, als sie das Auge gegen das Fenster wandte, wie gegen einen blinden Himmel – und sekundenlang starrte, weil sie kämpfte. – Noch war es fast wie Hohnlächeln in ihren Zügen, unheimlich anzusehen, als sie das Angesicht zurückwendete und mit fast ruhiger Stimme sagte: »Ritter, wenn Ihr etwas Näheres wisset, so sagt, so erzählt es uns, wir wissen nur das eine – – sagt, Ritter, woher wißt Ihr das Nähere?«
»Ich war dabei.«
»Ihr waret dabei, Bruno?« schrie Johanna aufspringend, »Ihr seid dabeigewesen, Bruno«, rief sie mit den schmerzlichsten Tönen ihrer Seele. – »Um Gottes willen, oh, so saget, wie war es, erzählt – nehmt diese furchtbare Last von meinem Herzen; mir ist, als wäre mir leichter, wenn ich alles wüßte.«
Da er unschlüssig zauderte, sagte Clarissa: »Ritter, seid barmherzig und erzählet.«
»Ein Wald«, begann er, »war das eigentliche Unglück. – Euer Haus – – kein Finger hätte es angerührt; weit links davon sollte der Zug gehen – aber Gallas hatte Völker gesandt, mich auf eignes Ansuchen mit, um in jenem Walde (er zieht sich rechts von hier gegen das Moldautal ab) Schanzen aufzuwerfen und den Feind zurückzuweisen. Friedbergs unglückliche Bewohner, die graben mußten, werden zeitlebens an den Schanzwald denken und

den Namen ihren Enkeln und Urenkeln einprägen; denn er war ihr und unser Unglück. Ich sah es voraus, wie es kam, und bat Euren Vater noch tags zuvor, er möge die Burg preisgeben und zu Euch flüchten; aber er verwarf den Antrag mit Entrüstung, weil ein Haufe Kaiserlicher unter seinem Befehle die Burg besetzt hielt. Harmlos, wie eine Schar Wallfahrer mit klingenden Liedern stiegen die Schweden den schönen Wald heran. – – Es war schrecklich anzusehen, wie, da der Rauchwall aus unsern Gewehren sich verzog, ihre zerfetzten und blutenden Linien zurücktaumelten. Kein neuer Angriff ward mehr gewagt, die Kurzsichtigen unter uns jubelten, aber noch die Nacht sahen wir den Brand Friedbergs, und des andern Tages, da die Scharen schwollen, ward im furchtbaren Morden die Schanze gestürmt. Die Unsern zerstäubten wie zerbrochenes Glas; ein Teil warf sich nach Wittinghausen, ich mit ihnen. O Clarissa, alles wäre noch gut geworden. Der erste siegestrotzige Anfall wurde zurückgeschlagen – eine Woche verging schon – und noch eine – der Feind, bereits abgekühlt und einsehend, wie wenig ihm eigentlich an dem Hause gelegen sein könne, hatte nur den Schein von Ehre zu wahren und bot willig die Hand zur Unterhandlung. Da, eines schönen Morgens, sahen wir, gleichsam wie einen neuen Befehlshaber, einen jungen Mann in prachtvollen Kleidern durch die Reihen der Belagerer reiten, gleichsam wie Anordnungen treffend.« – Clarissa mit halbgeöffnetem Munde, atemlos, mit gespannten dürstenden Augen horchte hin. – »Wir begriffen nicht, was er wollte; die Anführer alle, Sture an der Spitze, standen ehrfurchtsvoll vor ihm. Es war gerade Waffenstillstandstag. Am andern Morgen ritt derselbe Mann – ach, wie wir glaubten, um zu kundschaften, ungewöhnlich nahe an die Mauern – und, wie es manchmal der Zufall will, der Helm entfiel ihm – ein ganzer Wall von blonden Locken rollte in diesem Augenblicke über seinen Nacken – –

War es nun Verblendung, war es Verhängnis, das sich erfüllen mußte, wir verstanden die Zeichen des Jünglings nicht, wie er so zuversichtlich vorritt, ja Euer Vater mit allen Merkmalen höchster Überraschung sah lange und unverwandt auf ihn hin; da sah ich nach und nach ein Rot in seine Wangen steigen, bis sie dunkel wie in Zornesglut brannten. Ohne eine Silbe zu sagen, schleuderte er mit einem Male seine Lanze gegen den Reiter, nicht bedenkend, daß sie auf diese Entfernung gar nicht treffen könne – ach, sie traf auch nicht, die arme, schwache, unschuldige Lanze – allein sie wurde das Zeichen zu vielen andern, die augenblicks von unsern Leuten flogen; auch hörten wir zugleich das Krachen von unsern Doppelhaken hinter uns. Von den Schweden sahen wir nur noch, wie viele vorsprengten, um den Reiter in ihre Mitte zu nehmen, wie er sank – und dann, ehe uns noch kaum Besinnung wiederkehren konnte – war schon Sturm hier, dort, überall – wütend von der Schwedenseite, wie nie – Rauch, daß kein Antlitz auf drei Schritte erkennbar war – – Clarissa, höret Ihr?«

»Weiter, weiter«, sagte sie angstvoll vorgebogen.

»Es ist nichts mehr weiter – die Burg brannte, wir mußten ausfallen – – – ich wurde verwundet, besinnungslos, gefangen – – –«

»Und … ?« – –

»Clarissa – Johanna – – Sture selbst ließ beide, ihn und den Knaben, kriegerisch ehrenvoll unter der Steinplatte vor dem Altare der Thomaskirche begraben, die freilich auch abgebrannt war – ich, verwundet und waffenlos, erhielt Erlaubnis, beizuwohnen.«

»Und ich«, rief Clarissa zurücksinkend, »war es, ich, die Vater und Bruder erschlagen« – und sie brach, beide Hände vor ihre Augen drückend, in ein wildes Schluchzen aus, daß ihr ganzer Bau darunter erzitterte. Johanna, selbst kaum ihrer Kräfte mächtig und schön wie ein gestorbner Engel, stand doch sogleich auf und drückte Clarissen an ihren Busen, das Haupt derselben an ihr Herz legend und es ausweinen lassend, während sie ihre Hände lieblich zärtlich um dasselbe legte und selbst die heißen Tränen auf sie niederfallen ließ.

Der Ritter wischte sich das Wasser aus seinen schönen dunklen Augen und stand in tiefem Schmerze da, aber er bereute nicht, daß er den ihrigen durch die Erzählung hervorgerufen; denn er wußte wohl, wie herzzerreißend diese Tränen auch seien, daß ihnen Linderung folgen werde, unsäglich süßer und heilsamer als all ihre frühere dumpfe Ergebung. Auch löste sich bald das erste krampfhafte Schluchzen, und nur mehr ein leises, kaum hörbares Weinen rieselte durch das totenstille, verdunkelte Zimmer und endlich auch dies nicht mehr. Clarissa, ohnmächtig schmiegsam, lag kindlich an Johannens Herzen, von ihr, wie früher, umschlossen – und wie bitter auch die ersten Tränen beider hervorgepreßt waren, so flossen sie doch jetzt leicht, reichlich und wie von selbst, ja so-

gar linde süß, wie das letzte Blut eines getöteten Geschöpfes.
Endlich nach langer Stille hob Clarissa wieder ihr Haupt und Auge müde und verklärt zu dem Ritter empor und sagte leise: »Bruno, sagt uns nun auch, wo ist das andere Grab und wie … ?« Ihre Stimme erstickte neuerdings.
»Forschet nicht, Clarissa; wer enträtselt das Wirrsal jenes Augenblicks? – – Er hatte eine Kugel in der Brust, wahrscheinlich aus einem unserer Doppelhaken, seinen Körper brachten sie weg, wohin – ich weiß es nicht. Erst bei den Schweden erfuhr ich, daß er als Vermittler gekommen, daß er vorschlug und durchsetzte, daß man die kaiserliche Besatzung frei abziehen und Euren Vater ungestört in seinem Hause lassen solle. – – Sein Tod war die Losung des Sturmes – Sture und alle liebten ihn sehr.«
»Alle liebten ihn sehr«, sagte sie vor innigem Schmerze lallend, »alle liebten ihn sehr – – – o du schöne, du schöne, du unglückliche Waldwiese!« Sie verbarg wieder ihr Haupt an Johannas Herzen, fast kindisch furchtsam die Worte sagend: »Johanna, du zürnest – Johanna, ich liebe dich, jetzt nur dich – – o Kind, liebe mich nun auch wieder.«
Diese im Unmaß des Schmerzes und der Zärtlichkeit wußte nicht, was sie tun sollte; sie drückte die Schwester an sich, sie umschlang sie mit einer Hand und streichelte mit der andern über die glänzenden Haupthaare derselben, wie man todbetrübte Kinder beschwichtiget; sie selbst, bis zu Tode betrübt, erhielt nur Kraft durch die

noch größere Betrübnis der Schwester, die sie lindern wollte. Zu dem Ritter aber sagte sie leise: »Erzählet nichts mehr.«

Dieser aber beugte sein Haupt im Schmerze vorwärts und sah mit den verdunkelten, von Tränen zitternden Augen auf das schöne vor ihm vergehende Geschöpf, das er so lange geliebt, das sein Herz so lange begehrt hatte; es wollte ihm vor Mitleid zerspringen, und es war ihm, als drehe sich mit ihm der Fußboden des Gemaches. Sachte wollte er hinausgehen, um den Schwestern Zeit zu gönnen, aber Clarissa hörte seine Tritte und sah plötzlich auf und sagte: »Bruno, geht nicht, es ist hier so dunkel, und wir haben niemand als einen alten Mann und seinen Enkel – – – Bruno, lasset uns ein Fenster machen.«

»Alles, alles, Clarissa, werden wir machen lassen. Sehet, ich werde noch heute um Arbeiter fortreiten, wir werden für den Winter ein Notdach auf einige Gemächer setzen, Fenster, Türen, Stiegen, alles anfertigen – Eure Harfe werde ich aus dem Waldhause holen lassen – Eure Bücher, daß ihr dem Winter getrost entgegensehen könnet.«

»Wir sehen jetzt allem getrost entgegen«, sagte sie, indem sie wieder ihr Antlitz auf Johannens Schulter legte.

Der Ritter ging stille hinaus. Er sprach mit Gregor, Raimund und den Mägden, und nach einiger Zeit sah man ihn wieder über den grauen, gefrornen Boden davonreiten. – –

Ein Notdach war gesetzt, Tore, Stiegen, Gemächer wieder eingerichtet, aber immer sah die Burg wie eine Ruine aus. Jahre kamen und vergingen, und immer sah die Burg wie eine Ruine aus. Alle Zeichen Ronalds trogen, und der Krieg, statt ein Ende zu nehmen, dauerte noch in die Jahre und Jahre, aber nie mehr erschien ein Feind vor Wittinghausen; ein Teil wußte, was sie für Ronald bedeutete, ein Teil kannte weder Ronald noch die Feste.

Die Schwestern lebten fortan dort, beide unvermählt. Johanna war eine erhabne Jungfrau geworden, rein und streng, und hatte nur eine Leidenschaft: Liebe für ihre Schwester. Clarissa liebte und hegte Ronald fort und fort; in den goldnen Sternen sah sie seine Haare, in dem blauen Himmel sein Auge, und als einmal ein Zufall jenes feenhafte Gedicht des britischen Sängers auf ihre Burg herüberwehte, so sah sie ihn dann oft als den schönen elfigen, blondgelockten Knaben auf seinem Wagen durch die Lüfte schwimmen, den Lilienstengel in der rechten Hand, ihr entgegen, der harrenden Titania. Selbst als sie schon achtzig Jahre alt geworden und längst ruhig und heiter war, konnte sie sich ihn nicht anders denken – selbst wenn sie ihn noch lebend träumte und einmal kommend –, als daß er als schöner, blondgelockter Jüngling hereintrete und sie liebevoll anblicke. Wenige Menschen besuchten die seltsam verwitterte Burg, nur ein einziger Ritter ritt zuweilen ab und zu.

Eines Tages blieb er auch aus – er war gestorben. Daß die Schwestern sehr alt geworden, wußte man bis in die neuesten Zeiten, und der Hirt zeigte die Kammer derselben, aber kein Mensch kennt ihr Grab; ist es in der verfallenen Thomaskirche, oder deckt es einer der grauen Steine in der Burg, auf denen jetzt die Ziegen klettern? – Die Burg hatte nach ihnen keine Bewohner mehr.

Westlich liegen und schweigen die unermeßlichen Wälder, lieblich wild wie ehedem. Gregor hatte das Waldhaus angezündet und Waldsamen auf die Stelle gestreut; die Ahornen, die Buchen, die Fichten und andere, die auf der Waldwiese standen, hatten zahlreiche Nachkommenschaft und überwuchsen die ganze Stelle, so daß wieder die tiefe jungfräuliche Wildnis entstand, wie sonst und wie sie noch heute ist.

Einen alten Mann, wie einen Schemen, sah man noch öfter durch den Wald gehen, aber kein Mensch kann eine Zeit sagen, wo er noch ging, und eine, wo er nicht mehr ging.

Blättern Sie um:
Unsere Leseempfehlungen